언제나 왕자님이

그림다에 공주의 유언

언젠가 왕자님이~그랑디에 공작의 유언~

초판 1쇄 찍은 날 | 2015년 3월 1일
초판 1쇄 펴낸 날 | 2015년 3월 10일

지은이 | 휴가 유키
그린이 | 나마
옮긴이 | 정우주
펴낸이 | 예경원

편집책임 | 박우진
편집 | 오아현

펴낸곳 | 예원북스
등록번호 | 제396-2012-000132호
등록일자 | 2012. 7. 25
YRN | 제5-0006호

주소 | 경기도 고양시 일산동구 무궁화로 8-28 삼성메르헨하우스 712호 (우) 410-837
전화 | 031-819-9431 팩스 | 031-817-9432
http://blog.naver.com/ainandfin
E-mail | ainandfin@naver.com

ISBN 979-11-5630-592-7 03830

등장인물 소개 6
프롤로그 그랑디에 공작의 유언 9
1장 더글러스 월트 그랑디에를 찾아서 34
2장 종자의 증거 80
3장 가자, 그랑디에로! 127
4장 신이 내린 시련 160
5장 임시 공작과 측근 시녀 줄리앤 205
6장 더글러스의 신부 242
에필로그 언젠가 왕자님이 298
작가 후기 330
역자 후기 333

⇒ 더글러스 월트 그랑디에
행방불명되었던
그랑디에 공작가의 후계자.
현재는 신분을 숨기고 기사단에.

⇒ 줄리앤 오스틴
그랑디에 공작가를 섬기는 측근 시녀.

등장인물
소개

그랑디에 공작의 유언

언젠가
왕자님이

➡ 모리스 스톤
그랑디에 공작가의 랜드 스튜어드

➡ 이안 제라드 버틀랜드
버틀랜드 공국의 왕자

➡ 재클린 알렉산드라 카바나
카바나 백작 영애

프롤로그
그랑디에 공작의 유언

벌써 몇 번째일까?

고요한 밤의 장막이 드리워진 버틀랜드 공국 그랑디에 영지 내에 천둥소리가 울려 퍼졌다.

"월트……. 월트……."

이 땅의 영주인 릭 레이몬드 그랑디에 공작은 며칠 전부터 병석에 누워 있었다.

"용서 못한다! 누가 그런 이국의, 그것도 신분 낮은 여자와의 결혼을 인정한다고 했느냐? 나는 이런 꼴을 보려고 너를 바다 너머로 유학 보낸 게 아니다. 언젠가는 훌륭한 영주가 되라고, 또한 영지민의 힘이 될 수 있는 지혜와 교양을 몸에 익히라고 멀리 떨어진 실바라 국까지 보낸 것인데……. 너라는 녀석은!"

공작이 생사의 갈림길에서 꾼 꿈은 이십사 년 진 밤에 있었던 일이었다.

"아버님! 그렇지만 서는 안젤리카를 사랑해 버리고 말았습니다. 안젤리카도 저를 사랑합니다. 이것은 운명입니다. 부디, 부디 제 아내가 된 안젤리카와 이 아이를, 아버님의 손자 더글러스를 받아들여 주십시오. 그 바람만 이루어진다면 저는 평생 이 땅에서 이 그랑디에 영지와 영지민을 위해 모든 것을 바치겠습니다. 기필코 선조들께 부끄럽지 않은 영주가 되어, 이 땅에 뼈를 묻겠습니다."

"무슨 소리를 하는 게냐! 너에게는 태어났을 때부터의 약혼자가 있다. 그것도 이 나라의, 버틀랜드 국왕 폐하께서 총애하시는 막내 공주님. 그 약속을, 그 약혼을 배신하고, 무슨 면목으로 후계자라고 헛소리를 지껄이고 있는 것이냐. 너는 사태의 중대함을 알고나 있는 것이냐! 여자로 모자라서 저런 아기까지 데리고 오다니―이제 됐다, 나가거라!"

"여보!"

"아버님!"

그날도 오늘 밤하늘처럼 빛나는, 별의 반짝임이나 달빛은 전혀 없었다.

저녁 시간대부터 퍼지기 시작한 비구름이 모든 것을 암운 속으로 뒤덮어, 지상을 비추는 것은 우레와 함께 하늘과 땅을 잇는 번갯빛, 단지 그뿐이었다.

"기다려 주십시오, 공작님. 잘못한 사람은 바로 저입니다. 분수도 모르고, 이처럼 큰 죄를⋯⋯. 제가 이 아이를 데리고 조국으로 돌아가겠습니다. 월트에 대해서는 잊겠습니다. 이제 두 번 다시 만나지 않겠습니다. 그러니까, 부디, 부디 월트만은 이 땅에 있게 해주세요. 사랑하는 고향에서 떠나라는 말씀은 하지 말아주세요."

"무슨 소리를 하는 거야, 안젤리카!"

"그편이 나아요! 월트는 공작님을 매우 존경하잖아요. 공작님의 뒤를 이어 훌륭한 영주가 되는 것만을 목표로, 이국의 땅에서도 학문에 매진해서⋯⋯. 당신은 이 땅에도 영지민에게도 필요한 분. 그러니까, 부디!"

"그만둬, 안젤리카! 사랑하는 여자 하나, 태어난 아이 하나 지키지 못해서야 뭐가 뛰어난 영주야! 고작 둘뿐인 가족조차 행복하게 해주기는커녕 희생시키면서까지 다스려야 하는 것이 어디 있겠어!"

"월트⋯⋯."

우르릉—! 다시 우렛소리가 울려 퍼졌다.
창밖에서 날아든 섬광이 일순 실내를 비추었다.

그때마다 공작은 심하게 가위에 눌리며 외동아들의 이름을 불렀다. 태양의 빛을 뿜는 황금색 머리카락에 아메시스트 빛 눈동자가 눈부신, 사랑해 마지않는 자기 자식의 이름을—

　"아버님, 못난 아들이라서 죄송합니다. 저는 오늘부터 그랑디에의 이름을 버리겠습니다. 부디 어머님과 함께 건강만은 유의하시길……."

　"기다리렴, 월트! 그만두세요, 여보. 잘 보시라고요. 이 아이는, 더글러스는 틀림없이 월트의 자식이에요. 당신의 손자이자 이 그랑디에가(家)의 정당한 상속자예요. 머리카락 색은 다르지만 선조님들께 물려받은 아메시스트의 눈동자를 지니고 있어요. 이 빛깔은 다른 가문이나 왕가에도 없는 희귀한 눈동자. 지금 여기에서 생이별하게 되면 평생 후회하실 거예요. 되돌릴 수 없게 된다고요!"

　"그대는 입 다물어! 저런 녀석은 이제 더 이상 자식도 뭣도 아니야. 하물며 손자라고 입에 담지도 마."

　"그래도 저에게는 배 아파 낳은, 단 하나뿐인 자식이에요! 둘도 없이 소중한 제 자식에게 내려진 후계자예요!"

　"시끄러워! 그대가 뭘 알아. 녀석은 그랑디에가의 역사에 먹칠을 했어. 이 땅과 영지민보다도 이국의 여자와 그 아이를 선택했다고. 이미 죽은 사람이나 마찬가지야. 아니, 태어나지 않았다고 생각하고 포기해."

"여보!"

"월트는 죽었어. 이국의 땅에서 불의의 사고를 당해서. 국왕님께는 그렇게 아뢰고 용서를 구해야지."

"여보……!!"

월트, 월트, 월트─라고.

깊이 사랑하면서도 결별할 수밖에 없었던 외동아들의 이름을 몇 번이고 계속해서 불렀다.

                    *   *   *

우르릉─ 우렛소리가 울려 퍼졌다.

"까악!"

이번에는 제법 가까웠다. 성 아래 마을에 떨어졌을지도 모른다.

지금까지는 없었던 가까운 거리감을 느끼고, 소녀이면서도 공작의 발레─측근 시녀로 종사하고 있는 줄리앤 오스틴은 가느다란 어깨를 떨었다.

아직 어린 티가 남아 있는 아쿠아블루의 눈동자에 떠오른, 끊임없이 치밀어 오르는 불안을 감추지 못한 채, 은색 속눈썹과 세 갈래로 땋아서 올려 묶은 머리카락, 연분홍빛 입술을 계속해서 떨고 있었다.

"으응……. 월트…… 월트……."

그러는 사이 또다시 우르릉 소리가 울렸다.

이번에는 먼 거리였으나 그만큼 소리도 섬광도 컸다.

확실히 태풍이 다가오고 있었다. 비가 내리기 시작하는 것도 시간 문제였다.

'주인님, 줄곧 가위에 눌리고 계셔. 월트님을 만나고 싶어서 어쩔 줄 모르시는 거야.'

공작가에서 일한 지도 오 년이 되는 줄리앤의 앞에는, 며칠 전 가슴을 부여잡고 쓰러진 그랑디에 공작이 누워 있었다.

그럼에도 불구하고 이 자리에 공작의 가족은 없었다.

외동아들 월트는 처자식과 함께 이 땅을 떠난 뒤 한 번도 모습을 보이러 온 적이 없었다.

부인은 자식과 생이별한 슬픔 때문에 마음에 병이 들더니, 결국에는 건강을 해쳐 이십 년 전에 세상을 떠났다.

애당초 공작과 그 아버지 대까지 외동아들이었던 탓에 형제나 가까운 친족도 없었다.

줄리앤이 성에 들어왔을 때에는, 공작은 이미 천애의 고독한 신세였다.

그것도 장래를 생각해 가문을 폐하고, 왕가에 영지와 작위를 반납하는 것까지 검토했을 정도였다.

'그건 그렇고 마중 간 사람들은 제대로 월트님을 만날 수 있었을까? 월트님께서는 이 땅에 돌아오시기로 승낙해 주셨을까?

그러나 그 사안은 충실한 가신과 영지민들의 바람에 따라 철회되었다.

이 땅에서 나고 자라 선조 대대로 힘을 합쳐 영지를 지키고 키워온 이는 영주 일족과 영지민이었다. 결코 나라를 통치하는 왕족이나 다른 영지의 귀족들이 아니었다.

양자의 이 결속은 굳건했고 신뢰는 두터웠다. 이제 와서 누구 한 사람 영주가 바뀌는 일도 영지가 왕가에 반납되는 일도 바라는 사람은 없었던 것이다.

그야말로 지금부터라도 늦지 않았다. 월트 부자에게 이 땅으로 돌아와 달라고 하자.

설령 이미 왕가에 사망 신고를 낸 월트가 뒤를 잇는 것은 무리라고 하더라도, 그 자식인 더글러스라면 작위를 이을 수 있을 터. 부디 더글러스에게 이어달라고 간청하게 되는 한이 있더라도.

'안 돼, 안 돼, 믿어야지. 월트님께서는 반드시 가족을 데리고 돌아와 주실 거야. 마중 간 사람들이 오늘 밤에라도 이 성에 도착할 거야.'

가신과 영지민들의 목소리를 받아들인 데다 줄리앤의 설득도 있어서, 공작이 월트 부자의 수색을 개시한 것은 사 년 전의 일이었다.

그렇게 해서 간신히 그 소재를 찾아낸 것이 바로 저번 주였다.

월트 부자는 이 땅을 떠난 뒤 대륙으로 건너가, 잠시 동안 안젤리카의 고향인 실바라 국에서 안젤리카의 성으로 살았다.

본래대로라면 공작의 적자 월트에게는 후직의 시위가, 손자인 더글러스에게는 남작의 지위가 태어나면서부터 부여되어 있지만, 그 신분을 감추고 다른 성으로 생활하고 있었던 것이 수색을 어렵게 만든 요인이었다.

그러나, 그래도 최근 몇 년간은 버틀랜드 국에 돌아와 항구 마을로서 번성한 카바나령 내로 주거지를 옮겨 지내고 있었다.

카바나는 이 그랑디에와 인접한 영지로, 산 하나를 넘으면 오갈 수 있는 거리였다.

월트도 해마다 늙어가고 있는 공작을 염려해, 경우에 따라서는 관계 회복을 바라고 이 땅에서 지내고 있는 것인지도 모른다.

그런 기대가 가신들의 활기를 북돋아 당장에라도 월트 부자를 맞이하자며 정식 사자를 보내기 위한 준비를 서둘렀다.

그러나 그 준비가 한창이던 때에 공작이 쓰러졌던 것이었다.

공작을 진찰한 의사의 안색은 너무나 좋지 않아서, 이미 느긋하게 준비하고 있을 시간은 없었다.

성에서는 즉시 발 빠른 말을 보내 당장에라도 월트를 데리고 돌아오지 않는다면, 부자의 재회는 두 번 다시 없으리라 판단했다.

이대로 사별이라도 하게 된다면 모두에게 후회가 남게 된다. 그렇지 않아도 공작 부인이 월트를 걱정하며 세상을 떠났을 때에도 안타까워했던 가신은 많이 있었던 것이었다.

그런 후회만은 두 번 다시 하고 싶지 않다. 절실한 마음이 성안을 소용돌이쳐, 당시의 일은 아무것도 모르는 줄리앤에게조차 찌릿찌릿한 긴장감이 전해져 올 정도였다.

'아아, 그건 그렇고 늦네—'

창밖에서 낙뢰가 울려 퍼질 때마다 줄리앤은 온몸을 떨었다.

마치 사신이 저 앞까지 온 것만 같은 느낌이 들어 안절부절못했다.

"잠시, 상태를 보고 오겠습니다."

결국 그 자리를 다른 사람에게 맡기고 방을 나섰다.

"모리스, 모리스."

공작의 측근이자 영지 내의 공무 전반을 도맡아 관리하는 영지 관리인—랜드 스튜어드 모리스 스톤을 찾아서 성안 복도를 돌아다녔다.

"줄리앤."

그러자 부르는 목소리를 들었는지, 검은 옷으로 몸을 감싼 모리스가 다른 방에서 나타났다.

조부 대부터 공작가를 위해 일하고 있는 모리스는 올해

로 삼십 오 세. 황갈색 머리카락에 금색 눈동자, 안경이 인상 깊은 지적인 신사였다.

교양이 깊고 온후한 그는 태어날 때부터 이 성에서 자라 공작가와 함께해 왔다.

열 살 연상인 월트에게는 동생처럼 귀여움 받았던 기억이 있는 만큼, 이번 수색에도 필사적이었다.

지금도 불안을 억누르고 다른 가신들과 함께 자신의 직무에 충실하고 있는 중이었다.

"월트님께서는 아직 도착하지 않았나요? 이대로라면 폭풍이 올 거예요. 게다가, 주인님의 용태도……."

줄리앤은 매달리는 기분으로 모리스에게 불안을 터뜨렸다.

"아직이야, 줄리앤. 그보다 너는 주인님 곁을 떠나서는 안 돼."

"그렇지만……."

"주인님께서도 그러길 바라실 거야. 괴롭겠지만 한시도 떨어지지 말고……. 알겠지?"

"네."

월트의 도착을 학수고대하는 마음은 누구나 다 같았다.

불안을 입에 담아봤자 아무것도 변하지 않는다.

그 사실을 알면서도 조급한 마음을 억누를 수 없었다.

'월트님—'

줄리앤은 모리스가 타이르자 그 입술을 깨물었다.

모리스가 하는 말은 지당했다. 줄리앤은 방으로 돌아가려고 몸을 돌렸다.

"모리스! 줄리앤! 돌아왔어. 카바나에 보냈던 사자 중 한 사람이, 사일러스가 지금 막 돌아왔다고!"

"사일러스가!"

그러나 기다리고 기다리던 좋은 소식이 전해진 것은 그때였다.

줄리앤은 모리스와 얼굴을 마주하기 무섭게 곧바로 목소리를 낸 중년 연배의 집사—버틀러, 성안의 일 전반을 관리하는 알데버트의 곁으로 달려갔다.

그리고 그대로 세 사람은 현관으로 향했다.

"시간 안에 왔나, 사일러스. 그럼 곧바로 주인님 방으로 가지. 월트님 일행은 어디 계신가?"

"아뇨, 그게……."

평소와는 다르게 흥분한 기색으로 목소리를 낸 모리스에게, 다부지고 큰 몸집의 종자 사일러스가 그 몸을 움츠렸다.

그리고 그 자리에서 무릎을 꿇더니 양손을 땅에 대고 원통함에 찬 얼굴을 숙였다.

"이미… 돌아가셨다고?"

사일러스가 가져온 소식은 무정하기까지 한 보고였다.

"예. 십 년 전에, 부인과 함께 해난 사고를 당하셨다고 합니다."

"해난 사고? 그렇다면 월트님 부부는 이미……."

"이게 무슨 일인가."

한순간이었다고는 해도 빛나는 희망을 찾아냈었던 만큼, 술리앤과 모리스 일행의 낙담은 이루 말할 수 없었다.

이미 월트 쪽이 먼저 떠나 버렸다니 누가 상상했으랴?

그것도 십 년 전이라면 지금의 모리스와 같은 나이였다.

앞으로 인생의 빛이 늘어갈 남자의 한창때라 해도 과언이 아닌 젊은 나이였던 만큼, 모든 이가 얄궂은 현실과 운명에 안타까움을 느낄 수밖에 없었다.

'월트님……. 주인님께 뭐라고 전하면 좋지?'

그래도 지금은 슬픔에 사로잡혀 있을 수만도 없었다.

몹시 우울해하는 줄리앤의 옆에서 모리스는 스스로를 북돋웠다.

그는 한 걸음 앞으로 나아가, 무릎을 꿇은 채 가만히 있는 사일러스의 어깨를 꽉 움켜쥐었다.

"그래서 월트님의 아드님은? 설마 더글러스님까지 그 사고로……?"

"아, 아니요! 더글러스님께서는 무사하십니다. 월트님 내외분께서 사고로 돌아가셨을 때에는, 실바라 국에 있는 왕립 학교의 기숙사에 들어가 계셨던 모양입니다. 그, 월트님 내외는 더글러스님을 만나러 가시기 위한 배 여행 중에 사고를 당하셨나 봅니다."

이것을 불행 중 다행이라고 해야 할지 어째야 할지 줄리앤은 숨이 막혔다.

더글러스의 입장에서 생각하면 얼마나 잔인한 일인가?

신을, 아니, 그보다 자신을 저주해 버릴지도 몰랐다.

이 해난 사고는 기숙사에서 부모님이 도착하기를 목이 빠지게 기다리고 있었을 더글러스에게는 그 정도로 불행한 사고였다.

십 년 전이라면 아직 열 살 즈음. 청년의 나이에도 채 미치지 않았던 소년이 입었을 마음의 상처는 얼마나 깊은 것일지 알 수 없는 것이다.

자신도 가족을 잃었던 경험이 있는 만큼 줄리앤의 마음이 더욱더 아파왔다.

"그런가……. 그러나 이제 와서는 더글러스님께서 살아 계신 것만으로도 위안이야. 신께 감사드려야 해. 그렇지 않나, 모리스."

"정말입니다."

그래도 알데버트와 모리스는 더글러스의 생존에 다시 빛을 찾아내고 새로운 희망을 맡겼다.

"그래서, 사일러스여. 정작 더글러스님은 지금 어디 계신 거냐? 다른 사자들과 이쪽을 향해 오고 계시는 겐가?"

"아니요, 그게……. 더글러스님께서는 현재 카바나 영주님 직속의 기사단에 들어가 계십니다. 그 때문에 영주님과 함께 솔 오리엔스 국에 체재 중이시랍니다. 카바나에 돌아오시게 되는 것은 다음 주인 모양입니다."

그럼에도 불구하고 그들의 앞은 차례차례 새로운 벽으로 가로막혔다.

"다음 주인가⋯⋯."

"죄송합니다. 적어도 모셔올 수 있으면 좋겠다고 생각해서 손은 써보았습니다만⋯⋯."

이런 상황에는 모리스도 두 손 들었다는 표정을 지었다.

직무를 다하지 못했음에 계속 어깨를 축 늘어뜨리고 있는 사일러스의 모습을 향해 살짝 고개를 좌우로 흔들었다.

"아니, 영주님을 수행하는 공무라고 하면 어쩔 수 없지. 그건 그렇고, 그 명문 실바라 국의 왕립 학교에서 배우고, 기사단에 들어가셨을 줄은⋯⋯. 정말, 문무를 겸비하신 멋진 분으로 성장하신 모양이야. 주인님께서 들으시면 얼마나 기뻐하실까."

그나마 위안이 되는 것은 훌륭하게 성장했다는 사실을 알게 된 더글러스의 존재였다.

다들 아직 본 적 없는 그를 떠올렸다.

그러던 중 그곳에 시녀장이자 월트의 유모로 종사했던 지긋한 나이의 여성, 카밀라 부인이 달려왔다.

"줄리앤! 아, 모리스님도! 지금 주인님께서 깨어나셔서⋯⋯. 빨리 방으로 가시죠."

약간 통통한 팔다리를 흔들면서 그녀가 어수선한 목소리로 말했다. 줄리앤 일행은 다시 주인이 누운 침실까지 달려갔다.

"주인님! 주인님!!"

"줄리…… 앤."

"여기에 있습니다, 주인님."

문을 엶과 동시에 공작은 가느다란 목소리를 냈다.

줄리앤은 공작의 의식이 돌아왔다는 사실에 일단 안도했다.

"모리스……. 알데버트도 있는가."

"예. 저희도 대기해 있습니다."

모리스와 알데버트도 줄리앤의 뒤를 이어 침대 곁으로 다가왔다.

그러나 그런 그들을 둘러보더니 공작은 체념했다는 듯이 중얼거렸다.

"월트는… 월트는…… 아직인가? 역시 용서해 주지 않은 겐가."

"아니요, 주인님. 그렇지는…….'

줄리앤은 즉시 부정해 버렸지만 그다음 말을 이을 수 없었다.

이미 누가 누구를 용서하고 말고 하는 문제가 아니었다. 남은 것은 바꿀 수 없는 사실뿐이었다.

말문이 막힌 줄리앤의 어깨를 모리스가 툭 두드렸다.

줄리앤은 한 걸음 물러나 모리스에게 공작의 곁을 내주었다.

"주인님. 이런 때에 말씀드리기 송구합니다만, 유감스러운 소식이……. 실은, 월트님께서는 부인과 함께 사고를 당하셔서 이미 타계하셨다고 합니다."

모리스는 지금 이 순간에도 직무에만 충실했다.

모든 이가 정에 휩쓸리고 있는 상황이기에, 그렇기에 더더욱 필사적으로 버티고 있는 것처럼 보였다.

"뭐라고?"

"그렇지만 월트님의 적자이신 더글러스님께서는 건재하십니다. 현재는 카바나 영주님의 신뢰도 두터워 기사단원의 한 사람으로서 훌륭히 근무하고 계신 모양입니다. 다만 그 때문에 자리를 비우셔서, 귀국하는 때는 다음 주라고 합니다만……."

실망과 희망이 뒤섞이는 사이, 아주 조금이라도 희망 쪽이 크다는 것을 믿으며 모리스는 사실을 밝혔다.

눈앞에 누운 노인이 직분 없는 자였다면, 분명 다정하고 아름다운 거짓말이 통했으리라.

그러나 어떤 상태에 놓이더라도 그는 공작이었다. 광대한 토지에 수많은 영지민을 다스리는 한 영토의 영주였다.

차후의 정치 문제도 걸린 만큼, 왜곡해서 말할 수도 없었다.

그리고 그 사실을 누구보다 잘 이해하고 있는 이 또한 공작 자신이었다.

"……그런가. 그렇게 훌륭한 사내로 자란 겐가. 그렇다면 내가 떠난 뒤에도 그랑디에가 곤란할 일은 없겠구나."

공작은 어떤 때에도 직무에 충실함은 물론이거니와 자신을 대신해 일해주는 모리스의 존재가 있다는 사실에 진심으로 기뻐하고 있는 모양이었다.

그 야윈 얼굴에 오랜만에 웃음이 서렸다.

"주인님. 그런 말씀은 하지 마세요. 주인님께는 아직 건강히 지내셔야……."

"어리광부리지 마라, 줄리앤. 사람은 누구나 늙는다. 수명도 다하지. 월트 내외나 내 아내에 비하면 나는 쓸데없을 만큼 오래 살았어. 남은 건 끝을 기다리는 일뿐이다."

아직 감정에 휩쓸릴 수밖에 없는 줄리앤에게도 공작은 온화한 말투로 타일렀다.

"먼저 간 아내와 월트 내외와는 만날 수 없는 세상으로 갈지도 모르겠구나."

"주인님."

"나는 부모로서 실격이야. 월트에게는 미안한 일을 했어. 아무리 왕가와의 약속이 있었다 해도, 단 하나뿐인 자식에게 사랑 없는 결혼을 강요하려 들었던 게다. 그것도 사랑하는 처자식과 갈라놓으며."

지금까지와는 다르게 자신에 대해서 이야기하기 시작하는 공작의 모습은, 마치 떠날 때를 깨달은 모습 같았다.

줄리앤의 마음이, 손발 끝이 떨렸다.

"그때 월트가 처자식과 함께 이 땅을 떠나지 않았더라면 나는 이 손으로 불행한 사람을 늘렸겠지. 그것도 그런 사실을 깨닫지 못한 채, 나는 월트와 월트의 마음을 빼앗은 이 국의 아가씨를 계속 미워했을 게다. 아내에게도 괴롭고 슬픈 마음이 들게 했지. 갚을 수 없는 죄를 거듭해 왔어."

미련이 남지 않게끔—

마치 그렇게 말하려는 듯이 공작은 자신의 후회와 반성을 밝혀갔다.

"하지만, 그래도 영주로서의 입장으로 보면 희망이 끊어지게 하지 않고, 훌륭한 후계자를 남겨주었던 게다. 더 이상 아무것도 바랄 게 없어. 다만, 그래도 마음에 걸리는 것은 손자의 일. 차후 이 영지, 영지민들의 일. 이 자리에서 그것을 맡길 수 있는 사람은 이제 신뢰하는 너희뿐이다."

"주인님⋯⋯."

이 상황은 모두가 참아야만 하는, 이겨내야만 하는 시련의 장.

그 사실을 알고 있어도 견디지 못한 채, 줄리앤은 무릎을 꿇고 침대 끝에 매달렸다.

"모리스. 당장 종이와 펜을⋯⋯. 하다못해 마음이라도 남겨두고 싶구나."

"예."

탄식하는 줄리앤을 다독이며 공작은 유언장 집필을 위한 지시를 내렸다.

"줄리앤. 네게도 부탁이 있다."

"제게 말씀인가요?"

모리스가 일단 자리를 비우자 공작은 다시 줄리앤을 곁으로 불러들였다.

"아아. 부디 앞으로 나 대신 손자 더글러스를 지지하고, 지키고, 그리고 후회 없이 행복한 인생을 보낼 수 있게끔 지켜봐 주지 않겠느냐."

힘껏 옷자락을 움켜쥐며 눈물을 참는 줄리앤의 손에 손을 얹고서, 공작은 차후의 일을 부탁해 왔다.

"월트와 헤어지고, 아내와도 먼저 사별하고, 오랫동안 삐뚤어져 마음을 닫고 있던 나를 너는 구해주었다. 모리스를 비롯한 가신들이나 영지민들의 마음을 솔직하게 받아들이지 못하고, 또한 감사조차 할 수 없었던 나를 꾸짖고 고쳐 주었지. 너처럼 밝고 다정하고, 마음씨가 아름다운 아이가 손자 곁에 있어준다면 나도 안심이야. 줄리앤, 부디 내 몫까지 더글러스를─"

"주인님……."

공작의 말 한마디 한마디가 지금까지 성심성의껏 공작을 섬겨온 줄리앤에게는 무엇보다 큰 보상이었다.

"더글러스는 월트와 그 아내의 몫까지 오래 살아서, 그리고 행복한 나날을 보냈으면 한다. 적어도 그 아이만은……."

동시에 이것은 줄리앤에게만 향한 주인의 마지막 말.

그것도 명령이 아닌 부탁이었다.

"알겠습니다. 제가 할 수 있는 일이라면 뭐든지 하겠어요. 반드시 더글러스님의 힘이 되어드리고, 또한 행복하게 해드릴 수 있게끔 최선의 노력을 다하겠습니다."

줄리앤은 지금까지 입은 은혜에 보답함과 동시에, 공작의 마음을 조금이라도 가볍게 해주고 싶어 그 손을 강하게 움켜쥐었다.

"그렇지민, 저는 더글러스님의 행복한 보습은 수인님과 함께 보고 싶습니다. 혼자서는 싫어요. 부디 부탁이오니, 건강해지세요. 약한 말씀은 하지 마세요. 저는 더 이상 누구하고도 헤어지고 싶지 않습니다. 주인님과 헤어지는 건 싫어요."

거칠고 딱딱해서 마치 노동자를 떠올리게 하는 커다란 손은 언제 만져 보아도 할아버지나 아버지의 것 같았다.

그러나 그 손을 만질 수 있는 것도 이번이 마지막일지도 몰랐다. 그렇게 생각하니 줄리앤의 눈에는 눈물이 고였다. 어찌할 수도 없었다.

"게다가 주인님께서는 제게 약속하셨잖아요. 언젠가, 제게 멋진 왕자님을 소개시켜 주신다고요. 돌아가신 부모님과 형제, 조부모님 몫까지 행복해질 수 있도록, 멋진 반려를 찾아내서 축복해 주시겠다고요."

이런 때에, 이런 때이기에, 조금이라도 미소 지을 수 있는 이야기를 찾아냈다.

"그런가. 그랬었지. 그런 약속도…… 했었구나."

공작에게도 그 마음이 전해졌는지 다시 한 번 미소를 띠었다.

왕자님인가— 하며, 그것은 이루어야만 하는 약속이로구나— 하고 말하며.

"주인님, 종이와 펜 세트를 가져왔습니다."

그러나 모리스가 돌아오자 공작의 표정은 돌변했다.

마지막 힘을 북돋으려는 듯이 엄격한 표정을 짓더니 힘껏 목소리를 내었다.

"일으켜 다오."

"예."

종자들이 부축해서 몸을 일으키자 공작은 준비된 베드 테이블 위에서 유언장을 썼다.

작성 중에는 누구라 해도 유언 내용을 들여다보는 일이 허락되지 않았다.

공작이 그런 행동을 꺼린다는 사실을 아는 종자들은 이 자리에서도 그 점을 지켰다. 슬며시 시선을 피하며 공작이 유언장을 다 쓰기를 기다렸다.

"모리스, 미안하지만 봉인을 부탁한다."

"알겠습니다."

그렇게 작성한 유언장은 두 통이었다.

편지봉투에 들어간 그 유언장은 모리스의 손으로 녹인 빨간 밀랍과 공작가의 문장이 새겨진 인감으로 완전히 봉인되었다.

"줄리앤. 이것은 네가 더글러스에게 전해다오."

"예."

정식 서장으로서 납인으로 봉인된 그것 중 한 통은 줄리앤에게 맡겨졌다.

"모리스. 이것은 그대가, 혹은 누군가를 통해서 버틀랜드 국왕 폐하께 전해 드려라."

"폐하께?"

그렇게 해서 또 한 통은 모리스에게.

"지금까지 잘해주신 데 대한 감사 인사와, 만에 하나라도 더글러스가 이 땅에 돌아오는 일, 영주가 되는 것을 거부했을 때의 일을 부탁드렸다."

"주인님?!"

이 자리에서 공작은 서신의 내용을 명확히 밝혔다.

"이 땅은 오랜 기간에 걸쳐서 우리 그랑디에가가 지켜왔다. 그러나 애초에 이 땅은 버틀랜드 국왕 폐하께서 맡기신 버틀랜드 공국의 것. 내 대에서 영주가 될 혈족이 끊어지게 된다면, 일단 작위와 영지를 돌려 드리고 새로운 영주를 정하게 해드리는 것이 예의이자 도리다. 이 생각은 지금도 변함이 없어."

월트가 성을 떠난 때부터 각오는 굳혀왔던 것이리라. 월트만 돌아온다면 상관없다고 여기며 일단은 영지민들의 목소리도 받아들였지만, 이제 와서는 모든 것이 손자인 더글러스에게 달려 있었다.

그랑디에의 사람들에게 있어서는, 더글러스가 모든 책

임을 이어받아 주는 것이 가장 이상적이었다.

희망은 그것밖에 없다고 말해도 과언이 아니었다.

그러나 그 사실을 알면서도 공작은 그것도 어떨까 싶었던 것이리라.

공작 자신도 아기일 때 모습밖에 본 적 없고, 이 땅에서 자라지도 않은 더글러스에게 모든 책임을 맡기고 떠나는 것은 너무나 무책임하다고. 영주로서도 한 사람의 조부로서도 해서는 안 될 일이리라 걱정되는 것이리라.

"다만, 그렇게 되었을 때는 이 영지와 영지민을 진심으로 사랑하고, 후세까지 지켜갈 인물을 정해달라고 부탁드렸다. 그것만은 반드시 들어주시길 바란다고……."

"주인님……."

영지에 관련된 일에 대한 최종 결정권은 영주인 공작 자신이 가진 권한이었다.

거기에는 권리만큼의 책무가 항상 존재한다.

그렇기에 공작은 차후에 대한 결정을 스스로 내렸다.

아무것도 모르고 있을 더글러스에게 모든 부담이 지워지지 않게끔, 이 자리에서 모리스 일동에게도 여차할 때의 각오를 해둘 수 있도록 말을 남겨두는 것이었다.

"나 같은 사람을 너희는 정말로 잘 섬겨주었다. 나는 이 땅에서 태어나 너희와 함께 살아와서 행복했다."

마지막 일을 마치고 나서 공작은 힘이 빠진 듯이 다시 침대에 몸을 무너뜨렸다.

"분명, 분명…… 월트도…… 그것을 바랐을 텐데. 나는……."

"주인님."

말하는 목소리가 점점 약해졌다. 밖에서 내리치는 낙뢰 소리가 울려왔다.

"후회해 봤자 늦었어. 어째서 좀 더 빨리 마음을 열지 않았을까― 줄리앤. 좀 더 빨리, 너를 만났다면……."

"주인님!"

줄리앤은 그 뒤에도 공작에게 바싹 붙어서 그 손을 꼭 쥐고 있었다.

"다음 주……. 다음 주인가. 적어도 한 번……. 그때까지 살아 있고 싶구나."

"주인님……."

기억 속 아기가 어떻게 성장했는지 한번 보고 싶다고 절실하게 바라면서, 공작은 한때의 잠에 빠져들었다.

그렇게 해서, 다시 눈을 뜨는 일 없이 공작이 이 세상에서 여행을 떠난 때는 다음 날 아침이었다.

"훌륭한 최후였습니다. 마지막의 마지막까지 이 땅과 영지민을 염려하신, 좋은 영주님이셨습니다."

공작의 침대 주변에는 줄리앤과 모리스를 비롯한 종자들이 모여 오열했다.

"주인님!"

오후에는 그랑디에 성에서 영지를 향한 애도의 종이 울려 퍼졌다.

"영주님……."

"아아, 공작님!"

영지민들은 그 종소리를 듣고 경애하는 영주를 잃었다는 사실을 알게 되었다.

1장
더글러스 월트 그랑디에를 찾아서

공작을 잃은 영지민들에게 보내는 최소한의 위안이었는지, 근처까지 다가와 있었을 터인 태풍은 부슬거리며 내리는 비로 잦아들었다.

마치 그랑디에 땅이 탄식하는 양, 공작이 영면에 든 아침부터 밤까지 눈물 비를 내리더니 그 뒤로는 비구름과 함께 사라져 갔던 것이었다.

그러나 영주를 떠나보낸 애도에 젖을 틈도 없이 성내는 황량함만이 더해갈 뿐이었다.

일단 내밀하게 장례식을 마치고 나서, 성내 사람들은 모리스의 지시에 따라 새롭게 행동을 옮기게 되었다.

나중에 정식으로 공표될 공작의 부고와 함께, 유일한 혈족인 더글러스 월트 그랑디에에게 공작위의 상속을 지체 없이 마쳐야 하기 때문이었다.

'실바라 왕국의 명문 학교에서 수학하고, 그 후 카바나 영주 직속의 기사단에 입단. 이런 성과를 공작가의 이름도 없이 일개 서민의 몸으로 이루신 거라고 한다면, 더글러스님은 크게 출세하신 게 돼. 평범하게 생각해 보아도 매우 뛰어나고 멋진 분이셔.'

그런 와중에 줄리앤은 검은 옷을 걸친 그 가슴에, 더글러스에게 전해주기 위해 맡은 유언장을 품고 있었다.

'게다가 검은 머리카락에 아메시스트의 눈동자를 지니셨다고 들었는데, 이 월트님의 초상화의 머리를 검게 칠한다면 그 모습이 더글러스님이실까? 그렇다고 하면 정말 신비롭고 아름다운 모습이셔. 역대 영주님들보다 나으면 나았지 못하지 않아. 왕족 분들 중에도 이렇게 아름다운 귀공자님은 좀처럼 없지 않을까?'

지금은 세상을 뜬 공작 부인의 방에 장식된 월트의 초상화를 올려다보고는, 아직 본 적 없는 더글러스의 모습을 떠올리며 한숨을 쉬었다.

'역시 그랑디에에 오셨으면 좋겠어. 새로운 공작님이 되셔서 이 땅을, 그리고 사람들을 통치해 주셨으면 좋겠어. 아아, 이러고 있을 수는 없어. 이제 기다리기만 하는 건 싫어.'

꼭 더글러스를 영주로서 맞이하고 싶다는 강한 마음을

안고, 급히 모리스가 있는 곳으로 향했다.

모리스는 알데버트를 비롯한 몇 명의 측근과 지금도 회의 중이었다.

"주인님은 그렇게 말씀을 남기셨지만, 혹시 더글러스님께서 돌아오지 않으실 경우 새로운 영주님을 맞이하게 되는 일 같은 게 가능할까?"

줄리앤이 회의실로 삼은 방 앞에 서자, 안에서는 고뇌에 찬 목소리가 들려왔다.

"더글러스님께서 살아 계시다는 사실을 알게 된 이상 그것은 어렵겠지. 그렇지 않아도 이 그랑디에의 땅은 다른 영지와는 달라. 섬나라이면서도 바다가 없고, 사방을 산들과 다른 영지로 둘러싸여 통치 그 자체가 어려운 지방이야."

그들을 가장 고민에 빠뜨리고 있는 문제는 앞으로의 일이었다.

누구 하나 바라지는 않지만, 만에 하나의 사태가 일어나 버렸을 경우의 고민이었다.

"외적에게는 자연의 요새가 지켜줄지도 모르지만, 대신에 천재지변도 적지 않아. 특히 지금 같은 우기에 폭풍이 이어지면 산의 물이 넘치고 강이 범람해서, 윗사람의 대응이 늦으면 영지민에게 막대한 피해가 나버려. 해안을 낀 영지는 해일을 겁낸다고 들었는데, 발생률만으로 따지자면 이 땅의 재해에 비할 바가 아니야. 도저히 다른 땅에서 타고 자란 사람에게 적확한 판단이 가능하리라고는 생각할 수 없어. 그렇게 되느니 모든 것을 모리스님께 맡기는 편이 마음 든든하지 않을까."

측근 중 한 사람이 머리를 싸맨 것처럼 이 땅은 지형적으로 특수한 토지였다.

대륙에서 건너온 버틀랜드 왕가가 이 섬을 통치하고 나라를 세운 지 오백 년 남짓.

성을 지은 수도 버틀랜드 밖에도 여러 영지가 있는데, 그 영지에는 왕가에서의 신뢰도 두터운 귀족들이 각각 성을 쌓고 통치하고 있었다. 하지만 유일하게 해안에 접한 토지가 없는 곳이 이 그랑디에였다.

"그러나 그렇다면 더글러스님 역시 마찬가지 아닌가? 혹시 월트님께서 무엇 하나 그랑디에에 대해서 가르쳐 주지 않고 키우셨다면, 더글러스님도 다른 영지의 주민과 다를 바 없어."

"그래도 이 땅의 탄생 때부터 영지민을 계속해서 지켜주셨던 영주님의 피가 흐르고 있어. 그 피에 대한 신뢰는 다른 것과는 압도적으로 달라."

줄리앤이 귀를 기울여 보았지만 모리스의 목소리는 들리지 않았다.

"확실히 그렇지. 이 땅에 사는 사람들에게 있어서 그랑디에 공작가는 자랑이야. 명예이자 평화의 상징이지. 버틀랜드 공국 탄생 이래 유일하게 내전도 없고 영주님의 혈통도 바뀌지 않은 곳은 이 그랑디에 공작가뿐이야. 역사와 함

께 자라온 신뢰인 만큼, 이제 와서라는 기분밖에 들지 않는
것은 누구나 마찬가지겠지."

모리스는 다른 사람의 의견에 귀를 기울이고 있는 걸까,
줄리앤은 누구보다 그의 생각이 알고 싶었다.

"어쨌든 일단 더글러스님을 이 땅으로 맞이해야 일이 풀
려. 당장에라도 공작님이 쓰신 유언장을 가지고 카바나로
사자를 보내야지."

"그럼 제가."

그러자 간신히 모리스가 목소리를 내었다. 스스로 더글
러스를 맞이하러 떠날 모양이었다.

"아니, 모리스가 가면 곤란해. 더글러스님께서 도착하실
때까지 성주 대리 자격으로도 일해야 하잖나. 원래 하던 일
도 있고. 간다면 내가 가겠네."

"무슨 말씀을 하십니까, 알데버트. 당신은 국왕 폐하께
서신을 전해 드려야……."

"아아, 그것도 있었나."

그러나 그 이야기는 곧바로 암초를 만났다.

"영지민들도 주인의 부재로 불안할 테고 우리가 이 땅에
서 해야만 하는 일은 산처럼 쌓여 있어. 그렇다고 해서 직
책 없는 자에게 서신을 전하게 하려니 성의를 의심받을 것
같아서……."

이 자리에 상속자만 있었다면 그들의 부담도 이 정도까
지는 아니겠지만, 부재는 부재였다. 어찌할 수도 없었다.

줄리앤은 큰맘 먹고 문 안으로 들어갔다.

"저기…… 주제 넘는 일이라는 건 알고 있지만 더글러스님께는 저를 보내주시지 않겠습니까? 한시라도 빨리 주인님께서 맡기신 마음을, 감정을, 유언장과 함께 더글러스님께 전해 드리고 싶습니다."

그 손은 유언장을 감싸고 있는 덕분인지, 갑작스럽게 나타난 줄리앤을 비난하는 사람은 없었다.

"줄리앤. 그러나 카바나까지는 빠른 말을 써도 사흘은 걸리는 긴 여정이야. 여자아이인 너에게는 며칠이 걸릴지……."

그러기는커녕 모리스는 카바나행을 자청한 줄리앤의 몸을 먼저 걱정했다.

마음은 잘 알고 기쁘지만, 걱정되니까 그럴 수는 없다는 말투였다.

"몇 번 말하게 하는 거예요, 모리스. 저는 대대로 공작가의 마구간 책임자를 맡아온 집안의, 그것도 코치맨―조련사의 딸이에요. 태어나면서부터 말의 등 위에서 흔들리며 자랐습니다. 이렇게 말하기는 뭐하지만 여기에 계신 여러분께도 말달리기라면 지지 않아요. 요전에도 일각을 다투는 일이라면 저를 카바나로 보내달라고 부탁드렸을 때에도 설명했었습니다."

"아아, 그랬지. 미안하다. 그렇지만 말이지."

모리스의 말에 맞장구치는 알데버트 일동도 마음은 같은

모양이었다.

그들은 가장 가까운 곳에서 공작을 섬겨왔던 만큼, 공작에게서 깊은 신뢰를 받았던 줄리앤에 대해 자신들 역시 그만큼 신뢰를 하고 있는 것이었다.

게다가 자식이나 손자뻘인 아가씨이기 때문에 더욱 과보호하는 것이리라. 그들의 기우는 애정의 증거였다. 그 사실은 줄리앤도 충분히 이해했다.

아무리 줄리앤이 승마를 잘한다고 해도 그 여정은 노숙이 섞인 여행이 된다.

설령 며칠이라고는 해도 쉽사리 '그렇다면 부탁한다' 라고는 말할 수 없었다. 모리스의 판단은 상식 있는 어른으로서는 당연한 일이었다.

"여자의 몸으로 먼 여정이 위험하다고 하신다면 남자 차림으로 가겠어요. 필요하다면 이 머리카락도 자르겠어요. 그러니까 제발!"

"줄리앤."

"물론 저 같은 일개 고용인에게 그런 큰 역할을 맡길 수 없다고 말씀하신다면 별수 없습니다. 그렇지만…… 더 이상 손 놓고 있을 수가 없어요. 적어도, 주인님이 남기신 말씀을 하루라도 빨리 더글러스님께……."

줄리앤은 사자로서 카바나로 향하게 해줄 것을 계속 부탁했다.

그 손에 안은 유언장은 다른 누가 맡은 것도 아니었다.

줄리앤이 맡은 것이니만큼 이 사명만은 다하고 싶다고 계속해서 호소했다.

"모리스. 여기서는 눈 딱 감고 줄리앤에게 맡겨보는 건 어떤가? 카바나에는 대기시켜 둔 선발대의 사자들도 있어. 아무리 그래도 아가씨 혼자서 보낼 수는 없지만, 그 부분은 실력 있는 자를 호위로 동행시키면 여행 그 자체는 걱정 없겠지. 뭐, 줄리앤의 빠른 승마에 따라갈 수 있는 자라 하면 꽤 제한되겠지만."

그러자 측근 중 한 사람이 일단 굽혔다.

"음. 게다가 줄리앤이라면 공작님이나 모리스에게 충분히 예의범절을 교육받았어. 공작가의 종자 대표로서 서신을 가지고 간 곳에서 실수할 일은 일단 없지. 만약 카바나 영주이신 백작님과 대면하는 상황에 처하게 되더라도 줄리앤이라면 잘 대응해 줄 거고 말이야."

뒤이어서 알데버트가 찬동하자 모리스를 제외한 측근들이 차례차례 의견을 밝혔다.

"카바나 백작과의 알현 말입니까. 확실히 더글러스님께서 기사단장이신 한 그 부분을 전제로 삼아 사자를 골라야만 하겠군요."

이렇게 되면 모리스도 결단을 내릴 수밖에 없었다.

모든 상황을 상정하고서 어쩔 수 없다는 표정이 되었다.

"그럼, 줄리앤. 너에게 맡겨도 괜찮겠니? 국경을 넘기 위한 증서나 신분증명서를 곧바로 준비하마. 그리고 네가 내 대리인이라는 증명서와 함께 예복도 챙겨주마. 유사시에는 공작가의 종자 대표로서 부끄럽지 않도록 행동해 다오."

"예! 알겠습니다. 고맙습니다."

석성스럽게 바라보던 줄리앤의 얼굴에 간신히 미소가 떠올랐다.

책임은 중대하지만 스스로 유언장을 전할 수 있었다. 직접 더글러스의 손에 유언장을 건넬 수 있다는 사실이 지금은 무엇보다 기뻤다.

*　　　*　　　*

사자로서 카바나로 향하기로 결정되자, 줄리앤은 서둘러 준비를 마치고 아침 일찍 성을 출발하기로 했다.

"마음이 앞서는 건 알지만 부디 무리는 하지 마라."

"예, 모리스."

줄리앤을 태우고 달리는 말은 성안에서도 굴지의 준마, 푸른 털이 아름다운 수말 빅터.

그리고 그런 줄리앤을 호위해 무사히 선발대의 사자와 합류시키는 역할을 담당하게 된 사람은 얼마 전 카바나에서 막 돌아온 종자 사일러스였다.

"사일러스. 막 돌아온 참인데 미안하지만 줄리앤을 부탁한다."

"맡겨주십시오."

지금부터 두 사람은 야영을 포함해 삼박 사일의 여행에 나선다.

"그럼 다녀오겠습니다."

줄리앤의 명랑한 목소리와 함께 두 사람은 산 사이에 있는 숲으로 흐르는 강가를 지나, 이웃 영지인 카바나로 향했다.

이웃 영지인 카바나는 그랑디에의 절반 정도밖에 되지 않는 면적의 영지였지만, 커다란 항구가 있고 대륙을 오가는 배도 많은 덕분에 무역이 왕성한 토지였다.

단지 산 하나를 넘었을 뿐인데도 그랑디에에는 없는 바다와 항구가 있는, 대륙에서 온갖 물건이나 문화가 가장 빨리 들어오는 공국 내에서도 도회적이고 선진적인 영지였다.

실제로 수도 버틀랜드에 필적하는 번화가가 있는 이 항구 마을 카바나는 항상 활기찼다.

그러나, 그런 반면 이 땅을 다스리는 카바나 백작이 굳이 기사단이라는 자치제 전속의 기마대 조직을 만든 이유는 치안에 문제가 있기 때문이었다.

정작 국경을 걸쳐 흐르는 강가의 길에서는 이상이 없지만, 산적이 나타나는 것은 카바나 령에 들어가고 나서였다. 재해는 끊이지 않지만 치안은 좋은 그랑디에와는 전혀 정반대인 지역이었다.

모리스 일동이 줄리앤을 보내기를 꺼렸던 이유도 야생의 짐승들보다 이 산적 쪽이 상당히 질이 나쁘기 때문이 틀림없었다.

그 사실을 알고 있는 만큼 카바나 령에 들어설 때부터 사일러스의 경계는 최고조에 이르렀다.

줄리앤을 데리고 이동하는 삼박 사일의 일정 중 하룻밤은 카바나 쪽에서 노숙으로 지낼 수밖에 없었던 날도 있어서, 이날 밤만은 불침번을 설 정도였다.

"앞으로, 조금만 더 가면 돼."

"네!"

그런 만큼 마지막 밤이 밝자 사일러스도 어느 정도 긴장이 풀린 모양이었다.

다음은 태양이 떠 있는 동안 계속 달려, 기사단의 본거지가 있는 카바나의 성 아래 마을에 도착하면 사일러스의 임무는 일단락된다.

대기하고 있는 사자들과 합류할 수 있으면, 오늘 밤은 푹 잘 수 있으리라.

그러나 그런 순간의 일이었다.

"―안 되겠어. 조금 쉬게 해주어야 생각대로 달릴 수 있겠어. 역시, 줄리앤과 나는 무게가 달라. 서두르기만 했지 고삐를 다루는 것도 뒤떨어지는 나로서는 말에게 부담을 주고 만 모양이야."

사일러스가 타고 온 말이 다리가 뒤엉켜 넘어질 것만 같은 상태였다.

과로했다는 것이 눈에 보였다.

줄리앤도 일단 말에서 내려 상태를 살폈다.

"그렇지 않아요. 제가 무턱대고 달려서 무리하게 만들었으니……. 그렇지만 여기에서 휴식을 취하게 되면, 성 아래 마을에 도착하지 못하고 해가 저물어요. 오늘 중에 도착하려면 계속 달리는 수밖에 없어요."

어찌할지 고민해 보아도 선택지는 그다지 많지 않았다.

줄리앤은 즉시 결단했다.

"사일러스. 저는 먼저 길을 서두를 테니까 당신은 이 아이를 쉬게 해준 다음 올래요? 합류 지점을 선발대가 머무르고 있는 여관으로 정하면 헤어지게 될 일도 없겠지요."

"하지만, 그래서는 내 임무가……."

"이대로 가면 앞으로 반나절도 안 걸려서 성 아래 마을이에요. 당일치기 장거리 승마라고 생각하면 걱정 없어요. 게다가 여기까지 오는 동안 산적도 늑대도 나오지 않았으니까 괜찮아요. 저, 어쨌거나 오늘 중에 선발대 분들과 합류하고 싶어요. 내일에라도 더글러스님을 뵐 수 있도록 최선을 다하고 싶어요."

당연히 사일러스는 곧바로 찬성하지 않았다.

그러나 여기에서 휴식을 취하면 줄리앤이 말한 대로 도착은 내일이 된다.

숲 속에서 다시 하룻밤을 지내게 될 경우, 아무래도 이틀

밤 연속으로 불침번을 설 수도 없었다.

"알겠어. 그럼, 나는 내일 아침까지는 도착할 수 있게끔 조정하면서 가겠어. 부디 조심하고, 한시라도 빨리 선발대 일행과 합류하도록 해."

사일러스는 자신의 체력 저하도 고려했는지, 줄리앤이 먼저 가는 방안을 수긍했다.

"고마워요, 사일러스. 당신도 조심해서 오세요."

줄리앤은 사뿐히 빅터 위에 올라서, 다시 강가를 따라 내려가 성 아래 마을로 향했다.

'앞으로 조금만 더. 이곳을 빠져나가면 카바나령의 성 아래 마을이 나올 터.'

그렇게 계속 달려 동쪽에서 뜬 태양이 하늘 한가운데를 지날 무렵이었다.

"어머? 유황과 비슷한 냄새가 나네. 이 근처에 온천이 솟고 있는 걸까?"

줄리앤은 미약하게 떠도는 냄새를 맡고, 말을 멈추고서 주변을 둘러보았다.

빅터가 콧소리를 울리며 냄새가 더 강한 쪽으로 고개를 돌렸다.

"뭐야, 너도 알겠어? 그렇다면 조금 발을 데우기로 할까. 너에게는 잔뜩 무리를 시켰지."

줄리앤은 이것을 마지막 휴식 삼아 조금 길게 쉬기로 했다.

강변 옆에는 산에서 흘러나오는 깨끗한 물에 지저에서 샘솟아 오르는 열탕이 뒤섞여서, 어지간한 연못 같은 천연 온천욕장이 만들어져 있었다.

가까운 쪽이 얕은 여울을 이루고 있고, 커다란 바위를 낀 건너편은 조금 깊이가 있는 모양이었다.

'나도 부츠를 벗고 발을 담가볼까. 하지만 그러면 쓸데없이 시간이 걸리겠지……'

줄리앤은 땅으로 내려와 빅터를 얕은 여울로 유도했다.

그러자 바위 밭 너머에서 물이 튀기는 소리가 들려왔다.

"어머? 다른 동물이라도 있는 걸까?"

위험한 짐승이라면 빅터가 먼저 동요할 터.

그러나 빅터는 기분 좋다는 듯이 발을 담그고 있으니 아마 있다 해도 작은 동물이리라. 줄리앤은 이런 곳에서 사랑스러운 숲의 동물을 만날 수 있는 것에 기뻐하며 바위 밭 너머를 들여다보았다.

'─어?'

그러나 바위 밭 너머에서 몸을 씻고 있는 것은 사람이었다.

'정말, 아름다우신 분.'

그것도 눈의 착각이 아니라면 젊은 남성인 모양이었다.

줄리앤의 눈으로는 뒷모습밖에 알 수 없었지만, 어깨에서 허리로 이어지는 선은 훌륭한 역삼각형을 그리고 있었다.

매끈한 팔다리에는 적당히 근육이 붙어 있었다.

원래대로라면 비명을 질러도 이상하지 않았을 엉덩이까지도 보였지만, 단단히 꽉 조여 모양 좋은 그것은 그저 아름답게만 보였다.

'산신님이실까? 그렇지 않으면 하늘에서 내려온 사자가 목욕을 하러 왔나? 내가 아는 남성…… 아버지나 오빠와는 전혀 다른 등을 하고 있어. 그 말은 역시 인간은 아니라는 뜻?'

기억 속 어린 시절의 자신의 가족과는 너무도 다른 인상이었기 때문인지, 줄리앤은 완전히 그 남자를 '인간이 아닌 영역의 존재'라고 굳게 믿어버리고 말았다.

'아, 얼굴을 씻기 시작했어.'

무심결에 물끄러미 쳐다보고 말았다.

그러자 상대는 얼굴을 씻은 다음에 뒤로 한데 묶고 있던 머리카락을 풀었다.

등까지 뻗은 검은 머리카락이 그의 뒷모습을 한층 아름답게 보이게 했다.

'빗은 가지고 계실까? 내 것이라도 좋다면 드리도록 할까?'

그런 생각을 하며 줄리앤은 짐을 놓아둔 곳을 돌아보았다.

그때, 자갈 뿌리에 발끝이 걸려 자세가 무너졌다.

넘어지지는 않았지만 줄리앤은 '꺅' 하고 작은 비명을 질렀다.

"누구냐!"

그러자 갑작스럽게 남자가 뒤돌아보았다.

남자는 줄리앤의 기척을 눈치챔과 동시에, 저쪽 강가에 손을 뻗었다.

"어?"

의복 위에 놓아두었던 검집에서 검을 뽑아 든 남자의 모습은, 의심할 여지 없는 인간이었다.

그것도 매끈했던 뒷모습에서는 상상도 할 수 없는 안광을 뿜으며, 긴 흑발이 아름답기보다 용맹함을 두드러지게 하는 거친 남자였다.

'혹시 산적이었어?!'

남자는 줄리앤이 겁먹은 사이에 단숨에 걸어서 다가왔다.

"으, 죄송합니다. 부디 용서해 주세요."

줄리앤은 몸을 돌렸지만 다시 발끝이 걸려서 넘어지고 말았다.

얕은 여울에서 엉덩방아를 찧으면서도 필사적으로 도망치려고 허둥댔다.

"기다려! 무례한 놈."

눈 깜짝할 사이에 팔을 붙들려 붙잡혔다.

"네 정체는 뭐냐. 여기에서 뭘 하고 있었나. 내 목숨이라도 노리고 온 건가."

그 자리에서 남자가 검끝을 목덜미에 들이대자 당장에라도 심장이 멎을 것만 같았다.

"용서해 주세요. 우연히 지나가던 것뿐입니다. 저는 갈 길이 급한 단순한 여행자. 부디 눈감아주세요."

하느님— 줄리앤은 기도하는 심정으로 어깨를 움츠렸다.

"여행자라고? 너 같은 계집애가 혼자서 말인가?"

"일행의 말이 다리가 상해 버려서 저 혼자서 성 아래 마을을 향하고 있어요."

필사적으로 용서를 구하며 설명했다.

사태가 급변했다는 사실을 느끼고 빅터가 흥분하기 시작했다.

"호오……. 그렇다면 한동안은 아무도 오지 않겠군. 무례는 용서해 줄 테니 잠시 내 상대를 하고 가라."

남자는 손에 들었던 검을 온천 밖으로 던지더니 양손으로 줄리앤의 팔을 움켜쥐었다.

"—윽."

그리고 힘껏 팔을 들어 올려져 엉거주춤한 자세가 된 줄리앤의 눈앞에 남자의 상징을 들이밀었다.

"옷을 찢기고 싶지 않으면 스스로 벗어. 뭣하면 속옷을 벗고 엉덩이만 내밀어도 상관없어. 그 상태라면 가슴은 있으나 없으나 별 차이 없을 테니까."

위를 향하기 시작한 남성의 분신은 그야말로 줄리앤이

한 번도 본 적 없는 것이었다.

남자는 더욱더 줄리앤의 몸을 끌어 올리더니 줄리앤을 그 팔 안에 품고서 분신을 하복부로 바싹 가져다 댔다.

"윽— 까아아아아앗!"

젖은 의복 위에서도 알 수 있는 존재감에 비명을 질렀다.

빅터는 물을 박차며 남자를 계속해서 위협했다.

"제발, 용서해 주세요. 우연이라고는 해도 제가 잘못했어요! 그렇지만, 일각을 다투는 여행 도중입니다. 중요한 역할을 맡았어요. 부디, 부디 용서해 주세요!"

줄리앤은 몸부림치며 그 팔 안에서 벗어나려고 필사적으로 노력했다.

하지만 그렇지 않아도 체격 차이도 있거니와 힘의 차이도 역력한 상대의 팔에서 벗어나기란 절망적이었다.

"싫다고 하면?"

남자는 웃으면서 줄리앤의 허리에 팔을 둘렀다.

"하는 수 없지요. 용서하세요!"

줄리앤은 수단을 가릴 수 없어서 상대의 가슴에 팔꿈치를 내질렀다.

"윽!"

생각지도 못한 기습에 남자가 놀라 어느 정도 거리가 벌어졌을 때, 줄리앤이 힘껏 그의 다리 사이를 차올렸다.

"……!"

줄리앤의 발차기는 아래에서 분신을 쳐 올리는 듯한 자

세로 직격했다.

그 감각은 줄리앤 자신도 뚜렷하게 허벅지로 느꼈다.

그 순간 남자는 소리조차 나지 않는 비명을 질렀다.

"정말로, 정말로 죄송해요!"

남자는 줄리앤을 놓음과 동시에, 다리 사이를 양손으로 억누르며 웅크렸다.

그 틈을 타 줄리앤은 빅터에게 달려가, 젖은 의복의 무게에 다리가 휘청거리면서도 간신히 말등에 올라 고삐를 당겼다.

"도망쳐, 빅터!"

강하게 옆구리를 참과 동시에 그 자리에서 쏜살같이 달아났다.

"네…… 놈! 다음에 만나면 그냥 두지 않겠다. 절대 용서 안 해! 알몸으로 만들어 엉망으로 범해주마!"

'어쩌지! 산적에게 원한을 사버렸어. 돌아갈 때 같은 길은 피해야 할지도 몰라.'

크게 노한 남자의 외침에 줄리앤은 온몸이 부들부들 떨렸다.

"만에 하나라도 못 쓰게 되면 남편으로 삼아야 할 거다! 기억해 두라고! 아파아— 으으윽."

그러나 마지막에 덧붙인 욕지거리가 어쩐지 우스운 내용이라서 저도 모르게 '어?' 하고 뒤돌아볼 뻔했다.

'나, 남편? 산적이 내 남편?

당연히 지금은 도망치는 일이 급선무였기에, 어쨌거나 말을 달리게 하면서도 줄리앤은 잠시 곤혹스러운 상태였다.

'그건 그렇고, 폭한이 나타났을 때는 이렇게 해서 도망치라고 모리스가 가르쳐 주어서 해본 건데……. 그거, 엄청 아픈 것이었을까?'

이런 상황이 되어버린 과정은, 떠올리기만 해도 무서움과 부끄러움이 공존하는 상황이었다.

'아팠겠지? 역시. 그렇게 무서워 보이던 사람이라도 비명을 지르며 웅크려 버렸고.'

연인과 키스는커녕 아직 사랑조차 해본 적이 없는 줄리앤에게는 너무나 강렬하고 자극적이었다.

'아아, 그렇다고는 해도……. 그렇다고는 해도, 뭐가 남편이야! 내 쪽이 혼삿길 막혔어. 그런… 그런……. 이제 어쩌면 좋아!'

말 위에서 크게 열을 내버렸음에도 불구하고 성 아래 마을까지 계속해서 달린 이유는, 오로지 줄리앤이 지닌 사명감 때문이었다.

자신의 장래보다도 지금은 어쨌거나 공작가!

소중한 유언장을 전한 뒤 일단은 더글러스님을 그랑디에로 모신다!

그 큰 역할에 대한 책임감과 의무감이 있었기 때문이었다.

*　　　*　　　*

　줄리앤이 카바나의 성 아래 마을에 도착한 것은 태양이 서쪽 하늘로 잠기기 시작한 저녁 시간대였다.

　뜻밖에 라스트 스퍼트가 도움이 되었는지 예상보다도 제법 빨리 도착했다.

　"줄리앤! 너 혼자 온 거냐?"

　"그건 그렇고, 어찌 된 일이야? 오는 도중에 비라도 내렸니? 이쪽은 줄곧 맑았는데."

　사일러스에게 들었던 숙박 시설을 찾아가자 그곳에는 얼마 전부터 체재하고 있던 선발대 종자가 세 사람 있었다. 연령대는 사일러스와 같은 삼십대 후반의 남성들이었는데, 모두 새로운 사자로서 달려온 사람이 줄리앤이었다는 사실에 놀라움을 감추지 못했다.

　물론 '이럴 때에 이런 큰 역할을 줄리앤이 짊어진 건가?' 라는 불만 때문은 아니었다.

　줄리앤이 젖은 옷을 반쯤 말린 채 고작 혼자서 나타난 상황이 그들의 당혹감과 걱정을 부른 것이었다.

　"아침까지 사일러스와 함께 왔지만 사일러스의 말 상태가 나빠져서 저만 먼저 왔어요. 젖은 이유는 도중에 빅터를 온천에 들여보내 쉬게 하다가 발이 걸려 넘어져 버린 탓이에요."

"뭐야, 그랬구나."

"어쨌거나 먼저 욕실에 들어가서 옷을 갈아입도록 해. 여관 주인에게 부탁해서 따뜻한 밀크티를 내오라고 할 테니까."

"고마워요."

사정을 알게 되자 선발대 사람들은 마음이 놓였다는 듯이 가슴을 쓸어내렸다.

그리고 그 후로는 말한 대로, 여행의 피로도 쌓였을 줄리앤이 한숨 돌리도록 배려해 주었다.

날이 저문 뒤에는 저녁 식사를 하러 밖으로 나간다. 그걸 전제로 갈아입을 옷을 고른 줄리앤은, 성에서는 그다지 입을 일 없는 외출용 드레스를 몸에 걸쳤다.

그랑디에의 성 아래 마을에서는 조금 화려하다는 느낌이 들었던 무릎 길이까지 오는 원피스는, 줄리앤의 생일에 성 내 사람들이 돈을 모아 선물해 주었던 것 중 한 벌이었다.

가슴 아래에서 허리 부분까지가 꼭 조이고 스커트 부분이 풍성한 귀여운 디자인의 드레스였지만, 이 카바나에서는 꽤 차분한 축에 속한 듯 보였다.

역시 마을 전체가 떠들썩하고 화려한 인상이 있기 때문인지 줄리앤으로서는 간소한 여행복의 반동도 있어서 꽤 기합을 넣어 멋을 부린 건데도 얌전해 보이는 것이었다.

무엇보다 하나로 묶었던 은색의 긴 머리카락을 풀면 그

것만으로도 충분히 남들 눈을 끄는 화려함은 가지고 있지만, 평소에도 잘 때 이외에는 머리를 푸는 일이 없는 줄리앤은 지금도 단단히 머리카락을 올리고 있다.

그렇게 준비를 다 마치고 일단 소파에 걸터앉았다.

종자 중 한 사람이 준비해 준 밀크티를 받아 들며 한숨 쉬었다.

"그래서, 더글러스님께서는 이미 이 지역에 돌아오셨나요?"

선발대가 잡아둔 이인용 방에는 원래 놓여 있는 침대가 두 개, 거기에 간이침대를 들여놓아 세 사람이 숙박할 수 있도록 해놓았다.

욕실과 응접실도 붙어 있었다. 그들 같은 장기 체류자가 묵기에는 쾌적해서 지내기 편할 것 같았다.

"아아. 기사단 쪽에 가서 이야기를 들어보았는데 이틀 전에는 돌아오셨어. 다만, 귀국과 동시에 일주일 동안 휴가를 얻으신 후 어디로 나가 버리신 모양이야. 그 때문에 누구에게 부탁해 보아도 아직 연락을 취할 수 없는 상태지. 카바나 백작님께도 이야기는 해두었지만⋯⋯."

"─저런. 타이밍이 나쁘네요."

줄리앤이 양손으로 찻잔을 감싸며 온기가 있는 사이 내용물을 들이켰다.

"그 점과 또 한 가지, 신경 쓰이는 문제도 있어서 말이야."

"신경 쓰이는 문제?"

"요 근래 더글러스님 주변에서 이상한 일이 이어지는 모양이야. 마치 그…… 누군가가 목숨을 노리고 있는 것만 같은……. 우연이라고는 생각할 수 없는 사고나 사건이."

"뭐라고요?"

마침 내용물을 다 마셨던 참에, 줄리앤은 찻잔을 손에서 놓쳤다.

어찌 된 일인지 영문을 알 수가 없었다.

빈 잔이 무릎 위에서 발치에까지 굴러 떨어져서 러그 위로 튀어 호를 그렸다.

"들은 이야기로는 남에게 원한을 살 분은 아니고, 굳이 말하자면 여성 문제로 생긴 갈등 때문인가? 하는 의심도 나온 모양이야. 그러나 그런 것치고는 솔 오리엔스 국으로 나서신 뒤 일어난 일인 모양이라 더욱 부자연스러운 상태고."

"맞아, 맞아. 그 탓에 우리 쪽이 어떤 목적으로 더글러스님을 만나러 온 건지 꽤 추궁당했다고. 더글러스님은 기사단 중에서도 한 중대를 맡은 중대장으로 근무하고 계셔. 그 때문인지 걱정하고 있는 부하들이 굉장히 많아서……."

마침 그 자리에 있던 종자 두 사람이 번갈아가며 서로 사정을 설명해 주었다.

"그래서, 그 부하 분들께 목적에 대해서는?"

"물론 공작가의 이야기는 하지 않았어. 이건 본인께 직접 전해 드려야 할 이야기니까 자세한 내용은 카바나 백작님께도 얼버무렸을 정도야. 그저 돌아가신 더글러스님의 부친이 명문 집안 출신이라 몸 상태가 나빠지신 조부가 그분의 행방을 찾고 있다, 우리는 그 심부름으로 모셔가기 위하여 온 것이라 설명했을 뿐이야."

대략적인 내용은 이해했지만, 그렇다고 해도 알 수 없는 부분은 이 타이밍에 벌어진 일이었다.

우연치고는 너무 잘 들어맞았다.

"그래요. 그건 그렇고 무서운 이야기네요. 더글러스님께서 목숨을 위협받다니. 공작가와도 무언가 관련이 있을까요?"

줄리앤은 발치에서 구르는 잔을 들어 올려 테이블 위에 올려놓았다.

"다른 영지라면 어떨지 모르지만 그랑디에서는 있을 수 없어. 애당초 더글러스님은 태어나셨을 때부터 어머니 쪽 성을 사용해 왔어. 작위의 상속권이 있다는 사실 자체를 본인이 아시는지 어떤지는 별개로 치더라도, 주변 사람은 분명 모를 거야. 돌아가신 부친께서 명문 집안 출신이라고 설명한 것만으로 부하들도 놀랐을 정도니까."

"게다가 공작가의 일에 관해서는 공표가 될 때까지 덮어두었으면 좋겠다고 실바라의 왕립 학교 선생님들께는 약속받았어. 그곳에서 소문이 샐 일은 없지. 다만, 우리들이 알아내기 이전부터 알고 있던 사람이 없다고는 단정할 수 없으니까, 이것만은 뭐라고 하기가…… 그렇지.”

이야기를 들으면 들을수록 걱정이 되었다.

더글러스는 지금 어디에 있는 것일까?

이런 위험한 곳에서 한시라도 빨리 떠나고 싶었다.

안전한 장소, 그랑디에로—

“더글러스님이 걱정돼요. 지금, 어디에 계신 걸까요?”

그러나 줄리앤이 진심으로 중얼거렸을 때였다.

“큰일이다! 요 앞에 있는 술집에 더글러스님께서 오셨어.”

저녁 식사를 할 레스토랑을 물색하러 나갔던 나머지 종자가 흥분한 기색으로 돌아왔다.

“뭐라고?”

“부하 기사단원들을 불러내신 모양이야. 사정을 설명해 두었던 남자가 지금 막 그 사실을 가르쳐 주러 왔어.”

“정말이냐!”

잘못 들은 것은 아닐까?

줄리앤은 그 길보에 귀를 기울였다.

“아아. 이런 일도 있을까 싶어 이 여관을 가르쳐 주었어. 혹시 휴가가 끝나기 전이라도 만날 수 있다면 만나게 해달라고.”

“그것 참 잘했군!”

“다만, 가르쳐 주러 온 이유는 부하 본인들이 모두 모이는 자리이기 때문인가 봐. 더글러스님께서 혼자 계실 때에 만나게 하는 것보다는 안심된다는 모양이야."

"—완전히 신뢰받는 것은 아니구나."

"어쩔 수 없지. 그렇지만 그 정도로 부하들이 따르는 분이라는 뜻이야. 역시 공작님의 핏줄이군."

경위에는 각각의 사정이나 의도가 있는 모양이었지만, 그래도 하루라도 빨리 만날 수 있다는 사실보다 더 좋은 일은 없었다.

줄리앤은 그들이 이야기를 진행하고 있는 사이에 자리에서 일어섰다.

"어쨌거나 가자. 우선 한 번이라도 뵙고 싶어."

"아, 줄리앤은 어쩔 거야? 술집에 데려가기는 좀⋯⋯."

"아니요, 가겠어요! 사자로서 필요한 물건은 모두 챙겼어요. 저도 함께 데려가 주세요."

목숨보다 소중하다고 할 수 있는 서신이 든 가방을 손에 들고서, 그랑디에의 성 아래 마을에서도 들어가 본 적이 없는 술집으로 동행하기로 결심했다.

여관에서 해안을 따라 이동한 그곳은 바다 냄새가 배어든 목조 건물 술집이었다.

카운터에서 테이블 석까지 합치면 백 명은 수용할 수 있을 것 같았다.

항구 마을답게 바다 남자가 모여 있고, 테이블 위에 늘어놓은 요리는 대부분 바다 생선이었다.

바다가 없는 그랑디에에서는 민물고기가 주류라서, 바다 물고기 종류는 공작이라도 달에 한 번이나 두 번 정도만 입에 댈 수 있는 고급 식재료다.

그것이 날것으로 늘어서 있는 테이블도 있어서 줄리앤은 놀랄 수밖에 없었다. 마침 배도 고플 시간이기도 해서 호화롭게 보이는 식사에 조금 시선과 의식을 빼앗겼다.

이런 점에서는 아직 한창 자랄 때의 소녀였다.

"데리고 왔어."

그런 줄리앤을 곁눈질하며 안내해 준 더글러스의 부하가 안에 있던 동료를 불렀다.

"오오— 아니, 뭐야, 이 아가씨는?"

"이 아가씨도 이 녀석들과 마찬가지로 마중 온 사람 중 하나라는 모양이야."

"헤에."

"그래서, 더글러스님은?"

"벌써 와 계셔. 그건 그렇고 지금 막 수라장이 지나간 참이지만 말이지."

안에서 나온 동료 남자는 이 자리에는 어울리지 않는 줄리앤을 보고서 고개를 갸웃거렸지만, 그래도 어쨌든 이 가게에 더글러스가 있다는 사실을 가르쳐 주었다.

"수라장?"

"방금 전까지 카바나 백작 영애가 와 있었어. 더글러스님이 여기에 계시다는 소식을 듣고서 찾아온 모양인데, 맹렬하게 어택했다고. 그래 봤자 더글러스님 쪽은 평소대로 신분 차이를 이유로 거절하셨지만 말이지. 애당초 지위나 명예에는 무관심한 분이시고, 미인은 좋아해도 자존심 센 여자는 좋아하지 않으셔. 그리고 무엇보다 여성이 부족한 분도 아니시니 무리해서 사귀려는 생각은 들지 않겠지. 뭐, 저래서야 언제까지고 진짜 결혼 상대로는 좁혀지지 않으려나."

대수롭지 않은 일이 있었다는 사실도 이야기해 왔다.

"맞는 말이야. 오늘 밤도 마을 아가씨들에게 둘러싸여서 바빠 보이시는구만. 아, 보라고. 안쪽 자리에 있는 카바나 제일의 인기남이 더글러스님이야."

시선과 손가락이 향한 술집의 안쪽, 가장 구석진 자리에는 몇 사람이나 되는 여성에게 둘러싸인 남자가 있었다.

휴가 중이라서인지 셔츠와 바지에 겉옷을 걸쳐 입은 느슨한 차림이었다.

그러나 허리에는 벨트가 둘러져 있어서 제대로 검은 장비하고 있었다.

"당신이 졌어. 자, 키스해 줘."

"어쩔 수 없지. 이왕이면 가슴도 만지게 해줘."

"앙⋯⋯. 음흉해. 그렇지만 더글러스라면 좋아. 키스든지 가슴이든지."

"그럼 가슴을."

"꺄아앗. 다음은 나! 나랑 승부해, 더그."

"나도!"

도대체 무슨 승부를 하는지 모르겠지만 가슴이 파인 화려한 드레스로 몸을 감싼 여성들을 상대로 꽤 분위기가 무르익어 있었다.

"어? 저분이……."

"월트님의……?"

그러나 그 문란한 모습을 본 종자들은 그저 기가 막혔다.

자신들의 기억에 남아 있는 월트는 왕족에게 뒤지지 않을 만큼 품위 있는 귀공자였다.

그야말로 실바라의 왕립 학교에서도 성적이 우수한 우등생으로, 성실함을 그림으로 그려낸 것만 같은 인물이었다. 종자들의 자랑이었음은 말할 것도 없었다.

"어디를 보아도 그저 질 나쁜 한량으로만 보이는데……."

그러나 그 월트의 외동아들이라고 여겨지는 더글러스는 최상급 외모를 지녔지만 언뜻 보기에 한량 같은 데다 천박했다.

여러 사람들의 면전임에도 불구하고 당당하게 여성의 가슴에도 손을 대었다.

종자 중 한 사람이 저도 모르게 줄리앤의 눈을 가리려고 손을 뻗었을 정도였다.

'거짓말……. 저 사람은 온천에서 만났던 산적이잖아? 저분이 더글러스님이라니 무언가 잘못된 거겠지?

그러나 그 남자를 본 기억이 있었던 줄리앤은 놀라움보다도 의혹이 앞서, 친절한 마음으로 뻗어온 동료의 손을 치웠다.

그가 더글러스일 리가 없다. 그런 마음에 줄리앤은 술집 안쪽으로 맹렬히 돌진해 들어갔다.

"아, 줄리앤!"

동행한 세 사람이 허둥대며 뒤따랐다.

더글러스의 부하들도 그 뒤를 이었다.

"즐기시는 참에 실례합니다. 죄송하지만 기사단장이신 더글러스 듀자르단님은 어느 분이신가요?"

그렇게 안쪽 테이블까지 다가간 줄리앤은 그 자리에 남자는 하나밖에 없었음에도 불구하고 굳이 더글러스의 소재를 물었다.

결코 그가 더글러스인지 아닌지 물은 것이 아니었다. 어디까지나 '그 사람이라면 저쪽에'라고 다른 누군가를 지적해 주길 기대하고 말을 건 것이었다.

"응? 더글러스 듀자르단은 나인데—아니, 너! 낮에 보았던……!"

그러나 줄리앤의 의도는 크게 빗나갔다. 산적이라고 굳게 믿고 있었던 남자가 더글러스였다.

더글러스도 줄리앤을 알아보고 눈을 크게 떴다.

"거짓말이야……. 절대로 거짓말."

줄리앤은 충격에 빠진 채 속마음을 입 밖으로 내어버렸다.

"뭐라, 뭐가 거짓말이냐. 여전히 무례한 여자로군."

확실히 연령대로 보면 월트가 남기고 간 자식이라고 해도 이상하지 않은 사내였다.

기사단 사람이 승명했고 본인도 그렇다고 말하니 그가 '더글러스'인 것은 분명하리라.

다만 그렇다고 해도 줄리앤의 눈앞에 나타난 남자는 초상화로 보았던 월트의 모습과는 너무나도 동떨어져 있었다.

거칠고 품위 없는 데다가, 길을 지나치던 줄리앤에게까지 손을 뻗어오는 난봉꾼이었다.

이 자리의 상황을 보아하니 술고래에 도박꾼 기질까지 있을지도 몰랐다.

아무리 겉모습이 괜찮아도 줄리앤에게는 그가 카바나 영주 직속의 기사단원으로조차 보이지 않았다.

이런 사람이 경애하는 공작님의 손자라니 터무니없다! 그야말로 한탄하고 싶은 심경이었다.

'그런…… 이럴 수가.'

줄리앤은 마음의 정리가 되지 않아 한동안 더글러스의 얼굴을 뚫어져라 바라보고 말았다.

"그보다, 이런 곳에 뭐하러 온 거냐."

그러자 눈을 치켜뜨며 시선을 맞춰오는 그의 눈에 줄리앤의 모습이 비쳤다.

'아, 그렇지만…… 잘 살펴보니 월트님의 모습이 있어.

군이 말하자면 공작님의 젊은 시절을 많이 닮으셨어. 큰 키에 사내답고, 머리카락 색깔은 다르지만 맑은 보랏빛 눈을 지니고 계셔서……. 낮에는 잘 볼 수 없어서 깨닫지 못했지만 그의 눈은 확실히 공작가에 대대로 물려 내려오고 있다는 아메시스트가 빛나고 있어.'

마치 보석 속에 자신의 모습을 비추는 듯한 그 빛깔은 줄리앤이 공작의 눈동자에서 자주 보았던 것과 같았다.

'정말로 예뻐.'

선조 대대로 이어받아 온 혈통만이 보이는 기적일지도 모른다. 줄리앤은 눈앞의 남자가 어떤 기질의 사람이든 그랑디에 공작의 피를 이어받은 사람이라고 납득했다.

그의 눈동자에는 그 정도의 설득력이 있었던 것이었다.

그렇다고는 해도 너무나 뚫어져라 쳐다보고 만 탓인지, 더글러스는 씨익 웃더니 자신감 넘치게 말해왔다.

"아, 그런가. 너, 그 자리에서 도망친 걸 이제 와서 후회한 거겠지. 그 사람을 다시 한 번 만나고 싶어! 라든가. 요컨대 바로 나에게 한눈에 반한 거로군."

그리고는 자리에서 일어섬과 동시에 줄리앤의 턱을 잡으며 들어 올렸다. 높은 위치에서 내려다보며 말하는 것과 무례하게 손을 대는 것은 낮에 만났던 때와 아무런 변함이 없었다.

줄리안은 당황해서 '아니에요!' 라고 외치며 그 손을 떨쳐냈다.

"그럼, 단순히 내 몸을 잊을 수 없어서 다시 한 번 보고 싶어졌나. 아니, 만지고 싶어졌다든가."

"이, 이런 곳에서 얼토당토않은 말씀은 하지 말아주세요! 저는 그랑디에 공작가의 종자를 대표해서 더글러스 월트 그랑디에님을 뵈러 왔습니다. 공작님의 유언장을 전하러, 그리고 더글러스님을 그랑디에로 모셔가기 위해서 왔을 뿐입니다!"

다른 사람들이 들으면 무어라 생각할지!

줄리앤은 끝없이 가벼운 말투와 분위기로 다른 사람을 깎아내리는 더글러스에게, 분개해야 할지 부끄러워해야 할지 알 수 없었다.

뺨을 새빨갛게 물들이고는 그 기세 그대로 어깨에서 비스듬히 맨 가방에 손을 넣었다.

그리고 두 통의 서장을 꺼내 들고 더글러스에게 내밀었다.

"유언……. 죽은 건가, 공작은?"

일순, 아주 한순간이었지만 더글러스는 미간을 찌푸렸다.

줄리앤은 그의 중얼거림과 그 모습을 놓치지 않았다.

'더글러스님은 자신의 출생을 알고 계시는구나.'

생전에 월트나 모친에게서 전해 들었는지, 더글러스가 아무것도 모르는 상태는 아니라는 사실을 알고 줄리앤은 살짝 안도했다.

"─예. 그것이 공작님께서 남기신 서신입니다."

아무것도 모르는 상황보다는 이야기가 빠르다. 일단 유언장을 훑어보게끔 한 뒤 그다음에 자세한 경위를 들려주면 된다고 생각했기 때문이다,

"핫. 무슨 트집이냐."

"아!"

그러나 서신은 깔끔하게 거절당했다.

줄리앤은 소중한 그 서신을 손에서 놓칠 뻔해, 황급히 가슴으로 끌어안았다.

"나는 그런 남자 모르고, 그랑디에 같은 성도 아니야. 다른 더글러스겠지. 다른 사람을 찾아봐."

"그럴 수는 없습니다. 일단 이것들만이라도 훑어봐 주세요."

그가 홱 고개를 돌렸기에, 줄리앤은 한 걸음 앞으로 나섰다.

"싫어. 관계없다고 말했잖아. 내가 네 말대로 더글러스라는 증거는 있나?"

그가 월트의 자식이라는 사실은 틀림없었다.

그 점은 그의 눈동자가 무엇보다 크게 증명하고 있었다.

"당신은 틀림없이 월트 릭 그랑디에님과 안젤리카 듀자르단님의 아드님이십니다. 그리고 릭 레이몬드 그랑디에 공작님의 손자분이십니다. 그에 대해서는 이미 조사를 마쳤습니다. 저희 저택의 사람이 실바라 국까지 찾아가 왕립

학원의 은사님들께 이야기를 들었습니다."

그러나 이 모양새로 보아하니, 그는 알고 있어도 그 사실을 인정하고 싶지 않은 것 같았다.

말끝마다 공작가에 대한 증오가 느껴졌다.

"태어나신 이래로 어머님의 성을 대고 계시지만, 더글러스님께서 틀림없는 월트님의 아드님이시라는 사실은 선생님들께서 증언해 주셨습니다. 월트님을 가르치시고, 또 당신을 가르쳐 주신 선생님들이."

줄리앤은 어쨌거나 가장 처음에는 그에게 '자신이 공작가의 사람이라는 사실'을 받아들이게 하는 단계가 우선이라고 생각했다.

그런 다음 유언장을 건네주어 읽게끔 한다.

그렇게 해서 하나하나 단계를 밟지 않으면, 그를 그랑디에로 이끌기는 지극히 어려운 일이었다. 그러나 그 사실을 줄리앤이 깨달았을 때에는 어떤 의미로는 한참 늦은 뒤였다.

"준비성이 좋군. 하지만 그렇다고 해서 네가 공작가에서 보낸 사자라고 누가 증언해 줄 수 있지? 설령 그렇다고 해도 너 같은 계집애를 보내다니 대단한 마중이로군. 나를 우습게 보는 건가? 그렇지 않으면 돌아가신 내 아버지를 우습게 보고 있는 건가? 어?"

줄리앤은 모리스와 알데버트 같은 지위도 없거니와, 눈에 보이는 관록도 없는 자신이 기분에 휩쓸려 서신을 맡겠다고 주장해 버린 것을 진심으로 후회했다.

"종자는 다른 사람도 있습니다. 저 같은 사람이 먼저 말씀드리고만 것에 기분이 상하셨다면 사죄드리겠습니다. 죄송합니다."

이래서야 무엇을 위해 예복까지 들고 왔는지 알 수 없었다.

처음 만나는 상대를 향해 실례가 있어서는 안 되기 때문이었을 덴데, 순전히 마을 아가씨의 모습으로 말을 꺼내고만 것이었다.

그것도 이런 술집에서—

"일단은 이것을……."

줄리앤은 다시 신분증명서만을 내밀며 몸을 반으로 굽혔다.

"흐응."

더글러스는 심히 냉담한 표정으로 그 봉투를 받았지만, 지금은 눈으로 훑어봐 주는 것만으로도 감사했다.

봉투를 열고 안을 확인하는 더글러스를 줄리앤은 기도하는 심정으로 바라보았다.

"호오. 이자가 그랑디에 공작의 신뢰가 가장 두터운 측근 시녀이자, 현재 공작직을 대행하는 모리스 스톤이 보낸 사자 줄리앤 오스틴이라는 사실을 증명한다. 그랑디에 공작가의 납인에 랜드 스튜어드의 사인 첨부인가."

"그 서신 자체를 의심하신다면, 카바나 영주님께 확인받으시면 진짜라는 사실을 아실 수 있을 겁니다. 카바나 백작님은 공작가의 납인도 알고 계실 테고요."

"그렇겠군. 그렇지만, 이게 네가 줄리앤 오스틴 본인이라는 증거는 전혀 되지 않아. 어쨌든 여기까지 오는 도중에 누군가와 바꿔치기 되었다고 해도 처음 만나는 사람에겐 알 방법이 없으니까."

그러나 모리스가 준비해 준 서신조차 그에게는 통하지 않았다.

줄리앤은 대꾸할 말을 잃었다.

"게다가 일반적으로 생각해 봐. 공작이 죽고 그 자식도 이미 죽었어. 손자를 찾아서 맞이하러 왔다는 사실은 내가 후계자라는 말이지? 그렇다는 건 만약 누군가 후계 자리를 노리는 이가 있다면, 내가 죽기만 하면 모든 문제가 해결된다는 말이야. 그 녀석이 나에게 '줄리앤으로 변장한 자객'을 보내지 않는다고 누가 증명해 주지? 그렇지 않아도 요 근래 험한 꼴을 당했는데."

다만, 새삼 말할 것도 없이 그의 신중함에는 이유가 있었다.

애당초 자신의 출생을 알고 있던 상황에 잇따라 목숨에 관련된 사고나 사건이 발생한다면 공작가에서 온 사자라도 쉽사리 믿을 수는 없으리라.

실제로 광대한 영지를 통치하는 공작가를 상속하게 되는 것은 대단한 일이었다.

그랑디에에서 들리지 않을 뿐, 다른 영지에서는 친족 사이에서 골육상쟁이 벌어지는 일도 드물지 않았다.

지금 돌이켜보면 온천에서 처음 줄리앤을 보았을 때 더글러스는 분명히 입에 담았다.

"네 정체는 뭐냐. 여기에서 뭘 하고 있었나. 내 목숨이라도 노리고 온 건가."

누가 보아도 여행 도중의 소녀로만 보였을 줄리앤을 상대로 그랬다. 그가 얼마만큼 깊은 의심에 빠져 있는지를 엿볼 수 있었다.

"……윽. 죄송합니다. 거기까지 의심하시리라고는 생각도 못했습니다. 애당초 그랑디에 영지 내에서는 더글러스님을 모셔오자는 목소리 이외의 의견은 들은 적이 없습니다. 공작님과 마찬가지로, 모두들 더글러스님께서 돌아오시기만을 바라고 있었고……. 더글러스님 이외의 누군가가 뒤를 잇는 일도 생각할 수 없는 상태라서요."

그렇다고는 해도 실제로 공작에게는 더글러스 이외에 그의 피를 이어받은 자가 없었다.

누군가와 작위를 두고 싸우기 이전에, 그 누군가가 없었다.

그것도 더글러스가 의심한 말처럼 더글러스가 사라지면 다른 누군가가 대신 작위를 이을 예정도 없었다. 어째서냐

하면 최악의 경우 작위와 영지는 일단 나라로 되돌아가게 되기 때문이었다.

이 이야기만 해도 공작의 유언장이 국왕 폐하에게 전해지고 거기에 더글러스가 돌아가지 않았다는 결과가 나올 때까지 공표되지는 않으리라.

그렇다면 이 상황에서 더글러스가 사라져서 반드시 득을 얻는 자가 있다고는 생각할 수 없었다.

더글러스는 공작가의 문제에 얽혀 자신이 위협 받는다고 믿고 있지만, 줄리앤은 다른 이유가 있지는 않을까 하는 생각이 들었다.

"그렇다면, 그런 문제는 아니겠지요. 저 자신을 이미 더글라스님께서 '믿을 수 없는 계집애다' 라고 여기시고 계세요. 그래서 의심하시는 거겠죠."

무엇보다 이대로라면 아무 이야기조차 제대로 할 수 없었다.

일단 더글러스의 신뢰를 얻는 일이 급선무였다.

"곧바로 다른 사람으로 대신하겠습니다. 거듭되는 무례를 범해 정말 죄송합니다."

줄리앤은 다시 몸을 반으로 굽히며, 그 자리에서는 일단 물러서기로 했다.

더글러스의 부하들과 함께 이쪽의 상황을 지켜보고 있던 사자들에게 설명하고 대응을 바꾸기로 한 것이었다.

"대신해 봤자 소용없어. 누가 와도 마찬가지야. 신용하지 않아."

그러나 그 자리를 뜨려고 한 줄리앤에게 더글러스는 손에 들고 있던 서신을 도로 물렸다.

"애초에 이 서장에는 네가 '공작의 신뢰가 가장 두터운 측근 시녀'라고 써져 있어. 그 이하의 신뢰밖에 없을 사자가 몇 명이고 와보았자 무의미하겠지. 그렇게 생각하지 않나?"

"그렇다면 어쩌면 좋겠습니까? 저는 어떻게 하면 더글러스님께 신뢰를 얻을 수 있을까요?"

두 손 다 들었다는 말은 이런 상황이었다.

줄리앤의 목소리에 곤혹과 비탄이 뒤섞였다.

"그렇군. 여기에서는 좀 그래. 어쨌거나 내 방으로 와라. 애당초 이런 중요한 이야기를 할 장소는 아니잖아."

그러자 더글러스는 놀랄 만한 권유를 줄리앤에게 해왔다.

줄리앤을 자객일지도 모른다고 의심하고 있으면서 자신의 방으로 초대한 것이었다.

"……?"

하는 말과 하려는 행동이 완전히 뒤죽박죽이었다. 줄리앤은 더욱더 그를 알 수가 없어서 말문이 막혔다.

"딱히 도망쳐도 상관없다고. 내가 너를 신뢰하지 않듯이 사실은 너 역시 나를 신뢰하지는 않겠지. 특히 한 사람의 남자로서는."

그러나 망설이는 줄리앤의 귓가에 고개를 가까이 댄 더글러스는 쿡쿡 웃었다.

"그야 그렇겠지. 낮에 있었던 일을 생각해 보면 이런 남자가 공작의 손자일 리가 없다고 생각할 테고 말이야."

'아, 그런 뜻이로구나.'

줄리앤은 금세 더글러스의 의도를 이해했다.

애당초 더글러스가 공작의 손자일 리가 없다고 의심한 사람은 줄리앤 쪽이 먼저였다. 목소리를 내서 '거짓말'이라고 말해 버린 행동은 평생 갈 불찰이었다.

"가겠습니다! 저는 더글러스님을 믿고 있습니다. 평생 곁에서 섬기며 성심을 다할 각오가 되어 있습니다."

줄리앤은 더글러스가 자신을 시험해 온다면 어떤 형태라 하더라도 감당하리라고 마음먹었다.

"어디든지 데려가 주세요. 저는 더글러스님의 종자입니다. 공작님께서 돌아가신 지금, 제가 평생 섬기겠다고 정한 분은 더글러스 월트 그랑디에님 단 한 분뿐이니까요."

어쩌면 농담으로 해본 말일지도 몰랐지만, 그렇다면 더욱이 이 권유를 사실로 만들어야만 했다.

그렇지 않으면 다음에 이야기를 들어줄지조차 알 수 없었다.

다음이 있는지 없는지조차 의심스러우니 이 상황에서 형편을 따질 때가 아니었다.

줄리앤은 손에 든 유언장을 움켜쥐면서 더글러스의 방으

로 가기를 결심했다.

"아, 그래. 그럼 따라와라."

역시 농담이었는지 더글러스의 대답에는 패기가 없었다.

물러나래야 물러날 수 없는 입장은 피차일반이겠지만 언뜻 보기에 '일이 성가시게 되었나' 는 표정이었다.

"줄리앤!"

두 사람이 자리를 떠서 가게를 나서려고 하자, 아니나 다를까 사자 중 한 사람이 말을 걸어왔다.

"죄송해요. 이 자리는 제게 맡겨주세요. 기필코 더글러스님께 이해와 신뢰를 얻을 수 있도록 말씀드리고 올게요. 끝나면 여관에 돌아갈 테니 다들 여기에 모인 분들께 실례가 없게끔 대응을 부탁드려요."

그는 그 나름대로 줄리앤을 걱정하고 있는 것이겠지만, 지금은 그럴 상황이 아니었다. 줄리앤은 뒷일을 부탁하고서 더글러스와 함께 가게를 나섰다.

"줄리앤—"

"하고 싶은 말이 뭔지는 알겠지만 이제 줄리앤에게 맡길 수밖에 없어."

가게 안의 손님도, 더글러스의 부하들도, 두 사람이 나감과 동시에 소란스러워졌다.

더글러스를 둘러싸고 있던 여자들은 그의 출생을 알고서 크게 흥분했다. 하지만 줄리앤이 나가 버려서 수습이 되지 않는 상태였다.

"모리스님께 뭐라고 보고하지?"

"그것도 줄리앤에게 맡길 수밖에 없어. 어쨌거나, 지금은 그들의 신뢰만이라도 우리가 얻어야지."

"알았어."

그 뒤로도 가게 안에서는 더글러스의 이야기가 끊이지 않았다.

더글러스가 차기 그랑디에 영주의 혈통이라는 사실은 며칠도 지나지 않는 사이 마을 내에 퍼질 기세였다.

2장
종자의 증거

　줄리앤이 더글러스에게 안내받아 온 곳은 성 아래 마을에서도 카바나 성과 가까운 고지대에 세워진 기사단 간부의 기숙사였다.

　"자, 들어와. 내 방이야. 네가 어떤 각오를 품고 따라왔는지는 모르지만, 여기까지 왔으니 무슨 짓을 당해도 불평할 수 없다고."

　무슨 일이 있으면 당장에라도 공무를 수행하러 달려갈 수 있게끔, 그리고 필요한 사생활을 지킬 수 있게끔 배려된 기숙사는 삼층 건물로 한 동에 스무 명 정도가 살 수 있는 시설이었다.

　기숙사 근처에는 애마를 관리해 주는 마구간도 있어서

제법 대우가 좋았다. 방의 크기는 계급에 따라 다른 모양이었지만 기본적인 구조는 사자들이 머물고 있는 여관방을 호화롭게 만든 모양새였다.

더글러스 방의 위치는 이 층 구석방으로 침실에 응접실, 화장실에 욕실과 작은 주방이 딸려 있었다.

여기저기 놓인 오일 램프에 불을 붙이자, 가족끼리 지내거나 성안에서 지내기만 했던 줄리앤에게는 무엇을 보아도 눈길이 사로잡힐 것만 같았다.

'이곳이 더글러스님의 거처……'

정기적으로 하우스 메이드가 오는 모양인지 생각보다 정돈되어 있었다.

"이런 시간에 여자가 남자 방에 들어왔어. 아침이 돼서 여기를 나갈 때에는, 아무 일 없었어도 세간에서는 너를 내 여자라고 오해할 거야. 아니, 매춘부나 헤픈 여자라고 여길 확률이 높을지도 몰라. 어쨌든 내가 이 모양이니까."

더글러스는 먼저 밝아진 실내로 줄리앤을 들여보내더니 안쪽에서 문을 잠갔다.

그리고 응접실을 지나쳐 일부러 그러는 듯이 침실로 불러들이고서 겉옷을 벗으며 그럴듯한 말을 입에 담았다.

'더글러스님께서는 내가 여자니까 이런 형태로 시험하고 계시는 거구나.'

손님 대접을 받지 않아도 어쩔 수는 없다고 이해하지만, 과년한 아가씨를 느닷없이 침실로 끌어들이는 것은 너무했다.

더글러스의 의도를 알면서도 줄리앤은 서글퍼졌다.

이 정도로 자신이 '믿을 가치가 없는 자'로 보인다니.

세간에서 자신을 어떻게 보는지는 관계없지만, 줄리앤은 더글러스가 계속 자신을 경계한다는 사실은 안타까워서 가슴이 아팠다.

"제가 누구에게 어떻게 여겨지든지 상관없어요. 중요한 것은 더글러스님께서 유언장을 받아주시는 일. 그리고 저나 다른 사람과 함께 그랑디에로 오셔서, 공작님의 뒤를 이어주시는 일이니까요."

하지만 벗은 겉옷을 침대 옆에 있는 소파에 놓은 더글러스가 등 뒤에 서자, 줄리앤의 가슴은 아픔만으로는 끝나지 않게 되었다.

더글러스가 줄리앤의 좁은 어깨를 감싸듯이 양팔로 둘렀다.

자연스럽게 고동 소리가 커져 스스로도 알 만큼 두근거렸다.

아무리 보지 않으려고 마음먹어도, 줄리앤의 시야에 이불이 흐트러진 상태의 침대가 들어왔다.

치밀어 오르는 불안을 감출 수 없었다.

지금까지 누구의 침실에 들어가도 이런 기분이 들었던 적은 없었는데—

"호오. 그렇지만 설령 내가 모든 것을 승낙해서 그랑디에를 찾아간다고 해도, 후계자를 남길 수 없는 남자가 작위를 이어봤자 곧 가문의 대가 끊길 뿐 아닌가?"

"후계자를…… 남길 수 없어요?"

그렇지 않아도 심장이 터질 것만 같았던 줄리앤에게 더글러스는 더욱더 충격을 선사했다.

"그게 말이지, 너에게 먹은 일격 탓인지 아무래도 그 이후로 상태가 나쁘다고. 통증은 간신히 가셨지만 기능이 말이야~ 무슨 의미인지 알겠지?"

더글러스는 '이거 참, 곤란하다, 곤란해' 라고 가볍게 말했지만, 줄리앤은 그 중대함에 공황 직전이었다.

"네? 그 말은 즉……."

"그래. 내가 종마라면 당장 내쳐진다는 뜻이야."

"더글러스님께서 불능— 으으윽!"

저도 모르게 비명을 지를 뻔했지만 곧바로 더글러스가 입을 막았다.

"이런 데서 큰 소리로 말하지 마. 내가 사람들에게 오해를 받잖아."

'그렇지만, 거짓말! 거짓말일 거야! 이렇게 젊으신 더글러스님의 남성 기능이 손상되다니. 자제분을 만들 수 없게 되시다니, 누가 거짓말이라고 해줘.'

자신이 차올렸던 다리에 제법 선명한 감각이 있었던 만큼, 줄리앤은 완전히 공황 상태에 빠졌다.

애당초 성에 영주님의 후계자가 없기에 나라까지 거론되는 큰일로 번졌다.

성안에 있는 사람들 또한 유일한 혈연인 더글러스가 와 주어서 영지를 다스림과 동시에, 이후의 공작가를 오랫동안 번영시켜 주었으면 했기에 필사적이었던 것이었다.

그럼에도 불구하고 가장 중요한 일이 불가능해졌다면 그야말로 가문 단절은 시간 문제였다. 줄리앤의 뇌리에는 즉위와 영지 반납이라는 글자만이 뒤엉켰다.

그리고 '더글러스님 불능'이란 글자도 함께―

'혹시 그 말씀이 사실이라면, 후계자를 바랄 수 없는 것은 물론이거니와 경우에 따라서는 결혼조차 이룰 수 없게 되어버리는 거야?'

줄리앤 본인이 남성과 교제한 경험이 없다고 해도, 세상의 남녀 관계가 어찌 돌아가는지 정도의 지식은 있었다.

기혼 메이드들이 일이 끝나고 모여 남편에 대해 이야기꽃을 피우는 소리를 듣고 있으면, 점점 수위가 높아져서 밤일 이야기로도 발전하기 때문이었다.

거기에 무엇보다 줄리앤은 마구간의 책임자를 맡았던 집안의 딸이었다.

계절마다 행해지는 교배에서 출산까지, 어린 시절부터 당연하다는 듯이 눈으로 보아왔다. 더글러스가 아무렇지 않게 예를 든 '종마라면 내쳐진다'는 슬픈 현실도 한두 번은 직접 눈으로 본 적이 있는 만큼, 이 상황은 충격이라는 한마디로는 표현할 수 없었다.

"부디 앞으로 내 대신 손자 더글러스를 지지하고, 지키고, 그리고 후회 없이 행복한 인생을 보낼 수 있게끔 지켜봐 주지 않겠느냐."

공작의 말까지 떠오르자 줄리앤의 작은 가슴은 죄악감으로 가득 찼다.

"줄리앤, 부디 내 몫까지 더글러스를—"

온몸에서 핏기가 가시더니, 무릎에서 힘이 빠져서 휘청 꺾였다.

'죽음으로도 사죄할 수 없어. 하지만, 그렇다고 해도……'

주저앉은 줄리앤의 시야에 때마침 더글러스의 허리에 찬 검이 눈에 들어왔다.

줄리앤은 충동적으로 몸을 날려 더글러스의 검에 손을 대었다.

"이봐."

"용서해 주세요, 주인님. 저도 곁으로 가겠습니다!"

스스로는 다 보상할 수 없는 죄의 무게에, 줄리앤은 검을 뽑아 자신에게 겨누었다.

"기다려! 앞서가지 마! 보기와는 달리 위험한 여자로군."

당황한 더글러스가 검을 빼앗아 머리 위로 들었다.

"그렇지만, 그렇지만 제 탓에 더글러스님께서……."

줄리앤은 어째서 더글러스가 자결을 막았는지 이해하지 못하고 완전히 몸을 무너뜨렸다.

더글러스는 줄리앤을 신용하지 않을 뿐만 아니라, 이렇게 된 원망까지 하고 있을 터였다.

그런데 어째서—

그렇게 생각하자 더욱더 감정이 엉망진창으로 뒤엉켰다.

"아무도 쓸 수 없다고는 말 안 했어. 상태가 나쁘다고 했을 뿐이야. 네가 상태를 되돌려주면 그만이지."

그러자 더글러스는 줄리앤에게 '지레짐작이다'라며 설명해 주었다.

"저는 의사가 아니에요. 그런 치료는 할 수 없어요."

"의사에게 진찰받을 만한 상태라면 이미 인생이 끝장난 거라고. 뭐, 네가 성심성의를 다해준다면 당장에라도 회복할 거야. 게다가 그렇게까지 해준다면 네가 정말로 공작을 위해서라면 뭐든지 하는 종자, 충의에 불타는 정식 사자라고 믿을 수 있어. 일석이조잖아?"

도대체 어느 정도로 안 좋은지는 더글러스만이 알겠지만—

그래도 재기 불능은 아니라는 걸 알게 되자 줄리앤은 가셨던 핏기가 되돌아오는 것 같았다.

새파래졌던 얼굴에도 어렴풋이 붉은 기가 돌았다.

"그 말, 정말이신가요?"

"그래."

그래도 줄리앤은 더글러스가 말하는 '일석이조'가 그의 말투처럼 가볍게 여겨지지는 않았다.

금방 회복될지 아닐지 또한 실제로는 모르는 것 아닌가.

이래서는 시험해 보지 않으면 안심할 수 없는 일이었다.

"그렇다면, 제가 할 수 있는 일이라면 뭐든지 하겠습니다. 어떤 일이든지 하겠습니다."

—그렇다고는 해도 어린 시절 기억에 남아 있는 말의 교배 과정이 그대로 그에게도 맞아떨어진다고는 생각할 수 없었다.

'이럴 줄 알았으면 좀 더 다른 사람들 이야기를 잘 들어둘걸. 그러고 보니 무언가를 달여서 남편의 술에 섞었더니 그날 밤은 정말로 격렬해서 아기가 생겼다고 말했던 분이 있었는데, 그 무언가가 대체 뭐지? 약초 종류일까?

결국 더글러스에게 물을 수밖에 없는 상황이 줄리앤에게는 매우 한스러웠다.

"무엇부터 하면 될까요?"

발치에 털썩 주저앉은 채로 면목 없다는 듯이 더글러스를 올려다보았다.

"그렇다면 일단…… 이대로 만져 봐."

이제까지 중 가장 높은 시선에서 더글러스는 말했다.

그러면서 검집에서 뽑힌 검을 원래대로 집어넣은 다음, 허리에서 풀어 아까 전 벗었던 겉옷 위로 던졌다.

그 모습은 어디까지나 주군이었고, 줄리앤은 종자였다.

명해진 대로 양 무릎을 세우고, 힘없는 손을 천천히 들었다.

"역시 그만두셨어?"

망설임을 버리지 못하는 줄리앤에게 더글러스는 확인해 왔다.

"아니요, 하겠습니다."

"그렇다면 제대로 만져."

마음을 정하고 두 손을 그의 몸 중심으로 향했다. 바지 위에서 살짝 만져 보았다.

'이, 이것이 더글러스님의……'

이 무슨 경박한 행동을 하고 있는 것일까. 평소라면 그렇게 생각할 상황이었지만, 지금의 줄리앤에게는 더글러스의 중심이 회복되지 않으면 터무니없는 일이 벌어지게 된다는 강박관념 쪽이 완전히 웃돌고 있었다.

'어머? 그렇지만, 작네……? 낮에 들이대셨을 때는 좀 더 우람하셨던 기분이 드는데. 역시 내가 찬 탓에 상태가 안 좋구나.'

부질없는 기억이 곤혹스러움을 불러들이자 더글러스의 다리 사이를 만지면서도 점점 험악한 표정으로 변해갔다.

"미묘하군. 역시 직접적으로 갈까."

시시한 듯이 투덜거리더니 더글러스는 바지 앞을 풀기 시작했다.

이런 때에 성능 좋은 오일 램프는 죄악이었다. 모든 광경을 휘황찬란하게 비춰 버렸다.

"네?!"

"뭔가 불만이라도 있나."

"아니요……."

당당히 열린 바지에서 남성의 분신이 꺼내지자 줄리앤은 일순 도망칠 뻔했다.

'안 돼! 부끄럽다든가 무섭다든가 생각하고 있을 때가 아니야, 줄리앤. 이건 더글러스님의, 공작가의 일대사. 그것도 내 책임인걸.'

그 행동을 용납하지 않는 책임감에 가로막혀 간신히 그 자리를 지켰지만, 여전히 도망칠 듯한 자세임은 변함없었다.

"자, 일단은 세워봐."

"예."

다시 직접 만진 남성의 분신은 부드러워서 그다지 온기가 느껴지지 않았다.

그러나 줄리앤의 손이 조금 움직이자 그것은 움찔 반응을 나타냈다.

'아, 조금 부풀었다.'

이것으로 괜찮은 건지 아닌지는 알 수 없었다.

그저 줄리앤은 더글러스 본인이 보이는 반응에 기댈 수밖에 없어서, 양손으로 그것을 쓰다듬어 갔다.

'분명 단단해져야만 하는 거였지. 말의 교배를 할 때에도 그랬어. 이게 부족하면 잘 안 된다고 아버지나 오빠가 가르쳐 주었는걸.'

좋을 만한 것이라고는 생각지 않았지만 참고가 될 사료가 없는 것보다는 나으리라. 줄리앤은 어쨌거나 열심히 더글러스의 분신을 양손으로 감싸서 어루만졌다.

필사적인 마음이 너무 드러났는지 진지 그 자체였다.

"너 말이야, 그 얼굴 어떻게 안 되겠어?"

그 표정을 내려다보던 더글러스가 다시 투덜거렸다.

'어? 얼굴?'

그 말은 뜻밖에 줄리앤의 가슴을 푹 찔렀다.

'얼굴…… 이라니.'

용모에 대해서는, 지금까지 '귀여운 아이다'라는 말을 들은 적은 있어도 흉잡힌 적은 없었다. 설령 '귀엽다'라는 말이 어린아이를 주로 가리키는 형용사라고 해도 '못생긴 아이다'라는 말을 들은 적은 한 번도 없었다.

그러나 떠올려 보면 술집에서 더글러스와 시시덕거리던 여성들은 다들 아름답고 풍만했다.

그 모습에 품위가 있다고는 생각할 수 없었지만, 요염한 팔다리에 빨간 입술은 줄리앤에게는 없는 것이었다.

화장기 하나 없는 입술은 가련한 분홍빛을 띠고 있지만 가슴은 스스로도 작은 축이라는 자각이 있었다. '유리구슬처럼 아름다운 눈동자다'라고 칭찬받은 적은 있어도 '미인이다' 라는 말을 들은 적은 한 번도 없었다.

"죄송합니다. 그렇지만 이것만은 타고난 것이라 어쩔 수 없습니다."

그렇게밖에 말할 수 없어서 줄리앤은 축 어깨를 늘어뜨리고 말았다.

"아니, 그런 의미가 아니—아, 정말 성가시군. 이래서야 기분이고 뭐고 고조되지 않아. 지금부터는 내 맘대로 하겠어."

그렇다면 무슨 의미였을까?

그 뜻은 설명하지 않은 채, 더글러스가 줄리앤을 안아 올렸다.

"윽?! 뭘 하시는 거예요?"

짐짝처럼 어깨에 짊어지고 침대까지 옮겼다.

"일일이 설명하고 싶지 않아. 너는 내 말대로 하면 돼."

더글러스는 침대 중앙에 줄리앤을 내려놓고 스스로 셔츠 앞섶을 벌리더니 벗어던졌다.

"더글러스님?!"

그다음은 부츠를 벗고 바지와 속옷을 동시에 벗더니 눈 깜짝할 사이에 실오라기 하나 걸치지 않은 몸이 되었다. 반나절 만에 변했을 리 없는, 균형 잡힌 아름다운 팔다리가 드러났다.

"여기에서라면 느긋하게 봐도 돼. 너, 내 몸이 마음에 들었잖아?"

줄리앤은 얼굴을 손으로 가리고 부들부들 떨며 고개를 좌우로 흔들었다.

"낮에는 보고 있었잖아. 내가 눈치채지 못했으면 좀 더 찬찬히 보았겠지."

망설임도 없이 다가온 더글러스가 침대 끝에 걸터앉았다.

줄리앤에게 손을 뻗더니 일단은 신고 있던 부츠를 빼앗아서 침대 아래로 던졌다.

"윽, 그건— 너무나 아름다운 모습이라서, 하느님이나 천사님이 목욕하러 내려오셨나 하고."

어깨에 비스듬히 멘 가방을 빼앗더니 부츠와 마찬가지로 침대 아래로 놓았다.

"하느님이나 천사님 말이지. 그렇다면 그건, 좀 더 천벌을 받을 일 아닌가? 정말이지 죄 깊은 여자구나, 너는."

"윽!"

새로운 죄를 깨닫는 사이 이번에는 더글러스의 손이 줄리앤의 머리카락으로 뻗어왔다.

'듣고 보니 그래. 하느님의 목욕을 훔쳐보다니, 더글러스님께서 정말로 신이셨다면 당장에라도 벼락을 맞았을지도 몰라.'

"뭐, 그렇지 않다면 내가 여기까지 농락당할 일도 없나."

몹시 우울해진 줄리앤에게서 머리장식을 빼내고 세 갈래

로 땋아 올렸던 머리카락을 풀자 은색의 긴 머리카락이 어깨에서 허리를 향해 흘러내렸다.

"묶어 올리기엔 아깝구나."

더글러스가 머리카락의 감촉을 즐기듯이 쓰다듬었다.

줄리앤은 어깨를 움츠리며 입술을 깨물었다. 지금까지는 없었던 긴장감이 다시 새롭게 일어나는 것을 막을 수 없었다.

"사자란…… 말이지."

그 모습을 보면서 더글러스가 드레스의 등에 손을 대었다.

우선 하나, 뒤에 있는 단추를 풀었다.

"윽?!"

"벗기는 게 싫으면 스스로 벗어."

반사적으로 거절하자 곧바로 명령받았다.

"도대체 너는 진심으로 나를 회복시킬 마음이 있는 거냐? 혹시 공작가의 대가 끊기는 것을 꾀하는 파벌에서 보낸 자가 아닌가."

"그렇지 않습니다. 그런 파벌도 없습니다. 벗을 테니 이 이상 의심하지 마세요. 그랑디에에 있는 사람들은 더글러스님이 오시기를, 새로운 영주님이 되어주시기를 간절히 바라고 있습니다."

줄리앤은 양손을 뒤로 돌리더니 허둥지둥 단추를 풀었다.

이미 침대 위에 주저앉아 있었기에 단추를 다 풀고서 기세 좋게 머리에서 드레스를 벗었다.

이런 상황까지 오면 우선해야 할 것은 수치보다 의연함이었다.

줄리앤은 스스로 속옷 차림이 되었다.

'─아!'

그러나 이제 와서 떠오른 것이 있었다.

그것은 오른쪽 허벅지에 장착한 벨트에 단검을 끼워 넣어 숨겨두었다는 점이었다.

"흐으응. 영주로 간절히 바란다고. 나는 하마터면 자는 사이 목을 베일 참이었나? 역시 조금이라도 방심할 게 못 되는구나."

"아니에요! 이건 낯선 땅으로 가게 되어 호신용으로 가져온 것일 뿐……."

이래서는 더글러스에게 무슨 의심을 사도 별수 없었다.

줄리앤은 몸에 걸친 속옷부터 단검 전부를 스스로 벗어서, 한데 모아 침대 아래로 떨어뜨렸다.

더글러스와 함께 전라가 되는 행동으로 자신에게 악의가 없다는 점을 드러내기 위해서였다.

"챙겨준 사람은 모리스였나 하는 랜드 스튜어드인가? 현재 공작의 대리를 맡았다는. 내가 사라지면 그대로 공작위를 얻을지도 모르는 녀석인가."

"부탁드릴 테니 그런 의심을 하시는 건 그만두세요. 모리스는 누구보다도 월트님과 부인을 필사적으로 찾으셨습니다. 더글러스님도……."

그런데도 양손이 자연스럽게 가슴을 가렸다.

이미 줄리앤의 몸을 가려줄 것은 허리까지 닿는 은색 머리카락과 이 양손뿐이었다.

"……."

그러나 그 모습조차 더글러스는 달갑지 않은 모양이었다.

시간이 흐르면 흐를수록 기분이 저조해지고 있는 것이 전해져 왔다.

'아아. 안 되겠어. 신뢰 운운할 때가 아니야. 내가 주제 넘게 나선 게 나빴어. 이런 중요한 역할을 나 같은 게 떠맡아 버려서 쓸데없는 의심을 사고…….'

그렇다고 해도 가슴을 가린 손은 좀처럼 내릴 수 없었다.

줄리앤은 그 자리에서 등을 둥글게 말고서 웅크릴 뿐이었다.

"뭐, 좋아. 어쨌든 모든 것은 내가 네 말을 믿을지 말지, 그것부터야."

"—윽."

더글러스는 그 말과 함께 갑자기 그녀의 어깨를 붙잡고 쓰러뜨렸다.

"나 자신이 건강을 되찾을지 아닐지, 그 문제부터 해결해야 하지."

힘에 밀려 뒤로 누운 상태에서 덮쳐오자 줄리앤은 목소리도 나지 않았다.

마지못해 태어난 그대로의 모습이 노출됐다.

다리와 다리가 얽혀들었다.

유일한 위안은 서서히 더글러스의 분신이 커지고 딱딱해져서 뜨겁게 타오르기 시작하는 감각을 살결로 느낀 것일까?

"실수로라도 다시 차지 말라고."

"윽."

가슴 한쪽을 움켜쥐어지자 줄리앤의 온몸이 새빨개졌다.

'무서워……. 가슴이 찢어질 것 같아.'

더글러스의 입술이 뺨에 닿은 다음 목덜미로 타고 내려가자 줄리앤은 숨을 쉴 수가 없었다.

처음 맞닿은 이성의 몸에 온몸이 자연스럽게 긴장했다.

"부드럽고 하얀, 극상의 피부야. 네가 정말로 사자라고 한다면 필시 공작에게 총애 받았겠지. 혹시 죽은 공작은 복상사였나?"

"웃?!"

그러나 어떤 언동보다도 줄리앤의 몸과 마음을 얼어붙게 만드는 행위는 더글러스의 매정한 질문이었다.

"가장 신뢰가 두터운 측근 시녀. 너 같은 나이도 차지 않은 계집애에게 상급 고용인의 랭크가 붙고, 이런 큰 역할을 맡긴 이유는 그렇기 때문이지? 그야말로, 네가 공작의 아이를 품었다면 나에게 용건은 없었다는 뜻이라고."

'더글러스님⋯⋯.'

설마 다른 사람이 그런 식으로 생각할 줄은 꿈에도 몰랐다.

만약 자신만이 모진 소리를 들었으면 참을 수 있을지도 몰랐지만, 더글러스의 말은 그렇지 않았다. 줄리앤을 우롱하는 것 이상으로 공작을 우롱하고 있었다.

'너무해⋯⋯.'

줄리앤의 안에서 처음으로 더글러스에 대한 부정적인 감정이 싹텄다.

그와 동시에 더글러스의 안에 있는 공작이나 그랑디에에 대한 악감정이 대체 어느 정도로 큰지, 지금에 와서야 알게된 기분이 들었다.

"뭐, 역시 아이를 만들 수 있는 나이가 아니었을지도 모르지만. 그렇다고 해도 지긋한 나이에 왕성하셨구만. 지위도 명예도 있다는 건 대단해. 너 같은 어린 아가씨를 제멋대로 할 수 있으니까 말이야."

더글러스는 줄리앤이 애통해질 정도로 공작도 그랑디에도 싫어하고 있었다.

줄리앤 개인을 향한 의혹 따위는 이쯤 되면 대단치 않게 느껴졌다.

더글러스의 마음속 어둠에 닿자 줄리앤의 몸은 점점 굳

어갔다.

"—싫어!"

그러나 더글러스는 그것을 허락하지 않았다. 능숙하게 하반신으로 향하더니 줄리앤의 부끄러운 부분을 만지기 시작했다.

"여자는 몸 안에도 무기를 감추지. 철저히 조사해야 안심할 수 있어."

"—윽."

반사적으로 양다리를 오므리려 했지만 더글러스의 긴 손가락은 옅은 풀숲을 헤치고 갈라진 은밀한 부분을 탐색했다.

입 다문 조개를 비집어 열듯, 남몰래 봉오리를 맺은 줄리앤의 꽃 속에 손가락 끝이 들어왔다.

'하느님!'

더글러스의 손가락 하나가 용서 없이 몸 안을 더듬었다.

"힘을 빼. 아무것도 숨기지 않았다면 당당하게 안을 확인시켜 줘."

수사와 전혀 다를 바 없는 행위가 줄리앤을 긴장과 공포의 밑바닥으로 떨어뜨렸다.

"빡빡하고 좁구나. 이래서야 아무것도 숨길 수 없나. 오히려 이 조임이 늙은 성주조차 현혹하는 명기일지도 모르지만. 그런 것치고는 좀처럼 젖지 않고 풀어지지 않아. 만지는 정도로는 그럴 마음이 들지 않는다는 뜻인가?"

줄리앤이 공작의 정부라고 철석같이 믿어버리고 만 더글러스는 줄리앤의 기분을 알 수 없었다.

도대체 언제쯤 되면 자신의 무죄는 증명될까?

언제쯤 더글러스가 '무해한 자'로서 인정해 줄지 줄리앤에게는 알 수도 없는 만큼, 언제부터인가 서러움만이 복받쳐 왔다.

"침대에서는 주인을 하인으로 만드는 아가씨라니, 대단하구만."

그러나 당장에라도 울음을 터뜨릴 것 같은 얼굴을 양손으로 가린 줄리앤에게 더글러스는 지금까지와는 다른 타격을 주었다.

겹쳐진 몸을 비키더니 갑자기 줄리앤의 양 무릎을 들어 올리고서 벌린 것이었다.

"—윽, 더글러스님!"

부끄러운 부분이 고스란히 드러나자 줄리앤의 목소리가 거칠어졌다.

그럼에도 불구하고 더글러스는 얼굴을 묻고 입맞춤해 왔다.

더글러스의 혀가 갈라진 틈을 더듬으며 작은 구슬에 다다랐다. 마치 진주조개 속에서 막 생긴 진주를 찾아내듯이 젖은 혀끝으로 그 구슬만을 건드리며 굴렸다.

"싫어, 용서해 주세요. 이런 행동은— 응!"

그러자 낯선 자극이 줄리앤의 온몸을 꿰뚫었다.

더글러스가 하는 행동의 의미도 모르거니와 그 행위에서 생겨나는 자극의 의미도 몰랐다.

'뭐지? 이게, 뭐야?'

그런데도 계속 건드려지자 한 점에서 온몸을 휘젓는 자극이 멈추지 않아서 줄리앤의 혼란은 커지기만 할 뿐이었다. 점차 이성이 부서져 갔다. 두려움만이 거져시, 그 마음을 떨쳐내려는 듯이 몸을 비틀었다.

"얌전히 있어. 내 남성으로서의 기능이 무사한지 아닌지 확인할 거잖아? 이 몸으로."

그러나 줄리앤의 허리는 빈틈없이 더글러스에게 안겨들어 있어서, 어찌해 볼 수도 없었다. 도망치기는커녕 점점 다리에서 힘이 빠져나갔다.

"그렇다면 이쪽 사정에 맞춰줘야 흥이 돋워진다는 말이지. 보라고, 드디어 젖기 시작했어."

"앗…… 응."

쪽 빨아들이자 새어나온 자신의 목소리에 줄리앤은 더욱더 곤혹스러웠다.

너무나도 음란해서 귀를 막고 싶어졌다.

"차라리, 네가 내 아이를 품어볼 테냐? 결국 무슨 소리를 하든지 그랑디에가에 적자가 탄생한다면 여자의 신분 같은 건 아무래도 좋은 거야. 이제 와서 월트의 자식을 찾으러 오고, 나를 데려가려고 온 건 그런 뜻이잖아."

다시 더글러스가 손가락 끝으로 은밀한 부분을 만지며

안쪽 상태를 살펴보기 시작했다.

"으응……."

명백히 처음 때와는 느낌이 달랐다.

그의 손가락이 번들거림을 띠고서 무리 없이 오가기 시작했다.

마치 봉오리 속에서 꿀이 넘쳐흘러서 그의 손가락을 감싸는 것만 같았다.

하반신이 녹아들어 좀 더 만져 주었으면 싶었다.

"제멋대로구만. 공작도, 게다가 그를 따르는 너희도."

더글러스가 손가락을 빼내자 줄리앤의 몸은 마음과는 달리 그의 손가락이 그리워졌다.

조금 더— 조금 길게 만져 주었으면 해서 가느다란 허리가 요염하게 꿈틀거렸다.

그러나 충분히 젖었던 그곳에 갈라져 들어온 것은 더글러스의 분신이었다.

'앗, 아파!'

아까 전에 만졌을 때와는 같은 부위라고는 생각할 수 없었다. 크고 딱딱해진 덩어리가 용서 없이 줄리앤의 안으로 밀고 들어왔다.

저도 모르게 그의 팔을 움켜쥐고 밀어내었다.

'아파, 아파, 아파!'

"어때, 그렇게 생각하지 않아? 그렇게 생각하잖아? 줄리앤 오스틴."

그러나 그의 몸은 한층 더 가까워질 뿐 밀려나지 않았다.

몸 안이 찢어지는 것만 같은 통증을 주면서 더글러스는 담담한 어조로 줄리앤에게 동의를 구했다.

'아프고 뜨거워. 배까지 타버리겠어.'

긍정도 부정도 할 수 있을 리 없었다. 줄리앤은 몸 안을 격렬하게 오가기 시작한 더글러스가 주는 격한 통증에, 지금은 비명을 참는 것이 고작이었다.

무의식중에 잡은 팔에 손톱을 세웠다.

'그렇지만 이건…… 더글러스님 분신이…… 무사하시다는 뜻인가? 제대로 기능이 돌아왔어. 그럴 마음이 드시면 자제분도 만들 수 있다는 말?'

그래도 간신히 소리를 지르지 않고 참을 수 있었던 이유는 더글러스가 하는 행위에서 한 줄기 희망을 찾아내었기 때문이었다.

실제로 아이를 얻을 수 있을지 아닐지는 신만이 아는 일이었다.

그러나 그 결과에 이르려면 서로 사랑하는 남녀의 몸이 맺어져 하나가 되는 행위가 제일단계였다.

그러기 위해 필요한 남성의 기능이 제대로 회복된다면 줄리앤은 이대로 몸이 찢어져도 상관없다고 생각했다.

일단 무사하다는 사실을 확인할 수 있다면 싹텄던 죄의식도 조금은 줄어들게 된다.

'모르겠어……. 모르겠어……. 아프기만 하고, 뜨겁기만

하고…… 아무것도 모르겠어.'

다만 그래도 몸은 정직했다.

줄리앤은 아픔 속에서 새롭게 움트기 시작한 감각에 달아올라 뜨거워서 견딜 수 없어졌다.

'그런데도 점점— 아무것도 떠올릴 수가 없어.'

매달릴 곳은 더글리스의 팔뿐이었다.

몇 번이고 그의 팔을 고쳐 잡고는 도와달라고 무언으로 호소했다.

'무서워……. 무서워……. 어딘가, 모르는 곳으로 떨어져 가는 것 같아.'

그렇게 한층 깊고 강하게 찔렸을 때였다.

"아— 응!"

지금까지와는 다른 짜릿한 감각이 온몸에 퍼지더니 터졌다.

"으으응!"

몸 안에서 지금까지 이상으로 더글러스의 존재를 뚜렷하게 느꼈다.

제멋대로 안쪽 근육이 수축하며 그의 분신을 조여들었다.

그 움직임은 마치 그의 정력을 쥐어짜려고 드는 모양새였다. 줄리앤의 안에서, 잠들어 있었을 '여성'이 눈을 뜬 것 같았다.

"가버렸나. 그렇다면, 나도."

그것을 느꼈는지 더글러스는 웃었다.

힘차게 허리를 움직이며 더욱더 줄리앤의 안으로 자신을 밀어 보냈다.

"싫어, 안 돼!"

그러나 더글러스가 보낸 냉소가 잃어버릴 뻔했던 줄리앤의 이성을 순식간에 되돌렸다.

더글러스를 진심으로 거절한 이유는 아마도 사람으로서의 본능이었을 것이다. 여자로서의 본능이 그의 성을 바란다면, 사람으로서의 본능이 반대로 그의 성을 거부했다.

"뭐가 안 돼. 이제 와서!"

저항도 헛되어 줄리앤은 더욱 새파래졌다.

"싫어―"

그러나 줄리앤이 온몸으로 거부함과 동시에 더글러스는 스스로 몸을 물렸다.

"……웃?"

그리고 다음 순간, 줄리앤의 복부에서 넓적다리에 걸쳐서 하얗고 불투명한 체액을 뿌렸다.

"안심해. 아무래도 내 기능은 무사한 모양이야. 덧붙여 말하자면, 누가 어떤 의도로 보내왔는지 모를 여자를 임신시키는 바보짓은 안 해."

더글러스는 한 번 달한 정도로는 만족하지 않는 남성의 분신을 바싹 당기며 다시 줄리앤의 안으로 몸을 가라앉혔다.

"어쨌든 새로운 후계자가 생긴다면 그때야말로 나는 내 처지겠지. 지금 이상으로 더 부당한 이유로 목숨이 노려진다면 감당할 수 없다고!"

줄리앤이 '앗' 하고 가느다란 비명을 질렀지만 완전히 무시당했다.

이다음으로는 아무런 명분도 없는 채로 한때의 쾌락을 추구하는 데 몰두하기로 한 모양이었다.

'역시, 아직 의심하고 계셔. 신뢰는 얻을 수 없어. 목숨을 노린 사람도 우리들이라고 생각하고 계시는 거야.'

무언가 체념과도 비슷한 감정이 줄리앤의 안에서 급격하게 북받쳐 오르기 시작했다.

'아니야, 애당초 나도 모리스도, 그랑디에의 영지민 모두가 더글러스님께는 부모의 원수와도 같았던 거야. 공작님과 똑같이 고향에서 쫓아내고 돌아갈 곳을 빼앗은 그런 증오스러운 존재라고……'

자신을 품은 더글러스의 몸은 굉장히 뜨거운데 그 마음은 냉랭했다. 아무리 격렬하게 몸을 섞어도 그의 마음만이 싸늘하게 얼어붙어 있어 전혀 데워질 기미가 없다는 기분이 들었다.

'더글러스님……. 어떻게 하면 나를 믿어주실까? 어떻게 하면 그랑디에로 돌아와 주실까?'

줄리앤은 공작의 마음은커녕 자신의 마음조차 제대로 전할 수 없다는 사실이 애달파서 견딜 수 없었다.

적어도 요구받는 것이 하나라도 있다면—

어느새인가 줄리앤은 그런 생각으로 그의 팔에 계속 안기고 있었다.

＊　　＊　　＊

이 밤은 언제까지 이어지는 것일까?

영원히 끝나지 않는 것일까?

어젯밤은 그런 불안함마저 일었지만 카바나 마을에도 아침은 찾아왔다.

어느새인가 오일 램프의 불빛이 창에서 비쳐드는 아침 해로 바뀌었다.

도대체 언제 잠이 들었던 걸까, 그것조차 알 수 없었지만 줄리앤은 분명하게 내리비치는 태양 빛에 눈을 떴다.

'몸이 나른해……. 다리랑 허리가 마치 납 같아.'

침대 안에는 줄리앤뿐이었다.

'더글러스님께서는 어디로 가버리셨을까?'

주변을 둘러보자 더글러스는 이미 셔츠와 바지를 입고서 침대 옆 소파에 앉아 있었다.

함께 침대에 누워 있었는지조차 몰랐다.

어쩌면 소파에서 잤을지도 모른다고 생각하니 줄리앤은 괜스레 서글퍼졌다.

'결국, 더글러스님께 신뢰는 얻을 수 없었어. 내가 자객이 아니라는 사실 정도는 인정해 주셨을지도 모르지만. 그렇지만…… 문제는 그런 게 아니야. 하다못해 그랑디에에서 자객을 보냈다는 오해만은 풀어야 하는데.'

그 옆모습은 아침 해 속에서 보니 한층 더 단정하고 아름다운 외모였다.

손에 든 무언가를 진지하게 쫓는 눈이 반짝반짝 빛났다.

'어머? 설마, 저 납인은……'

더글러스가 손에 든 것을 눈치채고 줄리앤은 저도 모르게 몸을 내밀었다.

잠겨 들었던 마음이 단숨에 떠올랐다.

'읽고 계셔! 공작님께서 쓰신 유언장을, 제대로 스스로 개봉해서.'

고작 그뿐이었지만 더글러스와의 사이에 있던 벽 하나를 넘은 것만 같은 기분이 들었다.

줄리앤은 몸에 남은 통증조차 신경 쓰이지 않았다. 그러기는커녕 허락된다면 뛰어올라 만세를 외치고 싶을 정도였다.

'아아…… 기뻐. 다행이야. 공작님께서 마지막 힘을 짜내셔서 남기신 서신. 그 글에 담긴 마음은 개봉하신 더글러스님만이 아셔. 공작님은 어떤 말씀을 남기셨을까.'

적어도 공작이 남긴 유언장이 더글러스의 안에 있는 증오와 슬픔, 의심을 풀어주기를 바라마지 않았다.

가능하다면 공작을 향한 마음이, 그리고 그랑디에를 향

한 마음이 좋은 방향으로 변하기를 기원하며—

'부디, 부디 공작님의 마음이 전해지기를.'

줄리앤은 엎드린 채 상체만을 비틀어 두 손을 모아, 옆에 있는 더글러스를 보며 간절히 기도했다.

"—흠, 일어났나."

아무래도 이상한 자세로 물끄러미 바라본 탓인지, 줄리앤을 눈치챈 더글러스가 몸을 뒤로 뺐다. 그의 손이 슬며시 서신을 접어서 내던져 놓았던 겉옷 아래로 숨겼다.

"아, 네. 죄송합니다. 더글러스님보다 늦게 일어나다니."

그 모습을 보고 줄리앤은 어지간히 낯간지러운 내용이라도 쓰여 있었나 하고 상상했다.

얼마만큼 공작에게서의 사랑이 담겨 있을까—하고.

"당장 옷을 갈아입고 아침 식사 준비를……!"

그러나 기합을 넣어서 몸을 일으켜 보았지만 하반신에 아릿한 통증이 퍼졌다.

그것도 이불 아래는 나체였다. 황급히 손에 든 이불로 가슴께를 가려보지만, 이번에는 아픈 하반신이 빠져나와 버렸다.

'싫다, 나도 참.'

아무래도 아침 해 속에서는 수치심이 앞섰다.

줄리앤은 이불 한 장으로 어떻게든 몸 전부를 가리려고 해보았지만, 꾸물거리고 있는 사이 시트의 얼룩이 눈에 들어왔다.

'아, 어쩌지……. 이럴 때에.'

"왜 그래?"

안색이 바뀐 줄리앤의 모습에 더글러스가 소파에서 일어섰다.

"아니요. 크게 실례를……. 욕실을…… 빌릴 수 있을까요?"

속일 수도 없는 사실에, 세탁의 필요성만을 전하고 이불 끝을 숨겼다.

"실례? 괜찮은데. 어젯밤 흔적이 남은 시트라면 내가 처리해 두지."

그러나 그런 줄리앤을 더욱 깎아내리고 싶은 것인지, 더글러스는 웃으면서 이불에 손을 대었다.

"안 돼요! 눈이 더러워지세요!!"

"음?!"

힘껏 당겨졌을 때에는 이미 때는 늦어, 줄리앤의 손에서는 이불이 떨어져 나가 시트에 흩어진 혈흔이 더글러스의 눈에 비치고 말았다.

"거듭되는 무례를 용서하세— 앗."

이런 상태, 나체를 보이는 것보다도 견딜 수 없었다.

줄리앤은 곧바로 양손으로 그 흔적을 덮어 감추었지만 더글러스는 그 손마저 잡아 올렸다.

"너, 어째서 숨겼어? 네가 아직 남자를 모르는 처녀라는 걸."

어젯밤보다도 한층 더 험악해진 표정으로 추궁해 왔다.

"이건, 달거리입니다."

"진심으로 하는 말이야? 이건 달거리와는 다른 순결의 증거야. 본래대로라면 남편이 될 남자에게 바칠 것이었을."

"으…… 윽."

그가 딱 잘라 말하기 전까지, 줄리앤은 달거리라고 믿어 의심치 않고 있었다.

그런 만큼 더글러스에게서 '순결의 증거', '남자에게 바칠 것이다' 라는 말을 들으니 순식간에 핏기가 가셨다.

'나, 나…….'

어젯밤은 다른 일에 몰두해서 자신의 일까지는 생각이 미치지 않았다.

일단은 더글러스의 몸 상태를 확인하는 문제가 급선무였고, 더글러스에게 신뢰도 얻고 싶었다.

그 외에 무엇 하나 중요한 것 따위는 없었다.

결코 좋은 일을 한다고는 생각지 않았지만, 어떤 감정보다도 절실함이 앞섰다.

남편이 될 리도 없는 사내와 하룻밤을 함께한, 몸을 섞고만 일이 어떤 것인지 생각할 여지 따위는 전혀 없었던 것이었다.

"어째서, 어째서 말하지 않았나. 나는 네가 너무나—"

더글러스는 입을 다문 줄리앤의 어깨 위에 이불을 덮어

주며 침대 끝에 걸터앉았다.

그러자 줄리앤은 반사적으로 몸을 뒤로 뺐다.

혐오감 때문은 아니었다. 죄의식 때문에 더글러스를 보는 눈이 바뀌고 만 탓이었다.

'가슴이 답답해. 차라리 이 가슴을 찔러 버리고 싶어.'

이렇게 그의 곁에 있는 것조차 망설어졌다.

줄리앤은 무언가에 겁먹은 듯이 어깨를 떨었다.

"아니, 말해보았자 소용없다고 생각했겠지. 어젯밤 상황에서 무슨 말을 들어도 나는 곧이듣지 않았어. 믿지 않았어. 그러기는커녕 트집을 잡아서— 그렇지만 너에겐 무슨 일이 있어도 나에게 유언장을 읽게 하고 싶다, 신뢰를 얻고 싶다는 사명감이 있어서, 그저 그 이유만으로 이 방까지 따라온 거겠지."

그러나 그런 줄리앤을 대하는 더글러스의 태도도 명백히 어젯밤과는 달랐다.

자신의 잘못을 인정하고 매우 후회하고 있었다.

"아무리 조심스러워져 있었다고는 해도 지나치게 깊은 의심에 사로잡혀 눈이 흐려졌어. 되돌릴 수 없는 큰 죄를 범한 사람은 내 쪽이야. 실컷 너를 의심하고 모욕한 끝에 상처 주고—"

햇살을 반사하며 빛나던 눈동자가 내리깔렸다.

풀 곳 없는 감정을 주체하지 못하고 더글러스가 긴 흑발을 쥐어뜯었다.

줄리앤의 가슴이 더욱더 아파져서 견디기 힘들어졌다.

"그런 말씀 마세요. 따지고 보면 제가 그런 난폭한 행동을 한 게 원인입니다. 저는 더글러스님의 몸이 무사하시다는 것만 알게 되면, 그것만으로……."

마치 그 아픔을 떨쳐내려는 듯이 줄리앤은 말했다.

"바보 같은 소리 마. 그 난폭한 행동 역시 원인은 내가 시비를 걸었기 때문이잖아. 처녀가 정조를 지키기 위한 호신술로서는 적절한 행동……. 그럼, 호신용 단검을 가지고 있었던 것도 그런 이유에서였나."

잘못 하나를 깨닫자 여러 가지 면에서 상황이 맞물렸는지 침울해지기만 하는 더글러스에게, 줄리앤은 어쨌거나 계속해서 말을 걸었다.

"저기, 정말로 이 이상 신경 쓰지 마세요. 저는 누구와도 결혼하지 않습니다. 평생 남편을 얻지 않을 거니까요!"

생각나는 대로 말해 버렸지만 줄리앤은 '아아, 그런가' 하고 납득했다.

자신이 여자라고 생각하니까, 죄의식 때문에 이상해질 것만 같은 것이다.

그러나 자신이 어디까지나 종자라고 여긴다면 어젯밤은 그 역할에 충실했을 뿐, 할 수 있는 한의 일을 했을 뿐이라고 생각할 수 있었다.

"평생 공작가를 섬기겠습니다. 앞으로 주인이 되실 더글러스님께 정조를 바친 거라면 바라던 바예요. 그러니까 부디 이것은 충의의 증거, 종자의 증거라고 생각해 주십시오. 부탁드립니다."

자신이 죄의식만 버린다면 분명 더글러스도 편해질 것이다.

함께 죄의식을 버릴 수 있다고, 줄리앤은 웃음마저 띠어 보였다.

"—네가, 그랑디에 같은 시골에서 순수 배양된 '충심 덩어리' 라는 사실은 이해했어. 그러나 미안하지만 그 문제와 내가 작위를 잇는 문제는 별개의 이야기야."

하지만 필사적으로 수습하려는 줄리앤에게 돌아온 말은, 무엇을 들이대도 흔들림 없는 더글러스의 결의였다.

'더글러스님……'

"너 개인에게는 미안한 짓을 했어. 진심으로 잘못했다고 생각해. 할 수 있는 한의 일은 하겠어. 책임도 지겠어. 그러나 나는 만난 적도 없는 사람 따위는 믿지 않아. 아버지와 어머니를 허락하지 않았던 공작도, 오랫동안 공작을 섬겼을 사람들도, 누구 한 사람도 말이야."

줄리앤은 알 턱이 없는 뿌리 깊은 원한. 더글러스가 공작가와 그랑디에 그 자체에 품은 혐오감에는 역시 헤아릴 수 없는 무엇이 있었다.

"그렇다면 한 번이라도 좋으니까 그랑디에에 오셔서 만나보세요. 만나보시면 아실 겁니다. 모두 더글러스님의 신뢰를 얻기에 마땅한 사람들입니다. 앞으로 쭉, 줄곧 더글러스님을 주인으로 삼아 진심으로 섬길 사람들뿐이라는 사실을 알게 되실 거예요."

그래도 하룻밤을 함께 지내게 되어 더글러스는 줄리앤을 인정해 주었다. 종자가 아니라 일개 개인으로 돌아간 여자로서의 줄리앤에 대해서만일지도 모르지만, 그래도 무조건 거절했던 어젯밤에 비하면 마음이 가까워졌다고 생각했다.

그렇다면 다른 사람과도 만나게 되면, 이야기하게 되면 마음이 전해지리라고 줄리앤은 희미한 기대를 품었던 것이었다.

"그런 형편 좋은 일이 있겠냐. 나는 그랑디에에 갈 마음은 없어. 애당초 공작 본인이 내 뜻대로 해도 된다고 유언도 남겼어."

그러나 그 기대조차 때려 부수듯이 더글러스는 말했다.

침대에서 일어서더니 아까 전에 겉옷에 감추었던 유언장을 찾아내 꺼냈다.

"공작님께서?"

"이런 부분만 신용하는 거냐고 하면 할 말은 없지만. 그래도 여기 봐. 여기에 쓰여 있잖아."

더글러스는 서신을 펼쳐서 줄리앤에게 내밀었다.

"시, 실례하겠습니다."

줄리앤은 놀라면서 거기에 쓰인 문자를 눈으로 좇았다.

사랑하는 내 월트의 아들 더글러스에게.

네가 당가의 작위를 이어 그랑디에의 땅을 오래도록 통치하기를, 다음 세대로 이어지는 다리가 되기를 절실히 바란다.

이 바람을 이루어준다면 내 모든 보물과 재산을 물려주겠다.

그러나 지금 생활을 바라고 모든 권리를 포기한다면, 작위는 영지와 함께 버틀랜드 국왕 폐하께 반납하게 된다.

자유롭게 스스로 믿는 길을 살아가도록 해라.

양친의 몫까지, 하루라도 길게.

행운을 빈다.

월트의 아버지—릭 레이몬드 그랑디에로부터.

그 유언장은 분명히 공작이 마지막에 테이블 위에서 썼던 것이었다.

"주인님……."

국왕 폐하 앞으로 보냈던 서신의 내용과 일치했다. 틀림없었다.

그러나 그것을 알고 있기에 더욱, 줄리앤은 그 자리에서 적은 두 통의 서장이 이런 형태로 이어져 있었다는 사실에 충격을 감출 수 없었다.

공작은 마지막까지 자신의 생각을 줄리앤과 모리스 일동

에게도 전했고 그 신념을 꺾지 않았다. 무엇 하나 거짓이나 허구는 없는데도, 줄리앤에게는 그 내용이 받아들이기 어렵고 믿기 힘든 일이었다.

"알았나. 나는 정식으로 포기하겠어. 이걸로 이 이야기는 끝이다. 국왕에게서 고지가 나오면, 앞으로 목숨을 위협받을 일도 사라지겠지. 그렇게 되면 나를 노리던 사람이 어디 사는 누구라도 관계없어. 나도 너 같은 계집애에게까지 신경을 곤두세우지 않아도 돼."

더글러스는 줄리앤이 훑어보기를 마치자, 그 서신을 가지고 방구석에 놓인 책상으로 향했다.

"어쨌거나, 편지 한 장은 쓰지. 나중에 투덜대면 쓸데없는 집안 소동이 생길 뿐이니까 말이야. 뭐, 어찌 되었든 공작 자신이 '마지막은 국왕 폐하께 모두 맡긴다'고 했으니까 그렇게 처리될 이야기야."

종이와 펜을 준비하더니 술술 작위와 유산 포기의 서신을 작성하기 시작했다.

'이걸로 끝이야? 더글러스님께서 작위를 포기하셔서 모든 것이 끝난다고?'

아무렇지도 않게 편지를 쓰는 더글러스의 등을 바라보자, 줄리앤의 눈에 이곳에 온 뒤 처음으로 눈물이 맺혔다.

그랑디에에서는 모리스 일동이 기다리고 있다. 영지민들도 기다리고 있다.

그러나 그들이 기다리는 것은 이런 결말이 아니었다. 여기에서 끝낼 수는 없었다.

"눈물 작전도 소용없어. 여자의 눈물은 어머니를 봐서 익숙해."

그러나 더글러스는 변함없는 말투로 말했다.

"내 기억에 남아 있는 어머니는 곧잘 우셨어. 아무리 아버지가 후회 없는 선택을 했다고 해도 자신을 계속 책망하는 마음을 멈출 수 없었겠지."

이것이 최소한의 보상인 것일까?

그는 마음속을 밝혀왔다.

"딱히 어머니께 잘못은 없었어. 다만, 신분이 귀족이나 왕족은 아니셨지. 고작 그만한 일로 죽을 때까지 후회하셨어. 사랑하는 남편에게서 고향과 부모님을 빼앗고 말았다, 본래 있어야 할 자리와 미래를 빼앗고 말았다고 말이야."

물론 이 이야기가 전부는 아니리라.

이것은 더글러스가 가슴에 숨기고 있는 마음의 극히 일부분이었다.

"그래서 아버지께서는 나에게 자신이 받은 것 이상의 교육을 베풀려고 하셨지. 나를 누구보다도 훌륭하게 키워서 어머니께 '이 아이가 너와 내 자식이다' 라고 말씀하시며 힘을 북돋아 주고 싶었겠지. 뭐, 그렇다고는 해도 조금 더 오래 사셨다면 그런 후회도 노력도 무의미한 것이었다는 사실을 아셨겠지만. 어쨌든 뒤를 이을 사람이 나뿐이라면 이렇게 맞이하러 오니까."

더글러스가 공작과 그랑디에에게 악감정뿐인 이유는 분명 좀 더 있을 터였다.

태어난 지도 이십 년 이상의 세월이 지난 것이었다. 한번 끊어진 연을 되돌리기에는 흘러간 시간이 너무나 길었다.

적어도 공작이나 월트가 살아 있었을 동안이었다면 또 달랐을지도 모르지만, 더글러스에게는 고향도 무엇도 아닌 그랑디에에 특별한 마음을 바라는 쪽이 애당초 무리였을지도 몰랐다.

그에게 건 기대는 단순히 줄리앤과 다른 사람들이 제멋대로 부리는 어리광이었다는 말이었다.

"봐, 포기 의사를 밝힌 서신이야. 랜드 스튜어드에게 가지고 가. 그걸로 네 역할은 끝이야. 뒷일은 윗사람들에게 맡기도록 해. 이 이상의 책임은 네게 없어."

다만 그렇다고 해도 줄리앤은 인정하고 싶지 않았다.

더글러스에게서 이 서신만을 맡게 되고 싶지 않았고, 또한 자신의 손으로 그랑디에에 가지고 돌아가고 싶지도 않았다.

"—거절합니다. 서신은 스스로 전해 드리세요."

"뭐라고?"

"저는 그랑디에 공작가의 종자입니다. 모든 것을 포기하신 분께서 내린 직무를 맡을 이유는 전혀 없습니다."

이런 말을 해보았자 더글러스가 파발마로 사자를 보내면 그것으로 끝이었다.

줄리앤이 귀국함과 동시에 서신은 모리스에게 전달되리라.

경우에 따라서는 국왕 폐하에게도 같은 서신이 전해질지도 몰랐다. 더글러스의 주도면밀함이라면 그 정도는 할 법했다.

"여러 가지, 여러 가지로…… 폐를 끼쳤습니다. 곧바로 옷을 갈아입고 나갈 테니, 조금만 뒤를 돌아봐 주십시오. 제발 이 이상의 부끄러운 꼴은 용서해 주세요."

"윽……."

더글러스는 손에 든 서신을 쥔 채로 뒤를 돌아보았다.

줄리앤은 아릿한 통증만이 남은 몸을 일으켜 침대에서 내려갔다.

'나는 뭘 하러 온 걸까? 공작님과의 약속도 이루지 못하고, 스스로 청한 역할도 다하지 못하고. 게다가 더러워진 몸이 되어서까지 얻은 결과가 더글러스님의 작위 포기? 더글러스님께는 싫은, 그저 슬픈 추억만을 되새기게 했을 뿐인가?'

정신없이 벗었던 의복을 그러모아 몸에 걸치면서도, 명백히 어제까지는 몰랐던 몸의 통증에 무언가를 잃었다는 사실을 실감했다.

'몸보다도 가슴이 아파. 어쩌면 좋을지 모르겠어. 그렇지만, 이 이상은 울면 안 돼. 적어도 이곳을 나설 때까지는 눈물 자국도 없애지 않으면.'

옷가지와 함께 내던진 단검이 눈에 들어오자 성을 나설 때의 일이 떠올랐다.

그래서 모리스는 자신을 여행에 내보내고 싶지 않다고 주장한 것이리라. 어쩔 수 없이 나가게 되었을 때에도 이렇게 무슨 일을 생길 때에는 몸을 지킬 수 있게끔 호신 도구를 건네주었다.

생각해 보면 어젯밤의 그들 역시 그랬을지도 몰랐다. 줄리앤이 시집가기 전의 몸이기에 상대가 더글러스라 해도 동행시키기를 망설였다.

그 순간만은 그랑디에나 사명보다는 줄리앤만을 걱정해 주었다.

무슨 일이 생긴 뒤에는 돌이킬 수가 없다. 그 점만을 걱정해 주었는데—

그들의 마음을 깨닫자 줄리앤은 어디에도 얼굴을 들 수 없게 되었다.

자신의 경솔함이나 여자로서의 낮은 경계심만이 부각된 기분이 들어 더 이상 견딜 수가 없었다.

'아아, 정말. 정신 차려, 줄리앤. 평생 결혼하지 않으면 그만이야. 단지 그뿐이야.'

그러나 그렇다고 해도 이대로 모든 책임을 던져 버리고 도망칠 수는 없었다.

그것이야말로 자신을 소중하게 여겨준 사람들에게 면목이 서지 않았다.

'여관에 돌아가서 더글러스님에 관한 일을 모두에게 보고해야 하고……. 내 문제로 모두에게 싫은 감정을 들게 할 수는 없어. 어젯밤은 아무 일도 없었다는 듯이 행동해야지. 그러기 위해서는 제대로 걸어서 여기를 나가야—'

줄리앤은 모든 의류를 몸에 걸치고 나서 힘껏 단검을 쥐었다.

'이 단검은 두 번 다시 같은 실수를 반복하지 않기 위한 교훈으로서 평생 가지고 있자.'

다시 결심했다.

"기다려! 그건 이쪽으로 넘겨."

그러나 줄리앤이 단검을 가방에 집어넣으려고 하자 더글러스가 황급하게 외쳤다.

"네?"

무슨 일일까 생각했을 때에는 줄리앤의 손에서 단검을 빼앗아 올리고 있었다.

"포기의 서신은 스스로 전하러 가겠어. 그러니까 너는 그랑디에까지 나를 안내해 줘. 이 단검은 그쪽으로 도착할 때까지 맡아두지. 여행하는 동안은 내가 너를 지켜줄게. 그럼 이건 필요 없겠지."

"더글러스님……?"

갑자기 어찌된 일일까? 줄리앤은 순식간에 말을 바꾼 더글러스의 의도를 몰라 고개를 갸우뚱거렸다.

어떤 형태나 이유이든 간에 더글러스가 그랑디에로 와주

는 일은 고맙고 정말로 기뻤다.

그러나 그렇다고는 해도 갑작스럽게 바뀐 그의 모습에 감정이 따라가지 못했다.

"그런 이상한 표정 짓지 마. 잠시 네 입장이 되어 생각해 본 것뿐이야."

그녀가 지나치게 멀뚱거리고 있었던 것이리라. 더글러스는 그랑디에행을 결정한 이유를 밝혀왔다.

'내 입장······.'

거짓말도 입발림도 아니리라.

더글러스가 줄리앤의 입장이었더라도 분명 몸 둘 바를 몰랐으리라고 생각한 것이었다.

"게다가 이유나 경위는 어쨌든 나는 너를 상처 입혔어. 그 보상만은 하겠어. 내버려두고 도망치지는 않아. 다만, 그러기 위해 어떻게 해야 할지는 지금은 모르겠어. 그러니까 생각할 시간을 줘."

줄리앤에게 벌어진 비극은 사자로서만이 아니었다.

그녀 개인에게까지 영향을 미치는 일이었기에, 더글러스 입장에서는 이대로 내버려 두는 건 견딜 수 없었던 것이리라.

"어찌 됐든 내가 한 번 그랑디에에 간다면, 네 사자로서의 역할만은 다할 수 있어. 그다음 일은 나와 랜드 스튜어드가 이야기를 매듭지으면 그만일 뿐이고 말이야."

그렇다면 하다못해 사자로서의 역할만이라도 이루게 해

주자—그런 생각을 한 것이리라.

"아침 식사를 먹고 길을 떠날 준비를 하겠어. 기사단 쪽에도 밀린 휴가를 신청해야 하니까 나는 정신없이 뛰어다녀야 하겠지만, 너는 그사이에 쉬고 있어. 어쨌거나 아침 식사가 먼저로군. 뭔가 만들지."

더글러스는 설명을 마치자 침실에서 나가, 말했던 대로 주방으로 향했다.

"아, 그렇지. 좀 푸짐해도 괜찮지? 나는 오늘 아침, 네 배가 울리는 소리를 듣고서 깨어났을 정도니까 말이야."

방을 나가기 전에는 그런 말까지 장난스레 남겼다.

'배가 울리는 소리……. 그러고 보니 저녁 식사를 먹지 않았구나.'

어떻게 되어도 더글러스는 줄리앤을 놀리며 헐뜯는 것이 즐거운 모양이었다.

'더글러스님. 이러니저러니 하셔도 다정하고 책임감 강하신 분. 그래서 그렇게 부하 분들께서도 따르는 거구나.'

줄리앤은 이 상황에서 무엇을 할 수 있는 것도 아니라서, 들은 대로 침대에 걸터앉아 휴식을 취하기로 했다.

'그렇지만, 지금 나에게는 그 다정함과 책임감이 무거워. 차라리 어젯밤 일 따위는 전부 없었던 일로 해주시면 좋을 텐데.'

앉은 채로는 엉덩이 관절이 아파서 그대로 털썩 상체만을 뉘었다.

"너는 정말로 솔직하고 마음씨 다정한 아이구나, 줄리앤."

"언젠가 왕자님이 데리러 와주실까요?"

문득 어린 시절에 공작님과 나누었던 약속이 머릿속을 스쳤다.

"—그렇구나. 오지 않으면 내가 찾아주마. 너에게 어울리는 왕자님을. 네 생애의 반려가 될 사내를."

"정말이에요? 약속하신 거예요!"

결혼이 어떤 것인지 깊게 생각한 적도 없었던 시절의 자신이 그리워졌다. 생생한 남녀 사이의 행위 따위를 몰랐다면, 지금 역시 왕자님이 나타나기를 기다렸을지도 모른다.

그렇게 생각하자 잃어버린 것이 순결만은 아니었다는 사실을 새삼스럽게 실감했다.

분명 잃어버린 줄리앤보다도, 빼앗은 더글러스 쪽이 그것을 잘 이해하고 있었으리라. 그렇기에 그런 죄의식을 품고 있을 터였다.

'공작님……. 공작님도 약속을 깨셨지만 줄리앤도 깨버렸어요. 더 이상 줄리앤은 왕자님의 꿈은 꿀 수 없어요. 줄리앤에게는 왕자님을 기다릴 자격이 사라져 버렸는걸요.'

그런 만큼 줄리앤은 태도를 바꾸어야만 한다고 생각했다.

　자신을 위해서, 그리고 더글러스를 위해서 잊는 것이 최선이라고—

3장
가자, 그랑디에로!

더글러스가 여행 준비를 마친 때는 그날 오후였다.

줄리앤은 아침부터 푸짐한 식사를 대접받아, 그것을 전부 먹고서 휴식을 취했다.

어색하게 사양해 보았자 거북해질 뿐이었다.

게다가 줄리앤은 여관에서 대기하고 있는 동료들의 곁에 건강한 모습으로 돌아가야만 했다. 지친 심신을 치유하는 데는, 또한 기분 전환을 하기 위해서는 잘 먹고 자는 것이 철칙이었다.

그런 보람도 있어, 더글러스가 '기다렸지'라고 말해왔을 때에는 나른함만은 가셔 있었다.

하반신에 위화감이 남아 있긴 했지만 일어났을 때만큼의

뻐근함은 없이 움직일 수 있었다.

'와아……. 과연 기사단에서 활약 중이실 만하구나. 여행 준비라고는 해도 조금 몸단장을 했을 뿐인데도 귀공자님 그 자체야. 등은 곧게 뻗어 있고, 옆모습도 늠름하시고, 걸친 망토도 정말로 잘 어울리셔. 마구간에서 말고삐를 쥐었을 뿐인데도 이렇게나 그림이 되는 분은 처음 봐.'

다시 태양 아래에서 그의 모습을 보았을 때에는 순수한 마음으로 바라볼 수 있었다.

애당초 이 외견이 계기가 되어 험한 꼴을 보게 된 것임에도 불구하고, 전혀 질리지 않았다.

"뭘 넋이 나가 있어. 새삼 반했나?"

아니나 다를까, 너무 지나치게 바라보고 만 줄리앤은 더글러스가 얼굴을 들여다보자 가슴이 철렁했다.

'이런 점만 아니라면 흠잡을 데 없는 귀공자님이신데. 이 자신감 과잉과 바람둥이 기질은 누구를 닮으신 걸까?'

정곡을 찔려 아쿠아블루의 눈동자를 굴렸다.

새삼 반한다니. 그 이전에 반했던 기억은 없다고 말하고 싶었지만, 줄리앤이 그에게 넋이 나가 있었다는 것은 확실했다.

하물며 지금의 더글러스라면 동성인 사일러스 일행이라도 같은 반응을 보이리라.

더글러스는 그저 겉모습만 반듯한 것뿐만 아니라 내면에서부터 사람을 끌어당기는 힘 같은 기운이 흘러넘치고 있었다. 태양 아래에 있으니 한층 더 그 모습이 빛나 보여서, 줄리앤의 눈을 자연히 못 박히게 하고 마는 것이었다.

"예. 이렇게 아름다운 말갈기는 처음 보았습니다. 멋진 말이라고 생각해서요."

그러나 그 감상을 본인에게 전하는 것은 아무래도 분했다. 줄리앤은 일부러 빅터에게도 뒤지지 않는 더글러스의 애마에게 시선을 향하며 칭찬했다.

"칫. 귀염성이 없구만. 인사치레 정도는 술술 말할 수 없냐. 그러니까 남자 하나도 안 생기는 거야."

혀를 차는 옆모습조차 수려한 남자에게, 줄리앤은 저도 모르게 볼을 부풀리고 말았다.

그런데도 가슴의 고동은 높아지기만 할 뿐이라 어찌할 수 없었다.

'뭐?! 뭐야, 그게. 책임진다든가 보상하겠다든가 말해놓고, 결국 내 탓으로 돌리고 싶으신 건가? 내가 인기 없는 여자라서 이렇게 성가시게 되었다고. 그런 거라면 너무해! 이럴 줄 알았다면 남편이 있다고 거짓말할 걸 그랬어. 그게 달거리라고 우길 걸 그랬어. 그렇게 아픈 일을 겪었는데, 이래서야 엎친 데 덮친 격이야. 차라리 정색하고 엄청 못한다고 말해줄 걸 그랬나.'

어찌할 수도 없어서 줄리앤은 마음속으로 실컷 악담을 퍼부어보았다.

'그렇지만 결혼한 사람들 다 밤일은 기분이 좋다고 말했어. 아무도 배가 찢어질 듯이 아프다고는 말하지 않았어. 그 말은 더글러스님만이 난폭해서 여성을 다루는 데 서툴다는 뜻이야. 절대로 그런 게 틀림없어!'

생각만이라면 죄가 되지 않을 것이라고 주장하고 싶을 뿐이었지만, 그런 사소한 복수조차 더글러스는 허락해 주지 않았다.

무슨 생각을 했는지 갑자기 줄리앤이 등 뒤에서 허리를 안아왔다.

"꺅! 뭐하시는 거예요!"

"여관까지 말을 태워줄까 싶어서."

이유는 의외로 정상적이었다. 분위기에 휩쓸려 '음흉해요'라고 외치지 않아서 다행이었다.

"됐어요. 걸어갈 테니까요."

그러나 이 행동이 친절이라고 해도 줄리앤의 입장에서는 지나친 참견이었다.

붉어진 뺨을 감추지 못한 채 허리에 두른 더글러스의 손을 뿌리쳤다.

"그렇게 말하지 말라고. 여관에 있는 녀석들에게는 부하를 시켜 그랑디에에 간다고 전해두었어. 저쪽도 우리가 합류하기만을 목을 길게 빼고 기다리고 있을 거야. 게다가 너는 여행의 피로가 쌓여 어젯밤 열이 났다는 걸로 되어 있어. 그럴듯하게 굴지 않으면 내가 곤란해."

"앗, 어째서 제가 열 따위가."

"아직 발치가 휘청거리잖아. 이래 보여도 신경 써준 셈이야."

"——윽."

눈 깜짝할 사이에 되받아칠 말을 잃고 줄리앤은 숨을 삼켰다.

자신이 누워 있는 사이 모든 일에 손을 써두고 있었다. 좀 더 대범한 타입이라고 생각했는데 의외로 섬세했다.

"알았으면 얌전하게 내 손을 빌려. 적어도 오늘 하루 정도는 도움을 받으라고."

"됐어요. 그런 사정이라면 같이 말은 타겠지만, 이래 보여도 조련사의 딸이에요. 말 정도는 혼자서 탈 수 있어요."

어쩐지 괜스레 분해져서 줄리앤은 더글러스의 말고삐에 손을 대었다.

질 좋은 안장의 등자에 발을 걸치고는 탄력을 주어 말에 오르려고 했지만, 그 순간 자세가 무너졌다.

'윽—— 아파!'

"줄리앤!"

평소라면 가볍게 할 수 있었지만 오늘만은 불가능했다. 등자에 걸친 발에 힘을 실은 순간, 허벅지 안쪽에 통증이 퍼져 나자빠지듯이 떨어진 것이었다.

"그러니까 말했잖아. 이런 데 열 내봤자 무엇 하나 좋을 게 없다고. 한시라도 빨리 나를 그랑디에로 데려가고 싶은 것 아니었나."

그대로 허리를 안겨서 결과적으로는 더글러스의 도움을 받아 말을 타게 되었다.

하필이면 가장 잘하는 승마에서— 그렇게 생각하니 줄리앤은 부끄럽고 분한 마음에 점점 볼이 부풀어 올라 발개졌다.

'하느님께서는 어째서 이런 비참한 처사를 내리시는 걸까? 역시 내가 목욕이나 엿보는 아이라서? 이것은 천벌?'

이렇게 되자 필연이라고는 생각할 수 없었다. 설령 그렇다고 해도 그렇게 생각하고 싶지 않은 것이 사람 마음이었다.

줄리앤은 전부 뭉뚱그려 하느님 탓을 하고 싶어졌다.

"그렇게 분한 표정 짓지 마. 키스 한 번쯤은 하고 싶어져."

완전히 뾰로통한 얼굴이 된 줄리앤을 향해서 더글러스가 웃었다.

"장난도 정도껏 하세요."

"제법 진심인데 말이지. 아, 차라리 내가 아내로 맞아줄까? 그게 가장 손쉽게 책임지는 방법이겠지."

더글러스가 줄리앤과 짐을 먼저 실은 말에 올라타, 줄리앤을 등 뒤에서 감싸 안는 형태로 고삐를 잡았다.

"농담하지 마세요. 누구 손쉬운 결혼 따위를 하고 싶겠어요. 그런 결혼, 죽어도 하고 싶지—아아앗."

계속해서 초조하게 만드는 말만 들어, 이번에는 그의 팔

안에서 빠져나가게 될 뻔했다.

"그러니까! 버둥거리지 말라고."

쓸데없이 강하게 끌어안겨 줄리앤은 심장이 터질 듯이 두근거렸다.

"뭘 정색하고 화내는 거야."

농담이라는 거 알잖아—그렇게 말하는 기분이 들어서 너무 박정했다.

"이봐, 꽉 붙잡도록 해. 여자는 솔직한 게 제일이라고."

어린애는 솔직한 게 제일이라고—그렇게 들린 이유는 자신의 마음이 비뚤어져 있기 때문일까, 스스로도 자신을 알수 없었다.

'분해……. 어차피 나는 솔직하지 않아. 아니, 솔직하니까 화내고 있는 건데.'

알게 된 사실은, 서러울 정도로 더글러스의 팔 안이 싫지는 않았다는 점이었다.

'이렇게 있을 뿐인데, 마을에서 보이는 사람들 모두가 뒤돌아보는구나. 특히 젊은 여성들은 나를 부러워하네. 째려보는 사람도 많아—'

차라리 그를 미워했다면, 싫어하게 되었다면 얼마나 편했을지 알고 있는데 마음이 거기까지 따라주지 않았다.

정말 심술궂은 사람이라고 투덜대 보았자 그것이 고작이었다.

"그건 그렇고, 구름의 움직임이 심상치 않군. 폭풍이 오지 않으면 좋으련만.”

줄리앤은 동승한 자신에게 신경 쓰면서도 훌륭한 승마 솜씨로 마을 안을 달리는 더글러스를 올려다보자 점점 애달픈 마음이 들었다.

'더글러스님.'

아무리 놀려대도 심술부려도 상관없었다.

그러니까 좀 더 더글러스와 함께 있고 싶었다. 이 여행이 끝나도 줄곧 함께 있을 수 있다면 좋을 텐데— 하고.

여관에서 사일러스 일행과 합류해, 다시 그들에게 인사를 하고 난 뒤 더글러스는 일행과 함께 그랑디에를 향해 출발하게 되었다.

“유언장은 확실히 전달받았어. 내용도 확인했어. 사안이 사안인 만큼 직접 랜드 스튜어드와 만나기로 했으니, 여행하는 동안 잘 부탁해.”

“알겠습니다.”

“맡겨주십시오, 더글러스님!”

사일러스를 비롯한 일행 네 사람은, 더글러스가 공작가를 이어줄지 아닐지에 대해서는 말하지 않았지만, 적어도 서로 이야기를 나누는 자리는 마련되었다는 사실을 알고 안도했다.

거기까지 가면 분명히 모리스가 설득해 줄 것이다. 그런 믿음도 있었기 때문이겠지만, 진상을 알고 있는 줄리앤 입장에서 보면 더할 나위 없이 마음 아픈 일이었다.

사일러스 일행의 미소를 보고 있자니 자연스럽게 안색이 나빠졌다.

"줄리앤, 큰일을 맡아서 수고했구나. 공작님께서 쓰러지고 나서 제대로 쉬지도 못한 데다 계속 긴장해 있었으니……. 그래서야 열도 날 수밖에 없겠지."

"더글러스님께서 그랑디에로 오시게 되었어. 그 말을 듣고 긴장이 풀린 거겠지."

"그래. 빅터는 내가 끌고 갈 테니까 줄리앤은 사일러스의 말이라도 타. 어차피 지금부터 출발해도 오늘 내에 달릴수 있는 거리는 정해져 있어. 내일을 대비하는 셈 치고 오늘 정도는 우리에게 기대."

진심으로 자신의 몸을 걱정해 주는 그들에게 거짓말을 하는 일도 줄리앤에게는 상처였다. 정말로 병들어 버릴 것만 같았다.

"그렇다면 이대로 내가 태우고 가겠어. 흔들리는 상태에 따라서는 몸 상태에도 영향을 미쳐. 장거리를 빨리 달리는 것이라면 업무상 내 쪽이 경험도 있을 테니까."

그러자 이번에도 도움의 손길을 내밀 셈인지 더글러스가 말을 걸어주었다.

아무리 사자로서 선택된 사람들이 승마에 뛰어나다고 해도 기사단이자 기마단에 소속된 더글러스에 견줄 자는 없었다.

그것도 더글러스는 사일러스 일행의 친절심이나 자존심을 건드리지 않도록 에두른 말을 골라서 줄리앤이 자연스럽게 자신 쪽으로 오게끔 해주었다.

"그건 감사합니다. 더글러스님께 맡길 수 있다면 안심입니다."

"잘되었구나, 줄리앤."

"―네."

어느 쪽이든 줄리앤의 마음속 피로가 줄어들 리는 없었지만, 그래도 몸 상태가 안 좋다는 거짓말을 관철하려면 더글러스와 행동을 함께하는 편이 안전했다.

"정말로 우리 같은 사람에게까지 배려 있게 행동해 주시는 다정한 분이시구나."

"음."

진심으로 믿어 의심치 않는 사일러스 일행에게는 켕기는 마음이 들었지만 할 수 없었다.

준비를 마친 줄리앤 일행 여섯 명은 카바나를 나서 곧바로 그랑디에를 향했다.

먹구름이 하늘을 뒤덮고 비가 내리기 시작한 것은, 출발하고 나서 다섯 시간 정도 달렸을 무렵이었다.

본래대로라면 아직 태양이 서쪽 하늘에 남아 있을 시간이었지만 주변은 완전히 어두워져 있었다.

비도 거세지기만 할 뿐 멈출 기미가 안 보였다.

"잠시 멈춰봐."

"예! 더글러스님."

산간에 흐르는 강줄기를 따라 달리는 코스는 가는 길에도 오는 길에도 같았지만, 더글러스는 마침 온천장이 있는 주변에서 일단 발을 멈추었다.

준비해 온 오일 램프에 빛을 밝히더니 혼자서 말에서 내려 강변의 상태를 살펴보았다.

"명백히 강물이 불어 있어. 사일러스! 이대로 계속 달리면 위험해. 어딘가에서 잠시 비를 피하도록 하자."

"예. 그럼 적당한 장소를 찾아보고 올까요."

"부탁한다. 분명히 이 근처에 폐허가 된 오두막이 있었던 기분이 들어. 다소 망가졌지만 비바람을 피할 수 있는 정도면 되겠지."

"알겠습니다!"

원정에 익숙한 데다 자신이 지내던 영역이기도 해서인지 더글러스의 지시는 정확했다.

그러나 그런 더글러스가 말 위에 돌아왔음에도 줄리앤은 표정을 굳혔다.

비에 젖은 상태조차 신경 쓰지 않고 지그시 하늘을 올려다보았다.

"왜 그래, 줄리앤? 추운가?"

더글러스가 살짝 어깨를 끌어안아도 줄리앤의 의식은 하늘을 향한 채였다.

"아니요, 아까 전부터 신경 쓰였는데……. 산 너머에 있는 구름이 움직이지 않고 있습니다. 혹시나 그랑디에 쪽에는 좀 더 강한 폭풍이 머무르고 있는 상태일지도 몰라서 걱정이……."

지금 이 순간 고향에 큰일이 벌어지고 있지는 않을까, 그 우려만이 마음에 걸렸다.

줄리앤은 어깨를 만지고 있는 더글러스의 온기에조차 생각이 미치지 않았다.

"너도 구름의 움직임을 읽을 수 있나?"

"조금이지만 공작님께 배웠습니다. ……너도라니, 더글러스님도 그러신가요? 혹시나 월트님께서?"

그래도 귀에 걸린 말에는 매우 민감하게 반응했다.

"나는 학교에서 배웠을 뿐이야."

"그런가요."

옅은 기대가 그렇게 만들었을지도 모르지만, 그 질문은 곧바로 부정당했다.

줄리앤은 이런 부분에서도 더글러스에게 일희일비했다.

"애당초 그랑디에는 사방이 산으로 둘러싸인 바다 없는 토지야. 다른 영지와는 다르게 공기가 흐르기 어렵고 그 자리에 머물기 쉬운 성질이 있지. 비구름도 그래. 그 때문에 우기의 폭풍에는 특히 주의가 필요하고 수해나 토사붕괴를 중심으로 한 천재지변이 적지 않아서 통치하기 어렵지. 영주는 가장 먼저, 한발 앞서 구름을 읽고 상황을 예측해서 피해를 최소한으로 막아야 하는 지혜와 판단력을 요구받아. 그렇게 말하며 나를 기숙사 학교에 들여보낸 사람은 아버지였지만 말이지."

그러자 눈을 내리깐 줄리앤에게 더글러스가 말하기 시작했다.

줄리앤에게 일었던 기대는 완전히 빗나가지는 않았던 것이었다.

월트는 성을 나간 다음에도 그랑디에를 잊지 않고 있었다.

영주의 아들로서 태어나 자란 자신을 잊지 않고, 그 뜻을 자식인 더글러스에게 전하며 기른 것이었다.

"나에게 맡길 정도라면 본인이 고집을 피우지 않았으면 좋았을 거야. 어머니를 데리고 다시 한 번, 아니, 두 번이라도 세 번이라도 찾아갔더라면 화해할 기회는 얼마든지 있었을 테지."

다만 그런 월트의 태도에도 더글러스는 납득할 수 없는 점이 있었던 모양이었다.

월트의 마음을 알고 있었기 때문에야말로, 그 마음에 걸맞은 행동을 취하지 않았다는 사실에 울분을 느꼈으리라.

애초에 문제를 일으켰던 당사자들이 그 문제를 자력으로 해결하지 않고, 아무것도 모르는 자신에게 맡겼다는 사실에도 부당함을 느꼈을지도 몰랐다.

그 시점에서 이미 본의 아니게 마음고생을 겪고 있는 데다, 목숨까지 위협받게 되었으니 단순히 화나는 감정만으로는 끝나지 않으리라.

더글러스가 어째서 그랑디에에 증오를 드러내는지, 줄리앤 나름대로 이해한 기분이 들었다.

"인간은 나이를 먹으면 기가 약해져. 시간과 함께 생각도 변하지. 그렇게 생각하면 고집을 피운 사람은 공작뿐만이 아니야. 아버지도 마찬가지였어. 요컨대 부전자전이라는 거로군. 주변 사람들은 그 상황에 휘둘려서, 겪게 되는 재난도 가지가지야."

그곳이 아버지를 용서하지 않았던 조부의 고향이라서만은 아니었다.

조부와 마찬가지로 심사가 뒤틀린 채 마지막까지 자기고집을 관철했던 아버지의 고향이기도 하기 때문이었다.

"덧붙여 나는 그들을 닮지 않았어. 내가 아버지나 조부를 닮았다면 지금 여기에 없었을 거야. 일부러 일을 쉬면서까지 그랑디에로 향하지는 않았을 테니까."

이렇게 듣고 있으니 확실히 세 사람 중에서는 더글러스가 가장 유연한 사고방식을 가진 듯하다고 줄리앤도 생각하게 되었다.

그와 동시에, 실은 누구보다도 공작 부자의 사이가 회복되기를 바란 사람도 더글러스가 아니었을까 하는 생각도 들었다.

"더글러스님! 이 앞에 석탄 때는 오두막을 발견했습니

다. 꽤 오랫동안 쓰지 않아서 덜거덕거리는 모양입니다만, 잠깐 비를 피하는 정도라면 문제없을 것 같습니다."

이럭저럭 하고 있는 사이 비 피할 곳을 찾으러 갔던 사일러스가 돌아왔다.

"잘했어, 사일러스! 다들 가자."

"예!"

더글러스는 순식간에 기분을 바꾸더니 고삐를 당겼다.

이 이상 비에 젖기 전에 오늘 밤 숙소로 정한 오두막으로 들어갈 모양이었다.

'더글러스님……. 만난 지 얼마 안 되었는데 사자들과도 완전히 친해지셨어. 사일러스 일행 역시 완전히 더글러스님을 대장 취급 하네. 어쩐지 기뻐 보여.'

줄리앤은 더글러스의 말에 같이 타고 있었기 때문에, 고삐에 신경 쓰는 일 없이 그들을 관찰할 수 있었다.

정말 짧은 시간에 그들 사이에 신기할 정도로 유대감이 생겨났다는 사실도 실감했다.

'사일러스 일행이 진실을 안다면 얼마나 충격을 받을까? 이 짧은 여행이 영주를 잃기 위한 여행이라니. 그만큼 바랐던 그랑디에 공작의 후계자를 잃는 여행이라니—'

그러나 더글러스와 사일러스 일행 사이에 신뢰가 싹틀수록, 줄리앤은 솔직하게 기뻐할 수가 없어서 가슴이 아팠다.

오두막에 도착해서도 굳이 그들에게서 거리를 두고 말을

살펴보면서 가슴의 아픔을 드러내지 않으려고 신경 썼다.

"석탄 때는 오두막이라는 점이 횡재로구나. 이만큼 쌓아 놓은 석탄이 있으면 난방만은 곤란하지 않겠어."

낡아빠진 오두막은 본채와 별채 두 칸이 이어져 있었다.

여섯 마리의 말도 별채에서 비를 피할 수 있어서, 즉흥적으로 들어온 것치고는 제법 환경이 좋은 오두막이었다.

"정말이군."

사일러스 일행이 본채 쪽에서 불을 피우고는, 더글러스의 지시에 따라 곧바로 젖은 옷을 벗고 말리기 시작했다.

'아……, 운이 없네. 짐 안에까지 비가……. 이래서야 갈아입을 수 없어.'

줄리앤이 별채로 피해 있는 것도 있어서, 속옷 한 장 차림이 되어도 모두들 신경 쓰는 기색이 없었다.

애당초 함께 있다고 해도 신경 쓰지 않을지도 몰랐다. 그 정도로 그들과 줄리앤은 같은 성에서 일해온 친숙한 관계였다.

"왜 그래? 갈아입을 옷이 없나?"

이렇게 신경 써서 상태를 살피며 말을 걸어준 사람은 더글러스 정도였다.

"네. 비 때문에……. 아, 그렇지만 괜찮아요. 별로 젖지 않아서요."

"바보 같은 소리 하지 마. 그런 거짓말 때문에 생각지도 않게 탈이 나게 되는 거라고. 잠시 기다려."

더글러스는 줄리앤을 태우는 대신 빅터에게 매어둔 자신의 짐을 뒤지더니 수건과 새 셔츠를 한 장 꺼내 들었다.

"이걸로 갈아입고 옷을 말려. 감기에 걸리면 내가 맘이 안 좋아."

"……."

그 옷은 만약의 때를 위해 준비해 왔던 더글러스의 예복용 셔츠였다.

일단 건네받으면서도 줄리앤은 도리어 황송함에 말이 나오지 않았다.

"새삼스럽게 엿보지는 않아. 하는 말 들어."

침묵의 의미를 착각했는지 더글러스가 쑥스러운 듯이 등을 돌렸다.

그러자 아무것도 신경 쓰지 않았던 줄리앤 쪽까지 의식해 버려서 뺨이 새빨개졌다.

"예."

줄리앤은 더글러스의 등조차 보이지 않도록 말 뒤에 숨어 옷을 벗었다.

별로 젖지 않았다고 말은 했지만, 생각한 것 이상으로 젖어 있었다.

몸에 달라붙은 옷가지는 벗는 것만으로도 큰일이었다.

"이제 됐나?"

"예."

속옷 한 장을 남기고서 더글러스의 셔츠를 걸쳤다.

키가 큰 더글러스의 셔츠는 길이가 길어서, 줄리앤이 입자 무릎 위까지 옷자락으로 가려졌다. 그럴듯한 드레스 같았다.

게다가 질 좋은 비단으로 만들어진 셔츠는 생각 외로 살에 닿는 감촉이 좋았다.

그것만으로도 줄리앤은 어쩐지 기뻐졌다.

맨발로 찰딱대며 더글러스의 곁으로 걸어가는 발걸음조차 경쾌했다.

"그럼, 불 옆으로 와. 지금만큼은 고집부리지 말고 가까이 있도록 해."

"예."

"그다음, 이것을."

더글러스는 줄리앤을 곁에 앉히더니 자신의 망토를 어깨 위에 걸쳐 주었다.

망토는 줄리앤의 발끝까지 푹 뒤덮어 감추었다. 셔츠 너머로 비치는 몸의 곡선도 옷자락 아래에서 보이는 맨다리도, 이 망토 덕분에 누구의 눈에도 닿는 일은 없었다.

"자, 머리도 말려."

더글러스의 배려는 사소한 부분까지 닿아 있었다. 처음부터 끝까지 빈틈없었다.

뒤로 올려 묶은 줄리앤의 머리카락을 풀고서 수건으로 머리까지 쓱쓱 닦았다.

이런 경험은 어렸을 때 이후로 처음이었다.

'아침에도 생각했지만 더글러스님은 굉장히 성실하셔. 나에 대한 친절은 보상을 위해서겠지만 정말로 좋아하시는 상대라면 얼마나 정성을 다해주실까?'

설마 이 정도의 친절을 아무 이유도 없이 받으리라고는 생각할 수 없었다.

그러나 상대가 연인이라면 이런 행동도 사랑으로 대가없이 행할 수 있을지도 몰랐다.

'얼마나 다정하게 끌어안기며 몸을 겹칠 수 있을까. 아니, 나도 참 한순간이라고 해도 무슨 생각을 하는 거야.'

별생각 없이 어젯밤의 일이, 더글러스의 살결이 떠오르자 줄리앤은 스스로도 놀랐다.

'이건 마음까지 더러워져 버린 건가? 전부 더러워졌어? 다 끝났어!'

"이봐, 끝났다고."

생각과 그의 말이 겹쳐져 정말로 끝나 버린 것 같은 기분이 들었다.

"넷. 수고만 끼쳐 드려서…… 죄송합니다."

수건을 받아 들고 저도 모르게 얼굴을 덮어 버렸다.

"그건 그렇고, 예쁘구나."

"네?"

그렇지 않아도 두근거리고 있는데, 더글러스가 머리를 쓰다듬자 긴장해 버렸다.

"은실과 같이 긴 머리카락이야. 지금은 불빛에 비쳐 황금색으로 빛나고 있어. 마치 티아라를 쓴 것 같아."

그러고 보니 어젯밤도 조심스럽게 머리카락을 쓰다듬었었다.

"여, 영광입니다. 이 머리카락은 어머니에게 물려받은 거라, 어머니도 기뻐할 거예요."

'더글러스님은 이 머리카락만은 마음에 드신 모양이구나.'

단 한 가지라도 칭찬받아서 기뻤다. 하물며 더글러스가 예쁘다고 말해주다니 줄리앤에게는 포상과도 같았다.

"그 말을 듣고 보니 확실히 예쁘네. 머리카락뿐만이 아니야. 완전히 아름다운 아가씨가 되었구나, 줄리앤도."

두 사람의 상황을 깨달은 사자의 얼굴에 웃음이 떠올랐다.

"천재지변으로 가족을 잃은 줄리앤이 성에 왔을 때부터 오 년이나 지났다. 모리스님도 감당하지 못했던 말괄량이도 아가씨다워지는 게 당연한가."

"음. 아무래도 말썽부리던 시절의 인상밖에 없었는데, 이렇게 보니 훌륭한 숙녀로구나. 그렇지, 사일러스?"

"아아, 정말로."

본인들의 모습을 전혀 신경 쓰지 않는 이유는 역시 줄리앤에 대한 의식이 가족 같았기 때문이었다. 그 때문인지, 다른 사람을 상대할 때 과년한 아가씨로서 배려해 주는 부분에 있어서는 꽤 느슨했다.

그것이 가족답다고 말하면 가족다운 부분이기는 했지만.

"너도 부모가 없나?"

그들의 말을 듣고 더글러스가 줄리앤에게 물었다.

"조부모도 부모도 형제도, 함께 살고 있던 말들도, 호우로 강이 범람했을 때 토석류에 쓸려가 버렸습니다. 저는 운 좋게 살아남았지만 때마침 나타난 카바나의 산적들에게 잡혀 버려서……. 그리고 어딘가의 부자에게 팔려갈 뻔했던 차에 마침 피해지를 돌아보러 오신 주인님께서…… 공작님께서 구해주셨어요. 그 이후로 줄곧 성에서 일하고 있습니다."

줄리앤은 특별히 숨길 필요도 없는 일이라고 생각해, 자신의 내력을 평범하게 밝혔다.

당시는 설명조차 할 수 없을 정도로 충격이 컸지만, 이제는 지나간 과거로서 말할 수 있었다.

"공작님은, 존경하는 영주님이신 이상으로 저에게는 은인이에요. 하나뿐인 소중한 분이십니다. 좀 더, 좀 더 오래 사시길 바랐어요. 곁에 있고 싶었는데."

다만, 공작에 대해 언급하자 눈가가 뜨거워지는 것을 억누를 수 없었다.

잃고 나서의 시간이 너무 짧았다.

애도에 잠길 새도 없이 돌아다닌 일이 시름을 잊게 했던 것도 있어서, 막상 이렇게 추억 이야기를 언급하니 줄리앤은 고개 숙일 수밖에 없었다.

"그런가."

더글러스의 맞장구도 어딘가 무거웠다.

"어쨌거나 식사를 하고 나서 조금이라도 쉬어두도록. 내일 아침, 비가 약해지면 단숨에 달리자. 길게 발이 묶이고 싶지는 않아. 구름의 움직임도 신경 쓰이는 참이고 말이야."

"네. 더글러스님."

그 후 식사를 하고, 밖에 내리는 비를 신경 쓰면서도 그들은 불을 에워싸고 누웠다.

"너도 그렇게 알아. 내일부터는 자력으로 달리게 될 테니까."

"예."

줄리앤도 명받은 대로 더글러스의 옆에 몸을 뉘었다.

그러자 더글러스가 줄리앤의 몸이, 살이 한 부분이라도 남의 눈에 뜨이지 않게끔 걸쳐 준 망토를 다시 정돈해 주었다.

'친절하신 분─'

안감의 소재에까지 신경을 써 만든 듯한 망토는 매우 따뜻해서 기분 좋았다.

'주인님…… 어째서 더글러스님께 자유롭게 살아도 좋다고 유언을 남기신 거예요? 그런데도, 어째서 제게 더글러스님의 행복을 지켜봐 주었으면 좋겠다고 말씀하신 거

예요?'

　본채라고는 해도 판자 바닥에 조악한 러그가 깔려 있을 뿐인 장소였지만 줄리앤은 불편 없이 누울 수 있었다.

　장소는 다르지만 옆에는 어젯밤처럼 더글러스도 누워 있었다.

　'저는…… 어쩌면 좋을지 모르겠습니다. 더글러스님은 그랑디에를 떠나겠다고 결정하셨어요. 게다가 저는 곁에 있어서는 안 되는, 더글러스님께는 무거운 짐이 될 뿐인 아이가 되어버렸어요.'

　줄리앤은 눈꺼풀을 감아도 좀처럼 잠이 들 수 없었다.

　때때로 눈을 뜨고서는, 시야에 비치는 더글러스의 등을 바라보고 말았다.

　'제가 경솔했어요. 카바나로 간 것도, 더글러스님의 신뢰를 얻고 싶어서 이 몸을 더럽혀 버린 것도, 아무리 반성해도 되돌릴 수 없어요. 저는 어쩌면 좋을까요?'

　그래도 자야 할 때 잠들지 못하면 여행에 지장이 생긴다.

　내일부터는 줄리앤도 빅터를 타고 달린다. 오늘과는 다르게 이동 속도도 빨라지리라.

　'—주인님.'

　줄리앤은 오늘만은 자는 것도 일의 하나라고 스스로 되뇌며, 눈꺼풀을 뜨는 것도 그만두었다.

　그러자 어느새인가 잠이 들어, 좀처럼 눈을 감지 못하고 있던 더글러스의 등 뒤에서 작고 고른 숨소리를 내기 시작했다.

*　　　*　　　*

다음 날 아침, 비가 개자 줄리앤 일행은 그랑디에를 향해서 단숨에 달렸다.

"역시, 가면 갈수록 수량이 늘고 있어. 강 위쪽이 어떻게 되었는지가 신경 쓰이는군."

"예."

하루, 또 하루. 여행이 끝으로 다가감에 따라서 신록의 향기가 짙어져 갔다.

같은 숲을 이동하고 있을 터인데 카바나와 그랑디에는 자연의 존재 방식이 다른 것일까?

그런 사소한 부분에서도 더글러스는 그랑디에의 상태에 신경을 썼다.

줄리앤 일행 역시, 지금이 우기라는 점도 있어서 불안이 심해지고 있었다.

"뭔가 목소리가 들리지 않아?"

그런 와중, 사일러스가 누군가의 목소리를 들은 것은 성 아래 마을까지 앞으로 한 고비만 넘기면 될 거리에까지 왔을 때였다.

"누군가가 도움을 요청하는 건가?"

미약하게 귀에 와 닿는 목소리를 의지해 일단 말을 달

렸다.

"도련님! 도련님!"

그러자 수량이 늘어나 탁류가 된 강을 향해서, 측근 시종처럼 보이는 남자가 비명을 지르고 있었다.

잘 보니 강 중앙에 쓰러져 막 잠기려는 마차를 붙들고, 당장에라도 탁류에 삼켜질 것만 같은 청년이 있었다.

"저대로는 쓸려갈 거야. 사일러스, 이 로프 끝을 들고 있어요. 내가 건너편 물가로 넘어갈 테니까!"

줄리앤은 곧바로 빅터에 장비되어 있던 로프를 빼내어 그 한쪽 끝을 사일러스에게 맡겼다.

"어? 줄리앤?!"

"기다려, 줄리앤! 너에게는 무리야. 내가 간다!"

사일러스가 놀라고 더글러스가 말렸을 때에는 이미 빅터의 고삐를 당기며 옆구리를 차고 있었다.

"자, 뛰어, 빅터!"

"줄리앤!"

남자들이 비명 같은 목소리로 줄리앤의 이름을 불렀지만, 그녀는 능숙하게 말을 몰아 살짝 머리를 드러낸 강의 바위를 건너서 건너편 물가에 다다랐다.

한 걸음이라도 발이 미끄러지면 말과 함께 강에 빠져 탁류에 삼켜졌을 터인데, 겁먹기는커녕 망설이지조차 않았다.

"정말, 못 말리는 아가씨로군."

더글러스는 저도 모르게 혀를 찼지만 강 너머에서 로프를 묶기 시작한 줄리앤에게는 전해지지 않았다.

"여행자 분, 이 로프를 잡으세요! 그리고 팔이나 몸을 꽉 감으세요! 그러면 저쪽 물가에서 잡아당길 거예요."

줄리앤이 넘겨준 로프는 물에 막 잠기려는 마차보다 약간 강 아래쪽에서 당겨졌다.

설령 제대로 붙잡지 못한 채 마차에서 떠내려가는 일이 생겨도, 이렇게 하면 한 번은 로프에 몸이 멈춘다.

청년은 필사적으로 로프에 팔을 뻗었다.

"도련님!"

측근 시종의 부름에 응하듯이 그가 로프를 붙잡더니 팔에 감아 자신을 고정했다.

"사일러스! 부탁해요!"

그 모습을 지켜보고 나서 줄리앤이 로프를 손에서 놓자, 건너편 물가에 있는 사일러스 일행이 청년을 끌어올렸다.

"무사하신가요?"

"고마워. 살았어."

"도련님!"

청년이 구출되자 줄리앤은 다시 빅터를 타고 강을 건너 돌아왔다.

"무사하셔서 다행이에요."

도착과 동시에 말에서 내려 측근 시종에게 부축 받고 있는 청년 무사를 확인했다.

"고마워. 너는 페가수스를 모는 여신 같았어. 무어라 감사하면 좋을지."

줄리앤의 손을 잡고 그 손등에 입술을 가져다대는 그는 개암나무색 머리카락과 눈동자를 지닌 산뜻한 청년이었다.

"이건 여행자 분의 행운입니다. 신께서 힘을 빌려주신 거예요."

연령대는 더글러스와 비슷한 정도 같았지만, 한눈에 보아도 알 정도로 신분이 높아 보이는 청년이었다.

손등에 키스를 받는 상황은 정말로 부끄러웠지만 줄리앤은 그 행동이 그 나름대로의 감사 표시일 것이라 이해하고 곧바로 손을 빼지 않았다.

"─정말 겸손하구나. 그대, 이름은 뭐라 하나."

그는 수줍은 듯이 웃더니 붙잡은 그 손에 힘을 실어왔다.

"줄리앤이라고 합니다."

완전히 차가워진 그 손이 줄리앤에게는 온기를 바라는 것처럼도 느껴졌다.

이미 사일러스 일행이 근처에서 낙엽이나 나뭇가지를 모으기 시작했지만 불을 피우기까지는 잠시 시간이 걸릴 모양이었다.

적어도 그때까지는 온기를 나눠주자고 생각해서 줄리앤은 꼭 쥐어온 그의 손을 양손으로 감쌌다.

"줄리앤인가. 사는 곳은 어디야?"

"그랑디에의……."

"줄리앤!"

그러나 그런 모습이 기껍지 않은 듯 더글러스의 목소리가 울려 퍼졌다.

"네."

명백히 화라는 감정이 드러난 더글러스의 목소리에 줄리앤은 온몸을 움찔 떨었다.

청년에게 가볍게 인사를 하고 나서 머뭇머뭇 더글러스의 곁으로 달려갔다.

그러자 더글러스는 청년 일행에게는 들리지 않게끔 목소리 톤을 낮추어서 이야기해 왔다.

"들리지 않았나? 나는 네게 기다리라고 말했어. 무사히 건넜으니 망정이지 특별한 훈련을 받지도 않은 자가 얼마나 위험한 행동을 한 건지 알고 있는 거야?"

나직하게 울리는 목소리가 줄리앤에게는 한층 더 무섭게 느껴졌다.

"……죄, 죄송합니다. 경황이 없어 미처 목소리를 듣지 못했습니다."

"더글러스님, 용서하십시오! 줄리앤은 이렇게 보여도 승마의 명수입니다. 게다가 무언가를 생각하기 전에 먼저 몸이 움직여 버렸을 겁니다."

"그런 말을 하는 게 아니야. 적어도 집단으로 행동할 때에 제멋대로 구는 행위는 전원의 목숨을 앗아갈 우려가 있다고 말하는 거야. 윗사람의 판단에 따르지 않고 아랫사람이 멋대로 군다면 큰일로 이어질 수도 있어. 선의의 행동이 모두 올바르다고 생각하지 마."

사일러스가 황급히 감싸주었지만 그것조차 더글러스는 정론으로 받아치고는 줄리앤을 계속 꾸짖었다.

"예. 죄송합니다. 앞으로는 주의하겠습니다."

그의 말이 너무 지당해서 사죄할 수밖에 없었다. 줄리앤은 숙인 고개를 들 수 없었다.

"도대체 너는 뭘 하러 카바나까지 온 거야. 나를 그랑디에까지 데려가기 위해서가 아니었나? 그게 네 가장 중요한 사명이잖아."

요 며칠 동안의 여행 덕분에 아주 조금이지만 그와의 거리가 줄어들었다. 더글러스와 이제 막 마음이 통했다고 느꼈던 참인 만큼, 줄리앤은 힘내서 쌓아올린 벽돌이 단숨에 무너져 내린 듯한 기분이 들었다.

"게다가, 무얼 위해서 내가 이런 곳까지 왔는지 알고 있겠지?"

사일러스에게 들리지 않도록 귓속말을 해온 더글러스의 말이 가슴을 찔렀다.

"예."

더글러스가 이렇게 그랑디에를 향하는 이유, 그것은 스스로 작위 포기의 서신을 전하기 위해서만은 아니었다.

실제로는 줄리앤이 짊어진 사명을 그 나름대로 돕기 위

해서였다.

어쩌다 보니 순결을 빼앗아 버리고 만 보상도 포함해, 줄리앤의 입장이 나빠지지 않게끔 손을 써주기 위해서였다.

"그렇다면 앞으로는 한시도 그 점을 잊지 마."

이야기하는 마지막에는 가볍게 머리를 쓰다듬어 주었지만, 줄리앤의 숙여진 고개가 올라오는 일은 없었다.

그대로 더글러스에게서 해방되자, 줄리앤은 축 늘어진 채로 빅터 곁까지 걸어왔다.

"―미안해, 줄리앤. 나 때문에 주인에게 혼나 버렸구나."

그러자 그런 줄리앤이 마음에 걸렸는지 청년이 말을 걸어왔다.

"아니요. 그렇지 않아요. 제가 꾸지람 받은 것은 다른 일에 대해서입니다. 당신을 도와드린 일은 칭찬해 주셨습니다."

막상 나란히 서니 그도 제법 키가 컸다.

더글러스보다는 선이 가늘다는 느낌이 들었지만, 등이 쭉 뻗어 있어 매우 자세가 좋았다.

"너는 용맹한 데다가 다정해. 정말로 멋진 아가씨구나."

"과분한 말씀입니다."

줄리앤은 더글러스에게는 혼나고 말았지만, 그의 무사한 모습과 웃는 얼굴을 보자, 반성은 하면서도 후회는 하지 않았다.

그러기는커녕 승마술을 가르쳐 준 아버지와 할아버지에

게 감사하며 이후로는 더욱 실력을 갈고닦겠다고 결의할 정도였다.

그 후—

"다급한 여행이 아니라면 좀 더 제대로 예를 표하고 감사를 전하고 싶은데."

모닥불로 충분히 몸을 데운 후, 청년과 측근 시종은 사자 한 사람으로부터 말을 양보 받아 줄리앤 일행과는 다른 길로 떠났다.

"마음에 두지 마십시오. 저희도 서두르는 중이라서요. 이 이후로는 아무 일도 없기를. 무사한 여행이 되기를 기도하겠습니다."

줄리앤 일행도 지체된 시간을 메우기 위해 그때부터는 단숨에 그랑디에의 성 아래 마을까지 말을 달렸다.

'아, 성함을 여쭙는 걸 잊어버렸네. 그건 그렇고 다정한 분이셨어. 언행이 매우 부드럽고 품위 있었고. 분명 틀림없이 어딘가의 귀공자님이실 거야. 측근 시종도 있었고.'

더글러스와는 전혀 다른 인상을 지닌 청년과의 만남에 줄리앤의 가슴은 들떴다.

"줄리앤! 넋 놓고 있지 마."

"예!"

그러나 더글러스의 기분은 그 이후로도 나아지지 않았다.

'더글러스님은 그런 식으로는 말을 걸어주시지 않을 거

야. 분명 평생 나에게만은……'

줄리앤은 눈 깜짝할 사이에 침울해졌다.

한동안은 더글라스의 얼굴을 제대로 볼 수도 없었다.

4장
신이 내린 시련

　이전에 더글러스가 그랑디에의 땅을 방문했을 때는 태어 난 지 얼마 안 되었을 무렵이었다.

　아버지에게 고향 이야기를 들었더라도 이미지일 뿐, 기 억이 남아 있을 리도 없었다.

　실제로 뚜렷하게 눈으로 보는 것도 이번이 처음이었다. 아무리 사정이 있었다곤 해도 아버지가 태어난 고향이었 다. 막상 영지 안으로 들어오면 역시 특별한 감정이 자연스 럽게 샘솟지는 않을까 하고 줄리앤은 생각했다.

　그러나 간신히 도착한 더글러스를 기다리고 있던 광경은 폭풍이 막 지나간 그랑디에였다.

　"초록이 풍부하고 임업과 농업이 왕성한 토지라고 들었

는데 이게 웬일이냐. 토사로 집과 논밭이 무너지고 범람한 강물로 수몰된 지역도 있군."

영지의 일부는 이미 수해 지역으로 바뀌었다.

여행하는 도중 몇 번이나 하늘을 올려다보고 강의 수위를 눈으로 재고는 설마, 혹시나 하며 걱정하긴 했지만 이 정도까지라고는 상상도 하지 못했으리라. 성이 세워진 약간 높은 산 위에서 피해를 당한 영지를 다시 둘러보며, 더글러스는 목소리를 떨었다.

양 눈을 부릅뜨고 일단은 참사의 모습을 그 눈에 새기는 듯이 보였다.

"그렇지만 영지민에게 들은 이야기에 따르면 사망자도 나오지 않은 모양이고, 보기보단 피해는 최소한이라고 여겨집니다. 이미 대량의 흙 부대를 쌓아올려 두었었고, 모리스의 지시와 대응도 빨랐다고 합니다."

"이게 최소한의 피해라고 하는 건가?"

줄리앤이 설명했지만 수긍하지 못했다.

반대로 비통함마저 느끼고 있다는 것이 전해져 왔다.

"예. 공작님께서 젊으셨을 적에는, 좀 더 심했다고 들었습니다."

대체 언제 적 이야기를 하고 있는 거냐?

마치 그렇게 말하려는 듯이 줄리앤을 바라보다가, 더글러스는 다시 한 번 황폐해진 그랑디에의 영지로 시선을 옮겼다.

"─그런가."

그 이후로는 더 이상 입을 열지 않았다.

더글러스가 그랑디에 성에 발을 들인 것은 줄리앤이 이 땅을 떠나고 나서 아홉 날이 꽉 채워 지나고 나서의 일이었다.

돌로 지어진 중후한 성은 장식에 연연하는 다른 영지의 성과는 다르게 오래전부터 존재한 요새 같은 외관을 하고 있었다.

그러나 이 성의 가장 큰 목적은 외적을 위협하기 위해서도 아니거니와 전쟁에 도움이 되기 위해서도 아니었다. 큰비로 생긴 수해로부터 영지민을 피난시키고, 때로는 그들이 일정 기간 체재하는 동안 생활을 지원해 주기 위한 시설이 혼재하고 있었기 때문이었다.

요컨대 기능성과 견고함을 우선으로 해서 세워졌다는 말이었다.

그러나 한 걸음 성안으로 들어가자 더글러스는 놀라워했다.

"외관과는 다르게 안은 제대로 갖추어져 있구나. 화려한 장식은 없어도, 하나하나의 만듦새가 정성스럽고 시대를 반영하고 있어. 장식품이나 가구 그 자체의 수는 적지만, 전부 훌륭해. 단순함 속에도 전통적인 장인 기술이 느껴지는 것이 과연 공작가의 성이라고 할 만하군."

소재는 사방을 에워싼 산에서 채취한 여러 종류의 다양한 천연석이나 목재가 중심이었지만, 빼어난 세공에 더글러스는 눈을 크게 떴다.

기둥이나 창틀, 바닥이나 천정과 여기저기 정성을 들인 작품이 눈에 띄었던 것이었다.

"초대와 2대째 공작님께서는 영지민을 위해서 이런 형태로 성을 세우셨습니다. 전혀 사치스러운 부분 없이 철저히 수수하고 검소하게. 처음에는 썰렁할 정도로 간소한 외관이라서 성이라기 보다는 감옥 같았다고 들었습니다. 그렇지만 이래서는 너무 심하다고 느낀 영지민들이 자주적으로 돈을 모아서 장식을 설치했다는 모양입니다."

"영지민들이 개인 재산을 써서 자주적으로?"

성을 칭찬받자 기쁨이 샘솟아 설명하기 시작한 줄리앤의 말에 더글러스는 더욱더 놀랐다.

"예. 이래서야 손님이 방문했을 때 공작가가 수치를 입는다, 그것은 자신들에게도 수치라고 하면서요. 그래서 당시의 목수나 건축에 관련된 일을 하고 있던 사람들이, 부모와 자식에서 손자 대까지 걸쳐 휴일을 반납하고, 일단은 기초가 될 내장을 설치했던 모양입니다. 그리고 그것은 또다시 그 자식과 손자 대까지 이어져서— 지금도 일하는 짬짬이 수선이나 새로운 장식을 하고 있습니다."

줄리앤은 이런 부분에서도 더글러스에게 그랑디에를 알리고 싶어서 정말로 열심히 말했다.

"공작님께서는 그보다 각자 본인들의 생활을 우선시하라고 몇 번이고 말씀하신 모양입니다만, 그 말씀만은 아무도 듣는 사람이 없어서요……. 그러기는커녕 '이것은 우리 그랑디에 직공의 건축·전통 공예의 족적입니다. 영주라면 후세에 남길 의무가 있으니, 성을 제공하는 것이 당연합니다' 라고 공작님을 설복시켜 버려서, 그 이래로는 정기적인 보수 이외에는 전부 맡기고 있습니다."

"국왕 폐하조차 부러워할 만큼 존경받는 모습이구나."

"예. 정말 그렇습니다."

얼마만큼 자신들이 더글러스를 기다려 왔으며 존경하고 있는지, 그 마음을 담았다.

"모리스님, 알데버트님. 줄리앤 일행이 돌아왔습니다. 더글러스님께서도 함께 오셨습니다!"

그렇게 해서 현관에서 플로어에 들어서자 카밀라 부인이 환희의 목소리를 질렀다.

"드디어 도착하셨나."

"오오……. 정말 훌륭하게 자라셨구나. 게다가 월트님과도, 주인님과도 정말 닮으셨어."

본래대로라면 정문까지 맞이하러 와도 이상하지 않았다.

그러나 모든 이들이 수해지의 대응을 우선하고 있었던 것이리라. 모리스 일동도 카밀라 부인의 목소리를 듣고 나서야 황급히 모습을 보였다.

"처음 뵙겠습니다. 제가 공작님 타계 후 더글러스님의 빈자리를 맡고 있는 랜드 스튜어드, 모리스 스톤이라고 합니다."

모리스는 눈을 붙이기는 했는지, 줄리앤이 마지막으로 만났을 때보다도 제법 야위어 있었다.

"버틀러인 알데버트라고 합니다."

알데버트는 국왕 폐하에게 서장을 전달하는 중요한 역할을 다른 사람에게 대신 맡기고, 수해 대책으로 돌아섰던 것이리라.

그렇지 않고서야 카바나보다 거리가 먼 버틀랜드로 향했을 터인 알데버트가 줄리앤보다 먼저 이곳에 돌아와 있을 리는 없었다.

그렇게 생각하면 폭풍은 줄리앤과 엇갈리듯이 이 땅에 찾아온 것이겠지만, 어쨌든 피로와 고달픔이 고스란히 드러나는 그들에게 더글러스의 도착은 불행 중의 다행이었다. 기쁨 이외의 그 무엇도 아니리라.

"더글러스 듀자르단이다. 여기에는 작위 포기의 수속을 하러 왔어. 공교롭지만 공작가를 이을 마음은 없어."

그러나 그 마음을 알고 있는 건지 더글러스는 입을 열자마자 방문 목적을 고했다.

"더글러스님."

그 자리에 모여 있던 사람들이 술렁거렸다.

"어찌 된 일이야, 줄리앤. 알고 있었어?"

대화를 나눌 여지조차 느낄 수 없는 더글러스의 말에 사일러스 일행도 곤혹스러워했다.

"윽⋯⋯."

"그 아이는 아무것도 몰라. 이것은 나 혼자만의 생각이야. 아니, 죽은 공작이라는 작자의 의지이기도 하군."

대답할 말이 없는 줄리앤을 대신해 더글러스가 설명했지만, 모두들 순순히 수긍할 수는 없다는 표정이었다.

"돌아가신 공작님의?"

"이것이 내 앞으로 온 유언장이야."

더글러스는 품속에서 서장을 꺼내 들어 모리스에게 건넸다.

"⋯⋯윽."

모리스는 안을 확인하고서 할 말을 잃었다.

줄리앤에게는 모리스의 충격이 어느 정도의 것인지 손에 잡힐 듯이 이해되었다.

유언장의 내용 그 자체는 무엇 하나 틀린 것 없었다. 거짓도 아니었다.

그 사실을 알고 있는데도 터져 나오는 부당함을 씻을 수 없었다.

모리스도 마음속으로는 '어째서'라고 묻고 있으리라.

어째서, 더글러스에게 이런 내용의 유언장을!

"선택권은 내게 있어. 나는 포기를 선택했어. 하지만 서신 교환으로 이후의 대응이 늦어지게 된다면 그 상황은 그 나름대로 곤란하겠지. 그래서 이렇게 직접 말하러 온 거야."

임종 때는 영지민들의 바람보다도 아직 제대로 보지도 못한 손자를 걱정했던 것일까?

강제적으로 뒤를 잇게 해보았자 다 떠맡을 수 있는 중책은 아니라고 생각했던 것일까?

아무리 생각해 보았자 줄리앤은 떠난 공작의 마음을 알 수 없었다.

"죄송합니다. 아무래도 이야기가 너무 갑작스러워서……. 이 건에 대해서는 이야기 나눌 시간이나 다시 한 번 검토할 유예를 주시겠습니까."

다만, 지금의 그랑디에와 영지민은 초췌해진 모리스 그 자체나 다름없었다.

특히 요 며칠 동안은 더글러스의 그랑디에 도착만을 마음의 버팀목으로 삼아 지내왔음이 틀림없었다.

"보시다시피 현재 그랑디에는 폭풍이 막 지나간 상황이라서 피해의 수습을 해야만 합니다. 공작님을 막 잃은 참이라 영지민 모두가 몸과 마음 양쪽에 큰 상처를 입었습니다. 정직하게 말씀드리자면 기력을 잃은 저희에게는 더글러스 님의 도착과 공작위의 상속만이 마음의 버팀목이었습니다. 부디 지금 이런 상황에서 확인사살을 하는 일만은……."

모리스는 서신을 돌려주면서도 몸을 깊게 숙일 수밖에 없었다.

"부탁드립니다."

"부탁드립니다! 더글러스님."

알데버트와 사일러스 일행도 그것은 마찬가지였다.

"지나친 기대야. 공작가의 혈통에 대한 맹신이 너무 강해. 무엇보다 어떤 이유로라도 내가 여기에 오래 머무르게 되면 작위를 이을 것이라고 착각할 우려가 있어. 결과적으로는 기력을 잃었다는 영지민에게도, 하지 않아도 될 실망을 늘려줄 뿐이야."

그러나 이미 결의를 굳히고서 이곳까지 찾아온 더글러스가 대답을 바꾸는 일은 없었다.

'결과적으로는 실망을 늘릴 뿐— 사일러스 일행도 모리스 일동도 더글러스님께서 여기에 오지 않으셨다면 이 정도로 기운 빠질 일은 없었어. 기대가 생긴 만큼 절망감도 커진다는 뜻이구나.'

줄리앤은 다시금 더글러스의 마음을 접하자, 작위 포기의 서신만을 가지고 돌아오는 편이 더 상처 받지 않고 끝내는 일이었다는 사실을 새삼스레 깨달았다.

설령 시간이 걸리더라도 기대가 없는 만큼 충격도 적다.

하물며 이 정도로 타이밍 나쁘게 여러 가지 비극이 이어지는 상황을 맛볼 일도 없다.

'내가…… 내가 그때 얌전히 서신만을 가지고 돌아왔더라면—'

줄리앤은 자신이 더글러스를 데리고 돌아와 버린 탓에

모두에게 쓸데없는 아픔을 주어버렸다는 사실을 느끼고 견딜 수가 없어졌다.

'더글러스님 역시 이렇게 될 것을 우려해서 서신만을 넘겨주려고 하신 걸지도 모르는데.'

말을 듣는 쪽도 괴롭지만. 상대가 적잖게 상처를 입는다는 사실을 알면서 말하는 쪽도 괴로우리라.

고작 혼자서 대응을 강요당하는 더글러스에게도 이 자리는 바늘방석인 것이었다.

그 모습을 눈으로 보게 되자, 줄리앤은 참지 못하고 오열을 흘렸다.

"으…… 흑."

울어서 어찌 될 일도 아니었다. 그 사실은 알고 있었다.

그러나 이 자리에서 모리스 일동을 따라 고개를 숙이는 일은 더글러스에게 미안해서 할 수 없었다. 그렇다고 해서 부디 더글러스의 일은 자신에게 맡기고 그를 자유롭게 해달라고 더글러스 편에 서서 찬동하는 일 또한 자신의 뜻에 반했다.

"줄리앤, 진정해. 아무도 너를 책망하지 않아."

줄리앤의 고통은 줄리앤만이 알았다.

모리스가 살짝 어깨를 끌어안아 주었지만 면목 없는 마음에 눈물이 흐를 뿐이었다.

"모리스님! 알데버트님!"

그러나 그런 거북한 분위기조차 새로운 비명에 사라져

버렸다.

"왜 그러나?"

"서쪽 산에서 토석류가 발생했습니다."

숨을 헐떡이며 달려온 사람은 서쪽 마을에서 온 전달자였다.

"—뭐?! 비가 그쳤는데 말인가!"

"흙 부대의 보조만으로는 버틸 수 없었던 모양인지라……. 멈추어 있던 것이 단숨에 무너졌습니다."

"그래서 주민의 피난 상황은?"

"아직 모릅니다."

"그렇다면 서둘러 성에 있는 사람을 구조로 보내. 어쨌거나 한 사람이라도 많은 사람을 피난시키는 거다. 나도 곧바로 준비하지."

"예."

이미 더글러스의 일조차 신경 쓸 수 없었다. 모리스는 가볍게 인사를 하더니 준비를 하러 안으로 물러갔다.

안절부절못하던 줄리앤도 말했다.

"저도 가겠습니다."

"기다려! 네가 가보았자 거치적거릴 뿐이야."

더글러스가 팔을 붙들었지만 강하게 뿌리쳤다.

"놓아주세요. 서쪽 마을은 제 고향입니다."

"그래서 어쨌다는 거야. 그것과 이것은 이야기가 다르지. 그 정도로 말했는데 아직도 모르는 건가. 이럴 때에 여자인 네가 가보았자……."

"그렇지만 당신은 더 이상 제 윗사람이 아닙니다!"

"—윽."

줄리앤이 남들 앞에서 누군가를 이 정도로 거절하기는 처음이었다.

더글러스는 물론이고 사일러스 일행까지도 저도 모르게 숨을 삼켰다.

"제가 더글러스님을 섬기는 것은 여기까지입니다. 저는 그랑디에 공작가의 종자임과 동시에 그랑디에의 영지민입니다. 그 어느 쪽도 아닌 더글러스님의 말씀에는 따를 수 없습니다."

줄리앤도 더글러스가 말하려는 바는 알았다.

그러나 이곳은 카바나가 아니었다. 더글러스처럼 훈련된 단원이 많이 있는 토지는 아니었다.

게다가 말을 잘 다루는 사람에도 한도가 있었다. 말을 몰 수 있는 사람이 재해 현장에 달려가 하나라도 할 수 있는 일을 하는 것은 당연했다. 그것에 여자아이라고 구분을 둘 수는 없었다.

이것은 그랑디에에서는 보통이었다.

"건방진 말씀을 드려 죄송합니다. 그렇지만 앞으로는 아무런 인연이 없어지니까 걱정하실 필요 없습니다. 제 몸은 스스로 지키겠습니다. 그리고 이 땅은 그랑디에에서 살아가는 사람의 힘만으로 지킬 겁니다. 그러니 부디, 신경 쓰지 마세요."

그러나 그런 상식을 제쳐 놓고서라도 굳이 줄리앤이 이런 말을 골라서 더글러스를 거부한 이유는 그녀 자신이 현실을 받아들이기 위해서였다.

더글러스가 지닌 다정함이나 책임감에 과도한 기대를 품지 않기 위해서이기도 했고, 또한 이 땅에서 태어나고 자란 것도 아닌 더글러스에게 애당초 너무 무모한 기대를 했다고 자신을 경계하기 위해서이기도 했다.

"그럼, 가겠습니다. 돌아가시는 길은 배웅할 수 없겠지만 여행의 무사를 기도드리겠습니다. 부하 여러분들께도 부디 안부 전해주십시오."

그리고 무엇보다 그가 이곳을 떠나기 쉽게끔—

줄리앤은 자신에 대한 보상은 더 이상 필요 없다는 뜻을 포함해서 미소 지으며 이별 인사를 하고는 그 자리를 떠났다.

그리고 현관을 나서는 동시에 '빅터!' 하고 거친 목소리를 내더니 서쪽 마을을 향했다.

"윽……. 이야기를 전부 한꺼번에 뒤섞어서는. 사일러스, 내 말을 데려와."

"네?!"

이미 사라진 줄리앤에게 남겨진 더글러스의 격분 따위는 알 수 있을 리도 없었다.

"이런 때에 '그럼 이만' 같은 말을 꺼낼 만큼 나는 비정한 남자가 아니야. 미력하게나마 가세하지. 서쪽 마을로 안내해."

"네, 네!"

그러나 어떤 형태이든지 더글러스의 분발은 사일러스 일행에게 있어서는 행운 이외의 그 무엇도 아니었다. 사일러스는 곧바로 명받은 대로 더글러스의 말을 준비하러 갔다.

"더글러스님, 어디로 가시는지."

잠시 눈을 뗀 사이에 급변한 사태를 따라갈 수 없는 사람은 준비를 마치고 돌아온 모리스였다.

"모리스, 너는 여기에서 움직이지 마. 다른 곳에서 또 어떤 보고가 들어올지 몰라. 모든 것을 파악하고 있는 녀석이 대책 본부가 된 이 성을 비우면 어쩌자는 거야. 서쪽 마을에는 내가 갈 테니 너는 남아서 긴급 사태에 대비해."

"예…… 예."

갑자기 남으라는 말을 듣자 상황의 흐름을 알데버트에게 눈으로 물었다.

"더글러스님, 말을 준비해 왔습니다."

그러나 모리스가 아무런 설명을 듣지 못하고 있는 사이에 사일러스가 돌아왔다.

"좋아. 서쪽으로 갈 사람은 나를 따르라."

더글러스는 손에 든 유언장을 품에 집어넣고서 몸을 돌렸다.

"예! 알겠습니다."

망설임 없이 줄리앤의 뒤를 따라 그들도 역시 서쪽 마을로 향했다.

＊　　　＊　　　＊

　모리스를 대신해 더글러스가 뒤를 따라오고 있다는 것 따위는 생각지도 못한 채, 줄리앤은 애마와 함께 성을 나서서 서쪽 마을을 향했다.

　'바보. 바보! 줄리앤은 바보. 더글러스님에게 무슨 소리를 해버린 거야. 이제 성으로 돌아갈 수 없어. 그렇지만 지금은 그런 말을 하고 있을 상황이 아니야.'

　사방이 산으로 둘러싸인 그랑디에. 성 아래 마을은 그 중심에 있고, 성은 그중에서도 더욱 중앙에 위치한 조금 높은 산 위에 세워져 있었다.

　성을 기준으로 동쪽에 이웃 영지를 끼고서 수도 버틀랜드가 있었기에, 성의 정문은 동쪽에 설치되어 있다. 그 때문에 서쪽 마을로 가려면 성의 뒷문에서 산을 내려가, 성 아래 마을을 빠져나가는 것이 가장 지름길이었다.

　줄리앤은 뒷산의 길 중에서도 최단 거리를 골라 활주했다. 경사가 급한 길이기는 했지만 망설이지 않고 그 길을 선택했다.

　"뭐지, 이 소리?"

　그러나 불현듯 등 위에서 땅울림이 들린 것은 산기슭까

지 내려왔을 때였다.

"—윽."

무슨 일인가 하고 뒤돌아본 순간, 오랜 비로 지반이 약해졌는지 산의 일부가 무너져서 떠내려 오고 있는 것이 보였다.

"도, 도망쳐, 빅터!"

조금 높은 산일 뿐이라고는 해도 가장 경사가 급한 곳을 골랐던 선택이 줄리앤을 비극으로 휩쓸었다.

경사면이 완만한 길이라면, 같은 토사라도 도망칠 수 있었다.

그러나 경사가 급한 탓에 뜻밖에 가속이 붙은 토사는, 줄리앤이 빅터를 재촉했을 때에는 이미 눈앞까지 밀려 들어와 있었다.

"으아!"

정신이 팔린 사이에 고삐 조정을 잘못해서 말 위에서 떨어졌다.

"히히— 잉!"

몸에 커다란 충격을 받음과 동시에 빅터의 울음소리가 뒷산에 울려 퍼졌다.

"나는 됐으니까, 도망쳐! 너만이라도 도망쳐, 빅터—"

크게 소리치면서도 흘러가는 토사에 감쪽같이 휩쓸려 사라진 줄리앤이 남긴 말은 그것이 마지막이었다.

줄리앤이 밀려드는 토사에 휩쓸린 것은 그때가 처음이
아니었다.

　"아빠! 엄마!"

　오 년 전, 호우 때문에 일어난 재해 당시 서쪽 산에서 흐
르는 주류 강의 범람은, 그에 수반해 근래 드물었던 대규모
의 토석류를 발생시켰다.

　"오빠아아아! 언니이이!"

　피해를 당한 산기슭 마을의 이 할이 괴멸 상태에 가까웠
다.
　마구간을 포함한 줄리앤의 집은 서쪽 산기슭에 있었던
탓에, 토석류로 인해 받은 피해의 절반이 줄리앤의 집이었
을 정도였다.

　"할아버지, 어디?! 할머니이이."

　가족과 함께 살던 말들도 모두 토사에 쓸려가 목숨을 잃
었다.
　줄리앤이 태어난 지 반년 정도 되는 빅터와 함께 살아남
을 수 있었던 이유는, 우연히 마을 중앙까지 장을 보러 갔

기 때문이었다.

그러나 그 대신 줄리앤은 집에 돌아오는 도중에 산에서 흘러내리는 토석류가 자신의 집과 가족을 뭉개고 가는 것을 눈앞에서 보게 되었다.

"아빠……. 엄마—!"

눈앞이 새까매졌다. 지옥도는 그야말로 이 광경이었다.

더구나 토사에 묻힌 가족을 찾는 도중 줄리앤에게 또다시 비극이 닥쳐왔다.

"호오. 일부러 여기까지 발을 옮긴 보람이 있었구만. 이건 비싸게 팔 수 있는 꼬맹이야. 갈고 닦으면 제법이겠어."

"이런 꼬맹이를 좋아하는 귀족이나 졸부는 산처럼 있으니까요. 우리로서는 알 수 없는 취미입니다만."

"싫어! 싫어, 도와줘요, 엄마."

화재나 재해지를 노려서 나타나는 비열한 산적들에게 잡혀 그대로 어딘가로 팔려갈 뻔했던 것이었다.

"뭘 하고 있나, 이놈들! 그 아이를 어쩔 셈이냐!"

하마터면 끌려갈 뻔한 상황에 나타난 사람이 공작과 모

리스, 그리고 사일러스 일행이었다.

"도와줘요! 도와주세요, 영주님!"

그때는 두 번에 걸쳐 재난을 피했다.

토석류에서, 그리고 산적에게서. 줄리앤은 어떤 의미에서는 운 좋게 그 자리를 헤쳐 나온 것이었다.

"도, 도망쳐, 빅터."

그러나 그런 만큼 이번만은 줄리앤도 포기했다.

"기다려! 네가 가보았자 거치적거릴 뿐이야."

옅어져 가는 의식 속에서 더글러스의 질타가 떠올랐다.

"그 정도로 말했는데 아직도 모르는 건가."

자업자득이라고밖에 할 말이 없었다. 줄리앤은 적어도 이 사실이 그의 귀에 들어가지 않기를 바라면서 마지막으로 의식을 놓았다.

"줄리앤! 줄리앤!!"

지금까지 얼마나 감사하고, 또한 사랑했으며, 자신에게

많은 것을 베풀어 주었던 사람들이 있음에도 불구하고, 마지막은 더글러스의 모습을 떠올리면서—

"정신 차려, 줄리앤!"

그런 말을 들으며 뺨을 맞은 기분이 들어서 줄리앤은 깊은 잠에서 깨어났다.

"윽!"

갑작스럽게 돌아온 의식과 함께 두 눈꺼풀을 떴지만, 사정을 파악할 수 없었다.

"—꿈?"

대체 어디에서 의식이, 그리고 기억이 끊어졌는지 알 수 없었다.

다만 눈을 뜬 곳은 자신의 방 침대 안이었다. 게다가 네글리제 차림이었기에 줄리앤은 처음에 꿈이라도 꾸었나 생각했다.

모든 것이 긴 꿈—이것이야말로 악몽이었던 것일까 하고.

"그렇지 않아. 서쪽 마을은? 토석류는?"

그러나 온몸에서 느껴지는 뻐근한 아픔은 줄리앤에게 낙마 때의 기억을 되살리게 했다.

기세에 맡겨 상체를 일으키고 침대를 내려가려고 시도했다.

"줄리앤! 정신이 들었구나."

상태를 보러온 것인지, 세탁물을 안고 들어온 카밀라 부인이 소리를 질렀다.

"카밀라 부인! 여기는, 저는 대체?"

"뒷산에서 일어난 토사 붕괴를 만나 낙마했어. 더글러스님께서 찾아내 주시지 않았더라면 지금쯤 어떻게 되었을지."

카밀라 부인은 줄리앤의 곁에까지 다가오더니 안고 있던 세탁물을 침대에 놓아두고 줄리앤의 몸을 조심스럽게 끌어안았다.

"더글러스님이, 어째서?"

"네가 뛰쳐나간 뒤 곧바로 성 사람들을 이끌고 서쪽 마을 사람을 구조하러 가주셨어. 그 모습은 정말로 용맹하다고 해야 할지 뭐라고 해야 할지. 마치 젊은 시절의 공작님을 보는 것 같았어."

그렇게 말하고 줄리앤의 긴 머리카락을 쓰다듬으면서, 카밀라 부인은 믿기 어려운 일을 입에 담았다.

"정신 차려, 줄리앤!"

꿈이라고 생각했던 그 목소리는 혹시 현실이었던 것일까?

그건 그렇고 무엇이 더글러스를 움직인 것인지, 줄리앤은 고개를 갸웃거릴 뿐이었다.

"아니. 죄송하지만 그 이상이었어. 그 정도로 용맹스러운 영주님은 여태껏 안 계시지 않았을까. 과연 기사단 소속의 기사님이셔. 정말, 성안의 여자들은 물론이고 그랑디에 안의 여자라면 누구나 한눈에 반해 버릴 정도야. 게다가 사일러스 일행까지, 그…… 남심을 꽉 붙들어 버린 모양이던걸. 더글러스님께라면 목숨을 걸어도 좋다고 눈을 빛냈어."

이렇게나 흥분한 카밀라 부인은 처음 보았다.

고삐를 잡고 말을 끄는 모습만으로도 보통 사람과는 다른 빛을 뿜었었다. 그런 더글러스를 아는 만큼 줄리앤도 '그건 틀림없이……' 하고 생각했지만, 그렇다고 쳐도 목소리가 너무 들떠 있었다.

월트의 유모였던 카밀라 부인인 만큼 감동도 한결 더하겠지만, 마치 소녀로라도 돌아간 듯이 들뜬 모습이었다.

줄리앤은 아주 조금 물러나 버렸다.

"그렇군요. 그래서 지금 더글러스님은 어디 계세요? 아직 서쪽 마을에 계시나요?"

"아니. 서쪽 마을 주민은 모두 피난시켰고, 성에 돌아오신 뒤 모리스님 일동과 회의를 하고 계셔."

자신이 의식을 잃고 잠든 사이에 꽤 사태가 진전되어 있었다.

"회의? 그 말은…… 작위 포기의 수속?"

이제 와서 어찌할 수도 없는 일이었지만, 역시 신경 쓰였다.

떠나기 전에 적어도 도와준 감사 인사를— 그렇게 생각하며 줄리앤은 아픈 몸을 일으켜 침대에서 내려섰다.

"아니, 뭐라더라, 댐의 건설에 대해 이러니저러니 이야기하셨어."

"댐?"

그러나 줄리앤은 뒤이어서 낯선 말을 듣고서 네글리제 옷자락을 나부꼈다.

"아, 줄리앤! 하다못해 숄이라도."

카밀라 부인이 황급히 자신의 숄을 어깨에서 벗어주지 않았더라면, 네글리제 차림으로 방에서 나가 버렸을지도 몰랐다.

회의실의 옆방으로 들어간 뒤, 줄리앤은 목소리가 울려 퍼지는 쪽으로 다가갔다.

"어찌 됐든 지금 이대로는 같은 일이 반복될 뿐이야. 토사 붕괴는 물론이거니와 토석류에 의한 피해를 막기 위해서는, 흘러가는 토류 그 자체를 성장시키지 않아야 해. 그러기 위해서는 흙을 막는 댐을 만들든지 벌판을 확장시든지, 혹은 우기나 폭풍에 대비해 산의 치수 그 자체를 조절하기 위한 댐을 만들든지 할 수밖에 없어. 물론 한 번에 네 방향 다 해야 한다고는 말할 수 없고, 일단은 가장 피해가 많은 서쪽 지역부터 어떻게 하기만 해도 해마다 피해는 줄어들 거야."

안쪽 문을 살짝 열자 그곳에는 더글러스와 모리스를 중심으로 한 성내의 간부인 공작 측근들이 모여 머리를 맞대고 있었다.

"그러나 피해를 본 지역 주민의 구제를 생각하면 댐까지 건설할 예산은……."

"하려는 말은 알겠지만 구제와 재해를 반복하고 있으면 돈의 여유가 생기는 일은 평생 없을걸. 누군가가 나서서 밀어붙이지 않으면, 절대로 제대로 진행되지 않아. 내 입장에서 보면 이런 사정인데도 잘도 영주로 받아들여지고 있었구만 싶은데. 보통이라면 영지민이 반란을 일으킬 만한 상황이야."

"저희 입장에서 보면 용케 이 땅에서 도망치지 않고 계셔준 것입니다. 이 통치하기 어려운 토지에서 대대로 성실하게 역할을 다해와 주셨다고 감사할 따름입니다만."

"—둘 다 똑같구만. 그러니까 개선되지 않는 거야. 내가 보는 한 이 땅의 토목 기술은 대륙에 비해 이십 년은 뒤떨어졌어. 카바나에 비해서도 십 년은 뒤떨어졌을 거다."

주로 말하고 있는 사람은 더글러스와 모리스였지만, 줄리앤은 이렇게 된 경위를 전혀 알 수 없는 채 그들의 이야기에 계속해서 고개를 갸웃거렸다.

더글러스가 어째서 회의에 참가하고 있는지도 알 수 없거니와, 그가 말하는 댐이라는 것도 잘 몰랐다.

그것이 이 땅의 재해를 줄이기 위한 수단이라는 사실은 상상할 수 있었지만, 어떤 형태의 건조물인지는 감이 안 잡혔다.

"그렇다면 더글러스님께서 개선해 주십시오. 이 땅에 남으셔서 영주가 되시고 댐 건설을 기획하고 실행해 주십시오. 저희들은 어디까지고 따라가겠습니다."

더글러스의 의견에 모리스가 한층 더 강하게 발언했다.

"그런 사상이 위험하다고 말하는 거야. 이제 작작 공작가에 대한 신앙을 그만두라고. 게다가 실제로 그랑디에의 정치와 치안을 유지해 온 사람은 랜드 스튜어드인 모리스 스톤 당신이잖아. 네가 제대로만 하면 공작가 따위 있든지 없든지 문제없어. 그것이 현실이다."

"그것은 그럴지도 모릅니다. 그러나 그런 저를 만나자마자 '해야 할 일이 틀렸다'라고 질타해 주신 분은 더글러스님이십니다. 저에게 '너는 성에 남아라'라고 지시를 내리시고 그 후의 연락에 대응할 수 있도록 배치하신 것은 더글러스님의 판단이십니다."

더글러스는 딱 잘라 되받아쳤지만 모리스 역시 지지는 않았다.

줄리앤이 떠난 뒤에 있었던 일의 실제 사례를 들며, 더글러스가 공작 대리를 맡은 모리스에게 이미 공작 본인만이 할 수 있는 명령을 내렸다는 사실을 반격으로 삼았다.

"그 결과는 굉장히 좋았습니다. 피해는 최소한에 머물렀

고 모든 이들도 안도해서, 당장에라도 다시 부흥을 향해 힘내자는 적극적 분위기로 가득 찼습니다. 저는 새삼스럽게 느꼈습니다. 저에게는 당신이라는 주인이 필요하다고 말입니다. 저에게는 없는 지휘 능력, 실행력, 지혜와 경험을 지니신 당신이!"

모리스의 말을 들어본 한에는, 그 대응은 적확이라는 두 글자와 다름없었으리라.

모리스는 성안에서도 뛰어나게 우수해서, 어린 시절부터 랜드 스튜어드가 되기 위한 교양을 쌓아왔다.

하지만 그래도 대륙에 나가서 공부한 적은 없었다. 수도 버틀랜드의 학교에서 배웠을 뿐이었다.

더글러스가 말하는 십 년, 이십 년의 차이도 몰랐다.

그렇다면 그 차이를 아는 사람에게 협력을 얻고 싶다고 바라는 것은 당연하리라. 오히려 지금 현재 성주의 대리를 수행하는 입장에 놓인 자로서, 자신의 자존심조차 아끼지 않는 의연함이었다.

"더글러스님, 부디 이 땅에 남으셔서 저희에게 힘을 빌려주십시오. 당신께서 말씀하신 댐 건설을 지금 해야만 한다고 여기신다면, 제안뿐만이 아니라 스스로 힘 그 자체를 빌려주십시오. 공작님이 남기신 유언장에도 쓰여 있는 대로 더글러스님께서 상속을 사퇴하신다면 작위와 영지는 일단 국왕 폐하께 반납됩니다. 그야말로 댐 건설 따위, 물거품처럼 사라지겠지요."

모리스는 지금이야말로 이 땅에는 더글러스가 필요하다며 계속해서 호소했다.

알데베트 일동도 고개를 주억거릴 수밖에 없었지만, 모리스와 한뜻을 품고 있다는 사실을 계속해서 드러냈다.

"그랑디에의 영지민은 이 땅이 버틀랜드 직속으로 들어가는 일도, 또한 이 토지에 대해서는 아무것도 모르는 새로운 영주가 탄생하는 일도 바라지 않습니다. 저희들은 더글러스님과 함께 살며 이 땅을 새롭게 바꾸고 싶습니다."

그러자 더글러스가 곤란하다는 듯이 크게 한숨을 쉬었다.

모리스 일동의 애원도 더글러스에게는 남에게 의지하는 태도로 보였던 것일까?

문손잡이에 걸려 있는 줄리앤의 손에 힘이 실렸다.

"그건, 임시라도 상관없나?"

그러나 더글러스는 모리스의 말을 무조건 거부하지는 않았다.

"임시? 그 말씀은……."

"여기까지 와서 나머지는 버틀랜드 국왕에게 전부 해결해 달라고 하기는 역시 찜찜해. 그렇지만 내 안에 작위를 잇고 싶다거나 공작가를 존속시키고 싶다는 마음이 없다는 점은 사실이야. 애당초 아버지 월트가 집을 나간 단계에서 존속은 한 번은 포기되었을 거야. 공작 자신이 대신할 후계자를 만들지 않았으니까 실은 그 시점에서 끝난 문제일 테지.”

“그렇다면 어째서 서쪽 마을로 가신 겁니까. 이렇게 댐 이야기도 하시고.”

“그건 어디까지나 사람으로서 일반적으로 당연한 일을 한 것뿐이야. 작위를 잇는 문제와는 사정이 달라. 요컨대 개인적인 협력이라면 해도 좋지만 작위를 잇는 것은 사양 이라는 거야. 그랑디에라는 성 따위, 엿 먹으라고 말하는 거라고.”

“더글러스님.”

공작가를 이을 마음이 없다는 의사가 흔들림 없다고 해도 이대로 그랑디에를 떠나갈 생각은 없는 모양이었다.

“다만 죽은 공작의 유언이 유효한 이상에는, 한 번은 내가 잇지 않으면 아무것도 진전되지 않는다는 사실은 이해했어. 이후로 공작가가 나아가야 할 방향에 있어도 무엇 하나 바꿀 수 없을 테니, 그 때문에 일시적으로 작위를 맡는 것뿐이라면 생각 못 할 것도 없다는 말이야.”

실제 마음이 어떤지는 더글러스 본인만이 알리라.

그러나 더글러스는 그 나름대로 어떤 생각을 품고 지금 잠시 이 땅에 머무르기로 결정한 모양이었다.

“그 말씀은 머지않아 공작가는 사라진다, 더글러스님 대에서 끝내시겠다는 말씀이십니까.”

“그것도 한 가지 방법이겠군. 그렇지만 생각해 보라고. 혈통에만 연연하지 않는다면 내가 너를 양자로 삼는 방법도 있어."

"저를… 말입니까?!"

너무도 갑작스러운 이야기를 듣고 모리스가 동요를 노골적으로 드러냈다.

평소 냉정하고 침착한 모리스가 갈라진 목소리를 내는 것은 매우 드문 일이었다.

모리스가 이러했으니 알데버트 일동 역시 말문이 막혔다. 할 말도 없이 놀란 모양이었다.

"한 가지 방안이야, 한 가지 방안. 나쁘지 않은 방법이잖아. 그 뒤로는 네가 좋아하는 여자와 후계자를 만들든, 상속자로서 적당한 사람을 다시 양자로 맞이하든, 공작가의 이름만을 남기면 돼. 영지민 역시 영지를 평온하고 무사하게만 지켜준다면 영주의 혈통 따위는 신경 쓰지 않게 될 거야. 어차피 인간이란 그런 존재라고."

많은 어른들을 둘러보면서 더글러스가 씨익 웃었다. 마치 장난꾸러기 아이 같았다.

그러나 사람의 본질을 보는 눈은 날카롭고 어딘가 냉담했다. 더글러스의 출신이 그를 그렇게 만들었을지도 모르지만, 줄리앤은 그 모습이 애달팠다.

왜냐하면 더글러스의 눈에는 모든 사람이 '이기적인 생물'로 비치고 있는 것이었다.

이 자리에 있는 사람도 영지민도, 그리고 줄리앤도.

"모든 것이 너무 대담해서 저에게는 생각이 미치지 않는 점뿐입니다. 그렇지만 그런 발상이야말로 앞으로의 그랑디에에는 필요할지도 모르겠군요."

그래도 더글러스는 이 땅에 잠시 머무르기로 결정해 주었다.

임시라고는 해도 한 번은 공작의 작위를 이어 그랑디에에 영주가 되기로 승낙해 주었다.

"좋습니다. 임시든지 뭐든지 상관없습니다. 일단 더글러스님의 힘을 빌려주십시오. 이 그랑디에에 더글러스 듀자르단님의 힘을—"

모리스는 이것만으로도 만족한 모양이었다.

이미 더글러스가 어디 사는 누구라는 사실보다도, 이 땅에 나타난 구세주로서 받아들인 것 같았다.

하나의 결론에 다다르고서 회의는 일단락되었다.

더글러스는 알데버트 일동과 함께 회의실을 빠져나간 후, 지금부터 저녁 식사를 할 예정인 모양이었다.

그러나 모리스만은 작위 상속의 수속이 있기 때문인지 그 자리에 남았다.

준비된 여러 장의 서류를 바라보고서는 한숨을 후우 내쉬었다.

"모리스."

줄리앤은 조용하게 문을 열고 그에게 말을 걸었다.

"줄리앤! 일어나도 괜찮니."

막 침대에서 빠져나온 듯한 모습에 모리스는 걱정스럽게 다가왔다.

그러고 나서 줄리앤을 방 안으로 들여보내 소파에 앉도록 권해주었다.

"네. 그보다, 지금 한 이야기는……."

줄리앤은 낙마로 입은 상처는 대수롭지 않다는 듯 모리스의 권유를 거절했다.

그보다도 이야기를 듣고 싶다는 말을 꺼내자 모리스는 쓰게 웃었다.

"듣고 있었다면 그게 전부야. 아무리 그래도 나를 양자로 삼겠다는 말은 농담이시겠지만. 더글러스님께서 이 땅을 좋게 바꾸고 또한 공작가에 어떤 개혁을 가져다주시려고 하는 것은 확실해. 뭐, 도착한 타이밍이 너무 나빠서 아무래도 보고도 못 본 척할 수 없게 된 거겠지만."

결과는 나쁘지 않지만 이대로 좋은지 아닌지는 알 수 없다. 모리스의 웃음에는 망설임과 기대가 뒤섞여서 이것만은 흘러가는 상황에 맡긴다고 말하고 있을 뿐이었다.

"더글러스님께서는 이 땅에 애증을 품고 계세요."

줄리앤은 무언가 도움이 될지는 모르지만 자신이 느낀 점을 모리스에게 전했다.

"애증?"

"이 땅의 좋은 영주가 되려고 태어나 자라온 월트님. 그 마음은 틀림없이 더글러스님께도 이어져 내려갔으리라고 생각해요. 그렇지만 어머님께서는 신분이 낮다는 이유만으로 공작가에 인정받지 못하셨어요. 그 사실이 돌아가실 때까지 어머님을 괴롭혔던 모양이라—"

줄리앤이 여행 도중에 계속 생각했던 결과, 다다른 것은 더글러스의 안에서 느껴지는 극과 극의 마음이었다.

"그래놓고 이제 와서…… 라는 생각인가. 확실히 더글러스님의 입장에서 보면 웃기는 이야기로구나. 내가 그분이었어도 그렇게 생각할지도 몰라."

모리스는 줄리앤이 말하려고 하는 바를 이해하고 곧바로 수긍해 주었다.

그랬다. 모두가 황공함에 더글러스의 입장이 되어 생각해 보는 일 따위는 떠올리지 않았지만, 더글러스가 태어나고 놓였던 입장을 생각해 보면 이 땅이나 공작가에 꿈과 희망이 없는 것은 당연했다.

악의가 싹텄다고 해도 아무도 나무랄 수 없었다. 가장 사랑하는 어머니가 괴로워했다. 그 모습을 보고 자랐을 더글러스가 그 고통의 원흉이 된 존재에게 호의 같은 감정이 싹틀 리가 없었던 것이다.

"모리스……."

하지만 그래도 더글러스는 이 땅의 비극을 외면하지는 않았다.

일개 개인으로 돌아왔을 때에, 결코 재해에 고통받는 사람들을 외면하고 떠나가지도 않았다.

그 태도에 모리스는 깊은 신뢰와 경의를 품게 되었으리라. 아직 얼마 되지 않는 시간을 함께 지냈을 뿐이지만 줄리앤이나 사일러스와 마찬가지로 그에게 강하게 마음이 끌린 모양이었다.

"그럼에도 불구하고 더글러스님께서는 자신에게 주어진 운명조차 힘으로 삼아오신 것처럼 느껴져. 타고난 혈통이라는 굴레를 불식시키기 위해 학문에 정진하시고 스스로를 단련해, 지금처럼 일개 개인인 더글러스 듀자르단이 가진 매력을 최대한으로까지 끌어올리셨다고."

모리스는 그 스스로 느낀 더글러스에 대한 감상을 줄리앤에게 밝혀왔다.

"귀족의 피 따위가 흐르지 않아도 많은 사람이 더글러스님께 매료되어 곁에 있고 싶다고 바라겠지. 그러나 그렇기에 이 땅에는 그분이 필요해. 진심으로 존경하고 경애할 수 있는 통치자가 이 땅과 영지민에게는 필요한 거야. 너도 그렇게 생각하겠지, 줄리앤?"

그러고 나서 다시 동의를 구해왔다.

"예."

모리스는 줄리앤이 더글러스에게 한 번은 이별을 고했다는 사실을 누군가에게 들었을까?

더글러스가 이 땅을 떠나기 쉽게끔 굳이 입에 담은 말이 있었다는 사실을 나중에 누군가에게—

"그렇다면 더글러스님을 하루라도 길게 이 땅에 묶어둘

수 있도록 노력하자. 될 수 있으면 평생 이 땅에 계셔도 좋다고 생각하게끔 할 수 있는 한의 일을 하자. 나도 그러도록 노력하지. 그러니까 너도, 알겠지?"

"예."

줄리앤은 모리스의 생각에 동의해서 대답하기는 했지만, 마음 어딘가에서는 망설이는 자신을 숨길 수 없었다.

"그리고 너에게는 이대로 더글러스님의 신변을 돌보도록 할 테니, 빨리 다 나으렴. 될 수 있으면 그분 안에 있는 애증에서 증오가 사라지게끔, 사랑만이 남게끔 다가가 주었으면 한다. 공작님의 피폐한 마음을 치유해 드렸던 너야. 분명 그분의 마음도 치유할 수 있을 거다."

"예. 할 수 있는 한 노력은 하겠습니다."

이 땅에 더글러스가 있어주기를 바라는 마음은 모리스도 줄리앤도 다르지 않았다.

그러나 모리스가 말을 흐린 것처럼, 도착한 타이밍이 너무나 나빠서 그가 카바나로 돌아갈 수 없게 된 것은 확실하리라. 그 사실을 알면서도 머물기를 바라는 것이 줄리앤에게는 가슴이 아파 견딜 수 없었다.

'─그렇지만요, 모리스. 제가 더글러스님께 할 수 있는 일 따위는 아무것도 없어요. 지금까지 미움 받고 질릴 만한 일만 했는걸요. 더 이상 말씀을 올리는 것조차 허락해 주지 않으실지도 몰라요.'

게다가 모리스는 저렇게 말했지만 지금의 줄리앤에게 더

글러스의 수발을 들라는 말은 잔인한 이야기였다. 애당초 마주할 얼굴조차 없다고 생각하는데, 그에게 사죄 이상의 무엇을 할 수 있을까 싶어서 줄리앤의 어깨는 축 늘어지기만 할 뿐이었다.

"실례합니다. 차를 가지고 왔습니다."

그래도 줄리앤은 방에 돌아가 업무용 에이프런 드레스로 갈아입고 나서, 더글러스가 저녁 식사를 마치고 자기 방에 돌아오기를 기다렸다.

상황을 살피면서 차를 우려내, 자신 나름대로 그에게 사죄와 감사를 하러 왔던 것이었다.

"줄리앤! 이제 괜찮은 거냐."

노크에 응해서 문을 연 더글러스는 줄리앤을 매우 환영해 주었다.

무사한 모습을 보게 되어 진심으로 안도하고 기뻐해 주는 모양이었다.

"예. 요전번에는 도와주셔서 고맙습니다. 무어라 감사드리면 좋을지. 그와 동시에 무어라 사죄드리면 좋을지. 면목 없습니다."

줄리앤은 날라온 차를 테이블 위에 놓고 나서 아픈 몸을 깊게 숙이며 사죄했다. 할 수 있다면 이대로 고개를 숙인 채 있고 싶었지만, 그 자세는 더글러스에 의해 바로 세워졌다.

"알았으면 됐어. 역시 이번만큼은 너도 질렸겠지. 때로는 마음만으로는 어쩔 수 없는 일도 있어. 감정에 치우쳐서 움직이면 위험해. 너는 운이 좋아. 그렇지만 그 운이 언제까지 이어질 거라고는 생각하지 마. 목숨이 몇 개 있어도 부족하다고. 앞으로는 내가 하는 말도 조금은 들어."

더글러스는 줄리앤에게 고개를 들게 하더니 이것이 마지막 충고라는 듯이 설교를 해왔다.

"명심하겠습니다."

"명심…… 인가."

줄리앤이 진심으로 이해하고 받아들였음에도 불구하고 석연치 않은 대답이 돌아왔다.

'역시 아직 화가 나 계신 거로구나. 내 대답 따위 분명 건성이라고 생각하셔서 믿지 않으시는 거야.'

이래서는 무리였다. 수발은커녕 가까이 다가갈 수조차 없었다.

줄리앤은 모리스에게 말해서 다른 누군가로 바꾸자고 생각했다.

"그보다, 어쩌다 보니 잠시 동안 머물게 되었어. 자세한 이야기는 나중에 하겠지만 공무 집행상, 공작위도 한 번은 이어야만 해. 앞뒤 분간도 못할 만큼 바쁘기 그지없을 거야. 네가 신변을 돌보아주었으면 하는데 받아들여 주겠나?"

막 그렇게 생각하고 있던 차에 권유받은 만큼 기쁨보다도 얼떨떨함이 앞섰다.

"제가 해도 괜찮으신가요?"

"네가 좋아."

잘 알지 못하는 지역인 만큼 다소나마 면식이 있는 사람 쪽이 좋은 것일까?

그렇지 않으면 어차피 이 땅을 떠날 것을 전제로 하고 있으니, 그 점을 이해하고 있는 사람 쪽이 좋은 것일까?

"감사합니다. 영광입니다. 지금까지 무례를 범한 만큼, 성심성의껏 섬기겠습니다."

어느 쪽이든 줄리앤에게는 명예를 회복할 기회였다. 처음부터 있었는지 없었는지도 모르는 신뢰를 지금이야말로 조금이나마 쌓아야지—그런 마음이 샘솟아 올랐다.

"그런 말을 하고서 후회할지도 몰라. 나는 사람을 거칠게 부려."

"그런 걱정은 하지 마세요."

그러나 마음을 새롭게 다잡은 찰나, 더글러스는 줄리앤의 뺨에 손을 뻗어왔다.

"여자도 거칠게 다뤄."

"더글러스님?"

"여기에서는 카바나에서처럼 술집에서 꼬인 여자와 시시덕거리는 것도 무리 같아서 말이지."

자신을 필요로 하는 진정한 의미를 알게 되자, 줄리앤은 순식간에 몸이 경직되었다.

"어쩔래? 이래도 성심성의껏 나를 돌봐줄 수 있겠어? 책임을 진다는 둥 보상한다는 둥 말해놓고는, 나는 또 너를 건드릴지도 모른다고. 이렇게 되면 한 번이나 두 번이나 마찬가지겠지. 열 번에 스무 번이라도 큰 차이 없게 된다고."

더글러스에게 있어 이 성안의 누구보다 줄리앤은 면식이 있는 사람이었다. 친숙하기도 했다. 그것도 필요 이상으로.

이런 일을 술술 말해오는 것도 어떤 의미에서는 모든 것을 알고 있기 때문이었다.

"정말, 성안의 여자들은 물론이고 그랑디에 안의 여자라면 누구나 한눈에 반해 버릴 정도야."

그러나 여기에서 줄리앤이 거절해 보았자, 더글러스가 상대라면 스스로 기꺼이 몸을 바칠 여자들은 산더미만큼 쌓였으리라.

"그렇다면 더글러스님을 하루라도 길게 이 땅에 묶어둘 수 있도록 노력하자. 될 수 있으면 평생 이 땅에 계셔도 좋다고 생각하게끔 할 수 있는 한의 일을 하자. 나도 그러도록 노력하지. 그러니까 너도, 알겠지?"

이런 부분까지 포함해서 모리스가 줄리앤을 더글러스의 수발 역으로 삼았다고는 생각할 수 없었다.

이 사실을 상담한다면 오히려 모리스 쪽에서 줄리앤을

더글러스에게서 솜씨 좋게 떼어내 줄지도 몰랐다. 그야말로 성 밖의 업무로 옮겨서라도.

'성심성의껏, 그의 수발……. 한 번이나 두 번이나 마찬…… 가지?'

그러나 그래도 '할 수 있는 한의 노력을 하겠다'고 약속했던 사람은 줄리앤이었다.

더글러스 또한 한때라고는 해도 자신의 신념을 굽혀서 이 땅에 남아준 것이었다.

그 정도로 혐오하던 이 그랑디에에—

"예. 제가 할 수 있는 일이라면…… 어떤 수발이라도 하겠습니다. 게다가 더글러스님은 이미 제 생명의 은인입니다. 이제 카바나에서 있었던 일은 잊어주세요. 저도 잊겠습니다. 새로이 다시 진심으로 섬기도록 하겠으니."

줄리앤은 자신이 할 수 있는 일이 있다면, 아직 사소하게나마 자신을 원한다고 한다면—그런 마음으로 더글러스의 물음에 답했다.

"내가 이 땅에 있는 한, 이 성의 주인인 한은…… 이겠지."

그러나 최대한 웃는 얼굴로 흔쾌히 승낙했음에도 불구하고, 더글러스에게서는 실소가 새어나왔다.

"—네?"

줄리앤에게는 그의 마음을 알 수 없었다.

농담을 진심으로 받아들이다니…… 라는, 그런 생각을

하는 표정도 아니었다.

"뭐, 상관없나. 어쨌거나 상처의 경과를 보고 나서야."

게다가 얼떨떨해하는 줄리앤의 허리에 양팔을 두르더니 가볍게 안아 올렸다.

"윽, 더글러스님?!"

점점 더 곤혹스러워하는 줄리앤을 침대까지 옮기고서 그 위에 앉히더니, 자신도 옆에 앉아 드레스의 등으로 손을 둘렀다.

"곧바로 뒤를 따라 달려갔는데도, 도중에 기수를 잃은 말을 보았을 때에는 심장이 멎는 줄 알았어."

자연스럽게 줄리앤의 뺨이 더글러스의 가슴에 바싹 닿았다.

끌어안는 형태로 등에 두른 양손이 한 개, 두 개 뒤에 달린 단추를 풀더니 줄리앤의 등과 어깨를 벗겨 내어갔다.

"토사가 흘러간 샛길에 내팽개쳐져 있던 너를 발견했을 때에는 어울리지도 않게 신에게 기도했어."

더글러스의 괴로운 듯한 설명에 줄리앤은 가슴이 짓눌릴 것만 같았다.

"의사는 타박상 정도로 끝나서 기적이라고 말했지만—"

전신 중에서도 특히 등에 받은 충격이 강해서, 줄리앤의 어깨부터 등에는 멍을 뒤덮듯이 습포가 붙여져 있고 붕대도 감겨 있었다.

"아픈가?"

그가 다친 부위를 확인하듯이 쓰다듬자 줄리앤은 온몸을 떨었다.

그러나 그것은 혐오감 때문도 아니거니와 공포 때문도 아니었다. 당연히 타박상의 아픔 때문도 아니라, 달콤한 쓰라림을 동반한 기억에 있는 떨림이었다.

"아주 조금요. 그렇지만 심하게 움직이지만 않으면 괜찮습니다."

줄리앤은 이대로 더글러스와 두 번째 밤을 맞이하는 일을 각오했다.

"멍이 사라지려면 시간이 좀 걸리겠구나."

팔에, 어깨에, 등에 더글러스의 손이 스쳐 몇 번인가 쓰다듬어지는 사이에 몸이 열기를 띠어, 기분이 자연스럽게 고양되었다.

'더글러스님……'

줄리앤은 무슨 일을 당해도 복종하겠다는 뜻을 드러내듯이 더글러스의 가슴에 얼굴을 묻었다.

이럴 때에 자신의 양손은 어디에 두면 좋을지 망설이면서, 큰맘 먹고 그의 셔츠 소매를 살짝 쥐어보았다.

"일단, 완치를 우선하도록 해. 내 쪽은 그다음이면 돼."

그러나 그렇게 말하며 업무용 옷의 등 뒤를 여민 더글러스는 풀었던 단추를 모두 원래대로 되돌렸다.

'어?'

그리고 각오를 다졌던 줄리앤을 보고 미소 짓더니 혼자

서 침대를 벗어나 차를 마시기 시작했다.

'나를 놀린 거야? 역시, 아까 전 하신 말씀은 농담?'

줄리앤은 태어나서 처음으로 싹튼 낯선 감정에 잠시 동안 말이 나오지 않았다.

'애당초 지금 건, 상처의 상태를 걱정해 주셨을 뿐이고……'

다만 이럴 때에 느낄 감정은 안도일 터였다. 아아, 아무 일도 없어서 다행이라고 생각해야 할 거라 여겨졌지만, 전혀 그런 비슷한 감정이나 말이 떠오르지 않았다는 사실에 오히려 기가 막혔다.

'그런데도, 나도 참 무슨 생각을 한 걸까. 무엇을 기다렸던 걸까.'

굳이 말하자면 기대를 배신당한 듯한 감각에 가깝다는 느낌이 들었다.

놀림 받았다기보다 얼버무렸다는 쪽이 옳을지도 몰랐다.

'나… 혹시 더글러스님을……'

줄리앤은 더욱더 시치미 뗀 얼굴로 계속해서 차를 마시는 더글러스를 보고 있으니 자연스럽게 입술 끝이 샐쭉해졌다.

이런 얼굴은 고용인이 지을 표정이 아니었다.

그를 섬기기로 결심한 전속 시녀로서 취해도 될 태도도 아니었다.

그 점은 충분히 알고 있는데 지금만은 억누를 수 없었다.

'하느님— 얼마만큼이나 줄리앤이 싫으신 거예요? 어째서 줄리앤에게만 이렇게 온갖 시련을 내려주시는 건가요?'

마치 갑작스럽게 싹튼 더글러스를 향한 마음처럼.

지금 당장에라도 흘러넘쳐 버릴 것만 같은 특별한 마음처럼—

5장
임시 공작과 측근 시녀 줄리앤

공작의 장례를 마침과 동시에, 귀국한 월트의 아들 더글러스가 작위를 잇는다.

그리고 이 땅을 개선시키기 위해서 댐 건설 공사를 계획하고 또한 실행에 옮긴다.

모리스가 내놓은 이 두 개의 대발표는 비보가 연이어졌던 그랑디에 성 안 종자들에게, 그리고 피해를 막 입었던 영지민들에게 웃음과 활기를 가져다주었다.

"들었나! 모리스님께서 하신 발표를."

"물론이고말고. 그 월트님의 적장자께서 새로운 공작님이 되어주신다지. 귀국하자마자 이 서쪽 마을에 달려와 주셨던 그 더글러스님께서."

특히 더글러스 본인을 어느 마을 사람보다도 먼저 보게 되었던 서쪽 마을 사람들의 반향은 대단해서, 그 인기는 눈 깜짝할 사이에 퍼져 나갔다.

"카바나에서 기사단에 들어가셨던 모양인데, 등이 꼿꼿하게 쭉 뻗은 미남자이셨어."

"대륙의 훌륭한 학교를 우수한 성적으로 졸업하신 문무를 겸비한 젊은이이시고 말이야."

혈기 왕성한 더글러스의 젊은 나이나 영지 밖에서 나고 자란 내력이 마이너스가 되기는커녕, 오히려 그런 요소가 영지민들에게는 매력적으로 비춰졌던 것이다.

"감사한 일이야. 하느님께서는 이 땅을 버리지 않으셨어. 공작님을 잃게 된 우리에게 제대로 새로운 영주님을 보내주셨어."

"재난의 연속이었지만 끙끙대고만 있을 수는 없지."

"맞는 말이야! 우리도 힘내야지."

"일단 토사를 치우도록 하자. 더글러스님께 이 그랑디에의 진정한 모습, 초록이 풍부한 아름다운 영지를 하루라도 빨리 보여 드리도록 하자."

이번 일로 입은 피해는 결코 적은 것은 아니었지만 부흥을 향한 기력은 그 몇 배나 컸다.

그것은 서쪽 마을에서부터 자연스럽게 영지 전역으로 퍼져 나가, 그랑디에 영지는 근래에 없었던 활기가 넘쳐흐르기 시작했다.

어쩌다 보니 그렇게 되었다고는 해도 '하겠다'고 말한 이상 더글러스는, 맨 처음으로 기사단의 주인이기도 한 카바나 백작에게 보낼 사정을 적은 퇴단서를 준비했다. 부하들에게도 몇 자 적어서 그 편지를 빠른 말에 실어서 전했다.

그렇게 사무적인 수속을 마치고 나서 손을 댄 일은 이 땅의 내정을 아는 것. 긴 역사는 제쳐놓고 근래에서 현재에 걸쳐서의 재정 사정을 제대로 파악하는 일이었다.

"잠깐 기다려. 이 세금과 예산은 사실이냐? 여차할 때를 위한 예비금이나 숨겨둔 영지비는 전혀 없는 건가? 도대체 이 세금은 뭐야? 오십 년 동안 변하지 않았잖아? 버틀랜드 국내에서도 이렇게 세율이 싼 영지는 아무 데도 없다고. 이걸로 잘도 매년 나라에 일정 금액의 세금을 납부할 수 있었군. 도대체 어떻게 보충해 온 거지? 적자가 되어도 이상하지 않을 재정 상태인데!"

측근들이 모인 원탁의 회의실에서 모리스와 알데버트 일동이 내놓은, 무엇 하나 숨김없이 쌓아올려진 자료를 직접 보자 더글러스는 자신의 눈을 의심하고 있는 모양이었다.

그 정도로 그랑디에의 재정 내역에는 그의 말문을 막는 바가 있었던 것이리라.

줄리앤은 언제든 그가 부를 수 있도록 옆방에 대기하고 있었지만, 그 모습을 엿보면서도 한숨이 새어나올 것만 같았다. 이렇게 새삼스럽게 듣게 되었을 때까지는, 다른 영지의 재정도 이런 상황일 것이라고 믿어 의심치 않았기 때문이었다.

"—심할 때는 매년, 그렇지 않더라도 이 년에 한 번은 크든 작든 수해가 일어났습니다. 아마도 이 이상으로 세금을 걷으면 영지민이 생활은 유지될 수 없을 거라고……."

그 상황에 모리스도 쓴웃음을 지을 뿐이었다.

"그래서, 이걸로 어떻게든 간신히 꾸려 나갔다는 소리인가."

"역대 공작님이나 랜드 스튜어드, 버틀러가 그야말로 절약의 명수라서 말입니다. 성에 있는 사람들도 공무 이외에 부업에 힘써주었고……."

그러자 사일러스가 앞으로 나서 모리스를 대변하기 시작했다.

아무래도 모리스가 자신의 입으로 부업 이야기를 꺼내놓기는 힘드리라 생각했던 것이리라. 하지만 그렇다고 해서 빡빡한 자금 사정에 대해 더글러스에게 의심을 남기게 되어도 곤란하다.

그러니까 이 자리에서 모든 것을 투명하게 공개한다—그런 느낌이었다.

"하핫. 한 달에 한 번은 만찬회를 열어 주지육림을 벌이는 다른 영지의 귀족들에게 본보기로 보여주고 싶구만. 그보다 이런 상황에 아무런 원조도 없는 건가, 버틀랜드 공국 자체에서는!"

그러나 사일러스의 설명을 들은 더글러스는 감탄을 뛰어 넘어서 기가 막힌 모양이었다.

손에 든 자료를 던져서 테이블 위로 떨어뜨렸다.

그의 뇌리에는 바로 최근까지 당연하다는 듯이 봐왔던 광경이 소용돌이치고 있었을지도 몰랐다. 이런 때에 다른 예를 알고 있다는 사실이 좋든 싫든 실소를 불러들이는 것 이리라.

더글러스는 화살을 왕가에 돌리기 시작했다.

"그게, 이전에는 있었습니다만……. 월트님과 로즈마리 공주님의 혼약 파기가 있고 나서는 공작님께서도 국왕 폐 하께 원조를 부탁드리기 어려워지신 모양이라……."

그러나 그 문제에 대해 알데버트가 제법 말을 꺼내기 거 북한 듯이 설명하기 시작했다.

"일단 성을 나가신 월트님에 대해서는 사고사 하셨다고 전하셨습니다. 그러나 소문은 막을 수가 없어서……. 사랑 의 도피를 하신 채 행방불명되셨다는 사실이 나중에 국왕 님의 귀에도 들어가고 말아서— 그 때문에 공작님께서도 거짓을 고했다는 부담감 때문이신지 왕가와는 완전히 소원 하게……."

더글러스는 조용히 귀를 기울이고 있었지만, 그 사실에 아연해진 모양이었다.

월트가 이 땅을 떠난 뒤의 이야기까지는 들은 적이 없었던 것이리라. 아마도 성을 나가 일가족이 대륙으로 건너가 버렸던 탓에, 월트조차 이런 경위는 모르는 채 세상을 떠났을 가능성이 컸다.

줄리앤은 충격을 감추지 못하는 더글러스를 보고 있자니 가슴이 아팠다.

그에게는 아무런 죄도 없는데! 하고.

"물론 공작가에는 지금까지의 공적이 있었기에, 국왕님도 관대한 마음으로 대해주셨습니다. 그렇기는 하지만 공작님 쪽에서 마음을 닫아버리신 세월이 길기 때문에……."

황급히 알데버트가 설명을 덧붙였지만, 갑자기 더글러스가 테이블을 치며 자리에서 일어섰다.

"그래, 이제 됐어. 요컨대 보통은 아무래도 좋았을 부자 싸움이랑 사랑의 도피 소동이, 공작가라는 지위 때문에 영지의 정치, 경제까지 지장을 끼쳤다는 거로군. 게다가 모든 악의 근원인 월트는 영지민의 혈세로 대륙에까지 유학 가놓고서는 아무런 도움도 되지 못한 채 여자와 아이까지 만들고서 도망쳤어. 최악이잖아. 너희들 잘도 그런 남자를 맞아들일 마음이 들었구나. 나라면 공작과 함께 사라져 버리라고 저주했을 거야."

자신의 아버지지만 심했다고 생각했는지 이번에는 분노의 화살이 월트를 향했다.

"더글러스님, 뭘 그렇게까지……."

"그렇게까지고 뭐고 없어! 녀석의 제멋대로인 행동 때문에 그랑디에의 토목 기술은 얼핏 보아도 십 년은 뒤떨어져 있어. 아무리 그래도 이십 년이라고까지는 말할 수 없겠지만, 월트가 대륙에서 배워온 것을 이 땅에서 제대로 살릴 수 있었다면 이 댐 건설은 십 년 전에 시작되었을 거야. 그 정도는 당시에도 배웠을 거라고."

알데버트가 막아보았지만 더글러스의 분노는 가라앉지 않았다. 관련 지식이나 교양이 있는 그이기에, 줄리앤과 다른 사람들은 모르는 슬픔과 분노를 느끼는 것이리라.

"게다가 이건 단순한 십 년의 이야기가 아니야. 사람의 목숨이 걸린 십 년의 이야기야. 내가 태어난 탓에—"

마침내 분노의 화살은 자신에게까지 향해, 더글러스는 힘이 다 빠진 듯이 도로 자리에 앉았다.

머리를 싸매고 완전히 자학에 빠져 버렸다.

"아닙니다! 아무도 그런 생각은 하지 않습니다. 더글러스님까지 비굴해지시는 건 그만두십시오."

"그렇고말고요. 게다가 설령 십 년 전에 건설을 시작했다 하더라도 지금만큼 확실한 설계 아래에서 만들어졌으리라고는 단정할 수 없습니다. 경우에 따라서는 엉성하게 만들어져 오히려 토석류의 피해가 늘어나게 되었을지도 모르지 않습니까."

사일러스나 다른 측근들이 쩔쩔매며 위로해 보았지만 '토석류의 피해'라는 예시의 두려움에 또다시 말을 잃었다. 더글러스는 머리를 끌어안을 뿐이었다.

줄리앤은 안에 들어가 말을 걸어야 하나 망설였다.

문에 손을 얹은 채 몇 번이나 주저했다.

"게다가 저희 역시 크게 후회하고 있습니다. 어차피 왕가와 소원해질 것이었다면 그때 월트님을 붙잡았다면 좋았을 겁니다. 그렇지 않더라도 곧바로 찾아 나서서 적어도 친자 관계만이라도 되돌릴 수 있었다면 좋았을 거라고 말입니다."

그러나 사일러스의 말이 이어졌기에 당장은 문 너머로 상황을 살펴보기로 했다.

"무엇 하나 할 수 없었던 것은 저희들도 마찬가지입니다. 그야말로 줄리앤이 성에 오지 않았더라면, 공작님의 얼어붙은 마음을 녹이고 치유하고, 다시 월트님의 행방을 찾는 일조차 할 수 없었겠지요. 이렇게 더글러스님과 뵐 수조차 없었을 테니까요."

"—줄리앤이?"

이야기가 흘러가는 상황을 보고, 들어가지 않아서 다행이라고 생각했다.

"갑자기 모든 것을 잃은 줄리앤도 공작님께 마음을 의지할 곳을 바랐던 것이겠지요. 정말로 헌신적으로 섬기고, 또한 할아버지처럼 따르며, 때로는 어리광도 부렸습니다. 무엇보다, 사별하고 나서는 늦는다고, 사랑하는 사람을 영원히 만날 수 없게 된다는 사실을 애타게 설득해서, 월트님께 계속 등을 돌리고 있었던 공작님의 마음을 열어준 사람도 줄리앤입니다―"

사일러스는 이렇게 말해주었지만, 다만 지금 와서 생각해 보면 공작은 당시의 줄리앤에게 어린 시절의 월트를 겹쳐보았던 것은 아닐까?

딱 한 번 보고 헤어지게 되었던 손자 더글러스의 성장을 상상하며, 그 스스로도 마음을 열 계기를 찾고 있었던 것은 아닐까?

만난 지 얼마 안 되었을 무렵의 공작은 성의 창문에서 밖을 바라보는 일이 많았다.

줄리앤은 그 시선 끝에 있었던 것이야말로 월트이자 더글러스는 아니었을까 하는 기분밖에 들지 않았다.

"그러니까 결코 오해하지 마시길 간절히 바랍니다. 저희는 누구 한 사람, 공작님도 월트님도, 물론 더글러스님도 원망하지 않습니다. 오히려 진심으로 경애하고 존경하고, 그저…… 따를 뿐입니다. 그 마음에 안주하기만 했다고 말씀하신다면 답할 말도 없습니다. 더글러스님께서 말씀하시는 뒤떨어진 기술도, 저희 자신에게도 향상심이 없었기 때문에 벌어진 결과입니다. 오랫동안 훌륭한 영주님을 만나는 행운을 얻었다고는 해도, 그 영주님을 섬기는 방법만을 갈고닦았던 것은 저희의 책임이니까요―"

사일러스는 그 후에도 열심히 더글러스를 향해 마음을 전했다.

모리스 일동도 동의하면서 서로 고개를 주억거렸다.

"앞으로는 저희도 더글러스님 한 분께만 부담을 강요하지 않도록 공부하겠습니다. 노력하겠습니다. 그러니까 부디 저희와 함께 이 땅을, 그랑디에를, 버틀랜드 제일의—세계 제일의 살기 좋은 영지로 바꾸어주십시오. 더글러스님!"

이제 와서 말해도 소용없는 일은, 미래를 향한 포석으로 삼을 수밖에 없었다.

그것은 누구에게나 마찬가지라고 사일러스는 더글러스에게 계속해서 호소했다.

"뭐, 기세 좋게 올라탄 배가 할아버지나 아버지가 만든 진흙으로 된 배였다는 점은 이해했어. 그렇지만 나는 말려들고 싶지 않고, 함께 가라앉고 싶지도 않아. 경위도 상황도 대강 이해했으니까 할 수 있는 한의 일은 하겠어. 그건 약속하지."

그러자 마음이 통했는지 더글러스가 미소를 피어 올렸다.

이 이상 끙끙대고 있어봤자 어찌할 수 없다고 받아들였는지, 다시 한 번 빡빡한 숫자만이 늘어선 자료와 장부에 손을 대었다.

"더글러스님!"

"그렇다고는 해도 일단 돈이 문제로구나. 실제로 공작 앞으로 부의금은 얼마나 모였나?"

"네?"

그러나 한 번은 만면에 미소를 떠올렸던 사일러스도 이

번에는 말문이 막혀 버렸다.

"이렇게 되면 내 상속을 화려하게 퍼뜨려서 버틀랜드 안에서—아니, 대륙 여러 나라에서도 축의금을 모아볼까. 이쪽은 수해가 막 일어난 참이야. 부흥에 돈이 드는 것은 누가 보아도 명백하지. 기념 선물을 돌리라고 말하는 치사한 놈은 없겠지."

"네?"

"뭘 얼빠진 표정을 짓고 있는 거야? 앞장서는 사람이 없으면 부흥이고 댐이고 불가능하잖아. 쓸 수 있는 것은 무엇이든 쓰는 게 철칙이다. 눈앞에 돈을 모을 수 있는 기회인 관혼상제가 있는데 이용하지 않는다면 단순한 바보라고."

"더, 더글러스님."

이 말에는 사일러스뿐만 아니라 모리스 일동도 눈을 동그랗게 떴다.

줄리앤은 입이 떡 벌어졌다.

"아, 다만 내 상속은 퍼뜨리더라도 화려한 피로연은 부흥을 우선시하기 위해 자숙한다는 걸로 해둬. 건네주는 것은 축하금과 위문금만으로 상관없다고 넌지시 덧붙여. 나중에 감사의 답례 편지만 보내두면 이삼 년은 시치미 뗄 수 있어. 서명만 내가 할 테니까 서신은 전부 너희가 준비해두도록. 알겠지? 나는 잠시 돈을 마련할 방안을 연구해 올 테니까 그 정도는 해두라고."

더글러스는 제 할 말만을 남기고 다시 자리에서 일어서

더니 그대 복도로 나가 버렸다. 그야말로 '아아, 바쁘다, 바빠' 라는 말투였다.

줄리앤은 더글러스를 쫓아가는 것보다도 남겨진 사일러스와 모리스 일동이 신경 쓰여서 그 자리에 머물렀다.

"……모, 모리스님. 괜찮을까요."

"크크크크큭."

"모리스님?!"

"앗하하하하핫! 걸작이야! 너무나 걸작이야, 더글러스님은! 저렇게 대범하고 당당하고, 게다가 재치 있는 분은 본 적이 없어. 사일러스, 분담해서 서신을 작성하자. 이번에는 장수가 많아. 견본은 내가 쓸 테니 다른 사람은 그것을 흉내 내면 돼. 누가 쓴다 해도 사인은 해주신다고 말씀하셨으니까 그것으로 정규 서신은 완성된다."

"알겠습니다."

웃지 않고는 배길 재간이 없었을 모리스의 마음도 모르는 바는 아니었다.

사일러스나 알데버트 일동도 얼굴을 마주 보며 웃었다.

"이 땅은 더글러스님의 손에 의해 바뀔 거야. 우리는 오랜 기간에 걸쳐서 괴롭힘 당해온 천재지변에서 정말로 해방되는 날이 올지도 몰라."

"예. 놀라울 뿐입니다만."

더글러스는 대담하고 도전적일 뿐만 아니라, 전대미문의 인물이었다.

그러나 매우 지혜롭고 올곧은 성격이고 뛰어난 인물이라는 사실은 함께 지내온 시간만큼 이해가 갔다.

앞으로 벌어질 일에 대한 기대심과 고양감에 측근들의 얼굴에서는 웃음이 끊이지 않았다. 더글러스가 결코 꿈이나 망상으로 댐 건설을 진행하는 것이 아니라는 사실이 여러 면에서 드러난 만큼, 모리스 일동도 각오를 굳히고서 의욕이 샘솟은 것이리라.

'저렇게 쾌활해진 모리스를 보기는 처음이야.'

줄리앤은 굳이 그들의 사이로 끼어들지 않고 복도로 나왔다.

그리고 보니 더글러스는 어디로 가버린 것일까?

"줄리앤! 어디에 있나!"

"예! 여기에 있습니다."

그러자 더글러스 쪽에서도 줄리앤을 찾고 있었던 모양이었다. 대답을 하자 곧바로 달려왔다.

그의 가벼운 발걸음 때문인지 최근 성안에서는 다들 잰걸음이 되어 있었다.

"잠시 묻고 싶은 게 있으니까 함께 와라."

"알겠습니다."

돈을 마련할 방안을 연구한다고 했었는데 어찌 된 일일까?

줄리앤은 들은 대로 뒤를 따라갔지만 더글러스는 그 발을 자기 방으로 옮겼다.

"너, 여기에 오고 나서 줄곧 공작의 수발을 들어 왔다고 했지?"

"예."

너무 넓어도 쓰기 불편하다고 주장한 더글러스의 바람을 받아들여 모리스 일동이 준비한 곳은 예전에 월트가 쓰던 방이었다. 침실과 응접실을 겸한 서재 두 칸이 이어져 있어, 양쪽 방 모두 바깥문과 가운데 문으로 오갈 수 있도록 되어 있었다.

얼핏 보면 사생활 보호에 있어서는 떨어지는 느낌도 들었지만, 이 구조는 성내에 영지민이 피난 왔을 때 한 칸이라도 많이 사용할 수 있도록 하려는 배려에서 만들어진 것으로, 성안의 스위트룸 전부가 이런 식으로 만들어져 있었다. 설령 영주와 그 가족의 방이라고 해도 여차하면 가운데 문을 가구로 막고 침실 이외에는 모두 사용하겠다는 것이었다.

이 철저한 방식에도 맨 처음 더글러스는 감탄했다.

줄리앤은 자신의 일처럼 자랑스럽게 생각했다.

"이야기 상대도 해왔다고? 다른 녀석들에게는 하지 않았던 사적인 이야기도 많이."

"그건 글쎄요. 다른 분과는 비교할 수가 없어서요."

더글러스는 직접 서재로 들어가더니, 자료가 쌓여 있는 커다란 책상 서랍에서 한 통의 서신을 꺼내 들었다.

"뭐, 됐어. 모른다고 해도 네가 공작에게 특별한 존재였다는 사실은 다른 사람의 이야기만 들어봐도 명백해. 그래서 말인데, 나는 이게 아무래도 신경 쓰여."

"유언장 말씀이신가요?"

책상 중앙에 올려진 그 유언장은 틀림없이 더글러스의 운명을 바꾼 것이었다.

눈에 담은 순간 줄리앤의 가슴이 욱신거렸다.

무엇이 어떻다고는 말하기 어려웠지만, 그 감각은 이전과는 다른 이유에서 오는 아픔이었다.

"그래. 여기에 '내 모든 보물, 재산을 물려준다' 고 되어 있어. 이상하다고는 생각지 않나?"

"뭐가 말인가요?"

그러나 더글러스는 이미 개의치 않았다.

"도대체 이 영지나 성 어디에 보물과 재산이 있지? 빚이 없는 것은 굉장하다고 하겠지만, 아슬아슬하게 적자를 면하는 자전거조업(쓰러지지 않게 자전거를 계속 밟아야 하듯이 무리를 해서라도 일을 계속하여 자금 조달을 하지 않으면 망하는 불안정한 경영 상태)에 여유 따위는 어디에도 없어. 이 영지 어디에도 내가 공작이 된 경우 이어받을 만한 돈 따위는 일 버트도 없다고."

바로 이때다 싶은 듯이 '이런 건 사기다' 라고 유언장의 부실함을 항의해 왔다.

이번에는 미안한 마음에서 줄리앤의 가슴이 쿡쿡 쑤셨다.

듣고 보니 그가 말한 그대로였다. 더글러스는 어디를 둘러보아도 고생과 중책뿐인 작위에 내던져진 것과 마찬가지였기 때문이다.

"그렇다면 여기에 쓰여 있는 내용은 공작 자신이 숨겨둔 재산이 아닐까 싶은데, 그럴듯한 이야기를 들은 적은 있나?"

"공작님의 숨겨진 재산?"

그러나 더글러스는 불평을 하면서도 약해지지는 않았다.

"공작가의 재산이라고 말하는 편이 맞을지도 몰라. 요컨대 만일의 사태를 위한 저금이야. 사적으로 호강을 누린다든가 그런 생각으로 쌓아둔 것이 아니야. 어디까지나 이 땅에 무슨 일이 생겼을 때를 위해 유용하게 쓸 만한 게 있지 않을까 싶어서. 짚이는 데는 없나?"

그런 이야기는 한 번도 들어본 적이 없었다.

심지어 영지 내에서도 숨은 재보의 소문이 떠돈 적이 있다. 하지만 줄리앤은 그런 소문조차 들은 적이 없었기 때문에, 작은 기대를 품고 묻고 있는 더글러스에게 어떻게 답해야 좋을지 곤혹스러웠다.

"꼭 돈이라고는 단정 지을 수 없다고. 보석이나 회화, 가구, 골동품. 요컨대 팔면 돈이 되는 물건 말이야. 어딘가 그런 물건을 감추어 둘 만한 장소에 대한 이야기를 들은 적은 없나? 이야기로써는 추억의 장소가 있다든가, 기념의 장소가 있다든가, 다른 방식으로 말했을지도 모르지만."

그랑디에가의 보물, 재산. 줄리앤의 눈으로 보아도 그것은 '이 성' 뿐이라는 기분이 들어서 그저 고개를 갸웃거리며 고민에 빠졌다.

왜냐하면 이 성만 하더라도 이미 영지민과 공유하는 마을 회관 같은 건물이었다. 이것만은 무슨 일이 있어도 팔수 있을 만한 것은 아니었다.

"그렇다면 내가 작위를 이었을 경우, 공작이 된 나에게 물려질 만한 건 뭐야? 상속의 의식 때에만 사용될 법한, 내 세울 만한 물품 같은 것은 있어?"

"그런 물건에 대해서라면 모리스나 알데버트에게 확인해야지, 저로서는……."

"그런가."

그렇다고는 해도 무언가 다른 것은 없나 생각하며 줄리앤도 필사적으로 공작과의 대화를 떠올렸다.

공작이 개인적인 이야기를 입에 올린 것은 매우 적었다. 거꾸로 생각하면 그 이야기에 무언가 힌트가 있지 않을까 싶어 기억을 더듬었다.

"왕자님인가. 그럼, 왕자님 곁으로 시집가려면 줄리앤도 공주님이 되어야 하겠구나."

"줄리앤이 공주님 말인가요?"

그러나 지금 와서 생각해 보면 꿈같은 이야기뿐이었다. 공작이 아직 어렸던 줄리앤에게 맞춰 이야기해 주었다고밖에 생각할 수 없는 내용이었다.

"아, 그러고 보니, 월트님을 위해서 준비해 두신 혼례 의상이라면 지하실 창고에 보관해 두었다고 들은 적이 있습니다."

의외의 부분에서 줄리앤은 하나의 기억을 떠올렸다.

"혼례 의상?"

"예. 마님께서 기대하고 계셨던지라 제법 이른 단계에서부터 준비를 진행하셨다고 합니다. 다만 실제로 쓰이지 않게 되었기 때문에 공작님께서는 처분하라는 명령을 내리셨지만 마님께서 그것만은 싫다고 말씀하셔서요. 그리고, 돌아가시게 된 후에는 아무래도 처분하기도 꺼림칙해서 그대로 지하실에 놓아두었다고 합니다. 아마도, 다들 보고도 못본 척하는 사이 잊어버렸을 거라고 했습니다."

더글러스에게는 불쾌할지도 모르지만 이 정도밖에 짚이는 데가 없었다.

공작이 '언젠가 시집가는 줄리앤에게 입혀주마'라고 농담 섞어 웃으며 언급했던 혼례 의상이었다.

"그런가. 그렇다면 일단 확인해 볼까. 안내해 줘."

더글러스는 이런 때에 어떤 내력이 있든지 상관없다는 말투였다.

"예. 그럼, 열쇠를 가지고 오겠습니다."

줄리앤은 가슴을 쓸어내리면서 일단 열쇠를 가지러 갔다.

재해시를 대비해 만들어진 그랑디에 성인만큼 지하 시설도 그야말로 훌륭하고 넓은 구조였다.

부지만 따지면 땅 위에 세워진 부분의 절반은 될 것 같았다. 통로나 플로어도 컸다. 기둥과 함께 작은 방이나 큰 방이 지상 쪽 건물을 지지하고 있는 것이겠지만, 제법 많은 수의 방도 있었다. 모든 것이 재난을 입은 사람들을 수시로 받아들일 수 있기 위해서 존재하고 있는 것이었다.

"오래된 만큼 돈이 될 만한 물건보다는 선조의 망령이 튀어나올 것 같구만."

"겁주지 마세요."

줄리앤도 지하에 발을 들이기는 처음이었지만, 설마 이렇게 넓으리라고는 생각지도 못했다.

지하의 채광창인 천정의 창. 성안의 몇 군데 장소에 설치된 철 격자로 만든 바닥 수가 한정되어 있는 탓에 전체적으로 어스름했다.

호흡하기에 답답함은 전혀 느껴지지 않지만 눈이 익숙해질 때까지는 어쩐지 불안한 마음이 들었다.

의지할 것은 더글러스가 들고 온 오일 램프의 불빛뿐이었다.

"우왓! 죽은 할아범이 저기에."

"꺄앗—"

갑작스러운 외침을 듣고 줄리앤이 비명을 질렀다.

저도 모르게 그 자리에서 도망쳐서 머리를 끌어안고 주저앉았다.

한순간의 일이었지만, 더글러스에게서 떨어지는 데는 간단했다. 램프를 들지 않은 줄리앤에게 있어서는, 이렇게 되자 비명조차 나지 않았다.

"—아. 있다, 있어. 거짓말이야. 그런 게 있을 리가 없잖아. 도대체, 설령 망령이라고 해도 내 앞에 모습을 드러낼 거라면 드러내 보라지. 이런 성가신 일만 떠맡기고, 빌어먹을 할아범이."

허둥지둥 더글러스가 찾으러 왔다. 아무래도 더글러스 특유의 장난인 모양이었지만, 줄리앤은 당장에라도 울 것만 같았다.

"더글러스님."

"자, 어두우니까 조심해. 떨어지지 않도록 이렇게 하고 가자."

푸념하면서 더글러스는 줄리앤에게 손을 내밀더니 붙잡아왔다.

"예……."

이런 때인데도 줄리앤은 갑자기 잡힌 손 쪽에 의식이 쏠려 두근거렸다.

'어째서일까. 험담을 하셔도 이전보다 애정이 느껴져.

제대로 공작님에 대해서 할아버지라고 인정하셨기 때문일까.'

머리에서는 다른 일을 생각하고 있었지만 의식은 손에서 떨어지지 않았다.

더글러스의 손에서 전해지는 온기에 자연스럽게 뺨이 달아올랐다.

'그건 그렇고, 여기기 지하라서 다행이야. 그렇지 않았더라면 이 두근거림을 얼버무릴 수 없어.'

줄리앤은 날이 갈수록 더글러스를 향한 마음이 강해지고 있다는 사실을 자각했다.

곁에 있기만 해도 기뻐서 매일이 행복했다. 분명 이것이 과년한 메이드들이 화제로 내놓고는 뺨을 붉히던 '사랑'이라는 감정이리라.

바로 곁에 좋아하는 상대가 있었다. 좋아한다고 생각하는 감정이 있는 만큼, 매일을 장밋빛으로 물들이는 놀라운 마법이었다.

설령 이 마음이 짝사랑, 이루어지지 않는 사랑이라 해도 줄리앤에게는 충분했다.

오히려, 곧 어떤 형태로든 헤어질 때가 올 것이기에 적어도 그때까지는 이 마음을 소중히 여기자—그런 식으로 생각도 바뀌었다.

"이건가?"

줄리앤은 더글러스가 그럴듯한 물건을 찾아낼 때까지 잠

시 동안의 행복을 맛보았다.

그만큼 이어져 있던 손이 떨어진 순간 애달픈 마음에 또다시 가슴이 쓰라렸지만 어쩔 수 없었다.

"멋져요……. 정말로 예뻐요."

그러나 그 가슴의 쓰라림은 곧바로 새로운 감동에 감쪽같이 사라졌다.

특별히 공기를 조절해 관리하고 있는 작은 방 중 한 곳에 보관되었던 혼례 의상—특히 웨딩드레스에 눈이 못 박혔기 때문이었다.

'이게, 공주님의 드레스구나.'

한정된 조명 속에서도 그것은 빛을 뿜고 있었다.

얼핏 보기에는 단순한 형태의 순백 드레스였지만 가슴께나 소매, 옷자락에 걸쳐 수많은 보석이 촘촘히 박혀 있었다. 그 보석이 품위 있게 빛을 발하며 본 적 없는 호화로움을 연출하고 있는 것이었다.

"뭐야. 평생 결혼은 하지 않더라도 혼례 의상에는 흥미가 있나."

"짓궂은 말씀 하지 마십시오. 저에게도 언젠가 멋진 왕자님이 나타날 거예요. 그런 꿈 정도는 꿀 권리가 있어도 좋잖아요."

줄리앤은 완전히 드레스에 빠져들어 들뜨고 말았다.

"왕자님의 꿈이라. 여자의 꿈은 시대도 신분도 상관없구나. 그렇게 허황된 꿈을 꾸고서 막상 붙잡아보니 생각지도 못한 후회를 하게 될 수도 있을 텐데."

그러나 그것은 곧바로 반성하는 마음으로 바뀌었다.

더글러스의 마음을 헤아리지 못했기 때문이었다.

'그건, 어머님의 일?'

눈앞에 있는 혼례 의상. 그 옷을 더글러스의 양친이 입었다면 모든 것이 지금과는 달라져 있었으리라.

공작 부인도, 월트 부부도 건재했을지도 모르고, 더글러스도 이 공작가에서 자라서 지금쯤 어딘가의 영애와 결혼…… 을 하든지 말든지는 별개로 치더라도, 지금보다는 평탄한 생활이 있었을지도 몰랐다.

"그렇지만 만듦새는 훌륭해도 디자인이 낡았군. 이렇게 되면 적어도 장식에 쓰인 보석만이라도 빼서 팔아버릴까. 그래 봤자 큰돈은 되지 않겠지만."

줄리앤은 당장에라도 새어나올 것만 같은 한숨을 참으며, 드레스를 감정하는 더글러스에게 말을 걸었다.

"그렇게까지 하지 않으셔도……. 아무도 공작님 부부의 추억까지 부수고 싶다고는……."

"소중한 것은 추억보다 미래야. 앞으로, 이 땅에 재해를 조금이라도 막기 위해 도움이 된다면, 공작 부부 역시 기뻐하겠지."

"더글러스님……."

실제로 혼례 의상이 공작의 개인 물건인지 아닌지는 알 수 없다고 쳐도, 더글러스에게는 가족의 유품이 될 터였다.

그것도 몇 없는 물건 중 하나였다.

"어쨌거나 위로 가지고 가자."

그러나 그런 사실은 전혀 신경 쓰지 않는 사람이 더글러스였다.

그는 손에 들고 있던 오일 램프를 줄리앤에게 맡기더니, 목재로 만들어진 등신대 인형에 입혀져 있는 드레스에 손을 대 벗기려고 했다.

"읔!"

그러나 오일 램프의 빛만으로는 알 수 없었던 먼지가 단숨에 일어나, 그것을 제대로 들이마신 것인지 더글러스가 심하게 기침했다.

어지간히 괴로웠는지 그 자리에서 몸을 웅크리고 말았다.

"더글러스님!"

줄리앤은 곧바로 램프를 발치에 놓고서 더글러스의 등에 양손을 댔다.

"괜찮으신가요? 의상은 나중에 제가 밖으로 옮기겠습니다. 그러니 더글러스님께서는 일단 밖으로 나가세요. 여기는 공기가 너무 탁합니다."

그 등을 쓰다듬으면서 일단 작은 방 밖으로 내보내려고 했다.

"그렇다면 우선 네가 신선한 공기를 넘겨줘. 답답해서 견딜 수가 없어."

그렇게 말하며, 더글러스가 뒤돌아보자마자 끌어안아 왔다.

'어?'

굽히고 있던 줄리앤의 양 무릎이 바닥을 쳐, 상체가 앞으로 기울어져서 더글러스의 가슴에 얼굴을 묻었다.

"안 되나?"

그렇게 물어온 더글러스가 원해온 것은 줄리앤의 입술이었다.

그의 오른손이 뺨을 쓰다듬고는 엄지손가락이 아랫입술을 살짝 더듬자, 일순 찌릿찌릿한 감각이 입술에서 몸으로 전해졌다.

"아니요⋯⋯."

안 된다고 답할 선택지가 줄리앤에게는 없었다. 무언가를 떠올리기도 전에 머릿속이 새하얗게 변해 버려서 더글러스에게 몸을, 그리고 입술을 맡기며 눈꺼풀을 감을 수밖에 없었다.

"줄리앤."

그러자 더글러스는 조용히 줄리앤의 입술에 닿아왔다.

'이것이⋯⋯ 키스. 처음 나누는, 입맞춤⋯⋯.'

조금 싸늘하게 느껴진 이유는 지하실의 공기 탓일까?

더글러스는 몸을 굳힌 채로 움직이지 않는 줄리앤을 고쳐 끌어안더니, 완전히 그 자리에 주저앉았다.

양반자세로 앉은 다리 위에 줄리앤을 옆으로 끌어안고서

다시 입술을 맞춰왔을 때에는, 처음보다도 강제적이었다.

'어쩌지. 가슴이 답답해지기 시작했어.'

당하는 대로 있자니 그의 입술이 열렸다. 젖은 혀끝이 줄리앤의 입술을 가볍게 두드리고는, 곧바로 열리지 않자 강하게 밀어붙여서 억지로 열고 들어왔다.

'안 되는 일이라는 걸 알고 있는데, 기뻐시…… 괴로워.'

침입을 허락한 줄리앤의 입안이 더글러스에게 제압당하는 것은 빨랐다.

강제적인 혀끝은 입술뿐만 아니라 닫힌 치열조차 금세 억지로 열어서, 도망치며 주저하는 혀를 붙잡고 호흡을 빼앗았다.

"응응."

줄리앤이 답답하다는 듯이 미간을 찡그리자 더글러스는 입술을 놓아주었다.

"하앗."

그렇지만 줄리앤이 한번 호흡하자 바로 입술을 막혀, 그 행동을 반복할 때마다 입맞춤은 격렬해졌다. 줄리앤은 혀를 서로 감는 행위에 서서히 익숙해지고 있었다.

'─머리가 멍해져.'

두 사람의 입술이 겹쳐진 것은 이번이 처음 겪는 일이었다.

이미 몸과 몸을 하나로 섞었는데도 이상한 이야기이지만, 줄리앤은 이 순간이라 다행이라고 생각했다.

'좋아해……. 더글러스님을…… 좋아해."

무엇 하나 모르는 상태로 더글러스에게 순결을 바친 것을 후회하지는 않았다.

그러나 그때 모든 것을 바쳤더라면 지금 느끼고 있는 기분은 몰랐으리라.

좋아하게 된 상대가 자신을 원한다는 것이 이렇게 기쁜 일이라고는.

사랑을 자각한 상대와의 포옹이나 키스가 이렇게 온몸을 마구 휘젓는다는 사실을.

"등에 생긴 멍은 사라졌나."

"예."

줄리앤은 솔직한 마음으로 더글러스에게 안겨서 키스를 한 것이 행복했다.

욕심을 말하자면 좀 더 강하게 끌어안고 싶었다. 끌어안기고 싶다고 마음속이 술렁였다.

"그럼, 확인시켜 줘."

더글러스의 손이 등 쪽으로 돌아가자 가슴이 크게 뛰고 온몸이 달아올랐다.

은은한 불빛 속에서 에이프런 드레스의 뒷단추가 모두 풀어지자 하얀 코르셋을 걸친 등이 드러났다.

"예쁘다. 멍이 남지 않아서 다행이야."

얼마 전에는 확인하고 나서 곧바로 잠갔던 등.

그러나 오늘은 달랐다. 더글러스는 줄리앤의 드레스를

어깨에서 떨어뜨려 상반신만을 벗겨 내더니 코르셋의 앞여밈에 손을 댔다.

'아……'

아무래도 당황하고 망설였지만 양손으로 가슴을 가렸을 때에는 이미 코르셋이 풀어져 버렸다.

'이래서야 스스로 전부 벗었을 때보다도 부끄러워.'

억지로 양손이 치워질 각오도 했지만 더글러스의 손은 줄리앤의 뒷머리로 향했다. 뒤로 고정된 머리카락에 손을 뻗더니, 머리 장식을 빼고서 솜씨 좋게 풀었다.

"예쁘다. 머리카락도, 살결도—네 모든 것이 예쁘고 청초해서 관능적이야."

줄리앤 입장에서 보면 정말로 민망하고 부끄러운 모습이라고 생각할 상황인데 더글러스에게는 그렇지도 않은 모양이었다. 긴 머리카락을 쓰다듬고서 뺨에 키스를 해왔다.

'더글러스님……'

그 행동만으로도 어떻게 되어버릴 것만 같은 행복감에 둘러싸였다.

그런데도 머리카락을 쓰다듬던 그의 손이 미끄러져 내려 가슴께를 가렸던 손에 겹쳐졌기에, 줄리앤의 고동은 더욱 더 크게 울렸다.

힘으로 밀어붙이는 것이 아니라 동의를 구하는 듯이 치워진 손놀림이 괜스레 줄리앤의 뺨을 붉게 물들였던 것이었다.

"여기도, 부드러워서 사랑스러워."

가슴 한쪽을 감싸며 뾰족하게 선 끝을 만지자 줄리앤은 '앗' 하는 목소리를 흘렸다.

"모자라서 죄송해요."

자신의 목소리가 너무나도 요염하고 음란하게 들려서, 줄리앤은 무심코 의식을 피하고 싶어져서 입을 놀렸다.

"홋, 나는 이걸로 만족하는데. 가슴뿐만이 아니야. 얼굴도, 살결도. 손톱 끝까지도."

"거짓말이에요. 얼굴은…… 싫어하실 거예요."

지금 말해보았자 소용없다는 사실은 알고 있었지만, 말을 내뱉음과 동시에 아래를 내려다보았다.

더글러스는 일순 무슨 말인지 이상하게 여긴 듯했지만 금세 떠올린 모양이었다. 이전에 줄리앤에게 '그 얼굴 어떻게 안 되겠어?' 라고 입 밖에 내었던 일을.

"아아, 카바나에서 있었던 일 말인가. 그건 심한 오해야. 그날 밤, 네 얼굴에는 직무 의식과 의무감만이 떠올라 있었어. 그래서 그건 어떻게 안 되겠느냐고 말한 거야. 표정을 어떻게 하라는 의미로 말이지."

고개를 숙인 줄리앤의 턱을 잡더니 힘을 실어 위로 들어 올렸다.

정면에서 얼굴을 들여다보며 '아무도 싫다고는 하지 않았어' 라며 웃었다.

"그냥 하는 소리가 아니라, 너는 미인이고, 사랑스러워.

애초에 내가 너를 자객이라고 의심한 이유도 네가 사자로서는 너무 품위가 있었기 때문이야."

이마에, 뺨에, 더글러스의 입술이 미끄러져서 줄리앤은 이 이상 자신의 기분을 피할 수도 숨길 수도 없다고 단념했다.

"이 정도의 아가씨를, 아무런 목적도 없이 보낼 리 없어. 그것도 공작가에서 말이야. 무심코 이것저것 캐고 들었어. 몸 구석구석까지 의심하고, 그리고 뒤졌지."

다시 입술이 막혀 혀와 혀가 서로 얽혔다.

그러는 한편 더글러스가 가슴까지 만지작거리니, 줄리앤은 자연스럽게 숨결이 새어나오고 신음 소리가 흘러나왔다. 스스로는 참을 수 없어져 받아들일 수밖에 없었다.

"이렇게 될 줄 알았다면 순수하게 맛보아둘걸. 네 순결을, 두 번 다시 없을 첫날밤을—"

"으응, 앗."

줄리앤의 몸을 만지작거리는 더글러스의 손이 점차로 격렬해지고 대담해졌다.

"슬슬, 나도 참을 수 없어졌어. 알겠어?"

끌어안긴 엉덩이 아래에서 점점 그의 분신이 부풀어 올라 형태를 갖추어가는 것이 느껴졌다.

찔러 올려지는 감각을 몸이 기억하고 있는지 은밀한 부분 안쪽이 점점 꿈틀거렸다.

"예에……."

마음도 몸도 앞질러 갔다. 이성만이 뒷전에 남겨졌다.

빨리, 좀 더 격렬하게 만져 주었으면 싶었다. 그런 음란한 욕구만이 일어나서 멈추지 않았다.

"너를 원한다는 증거야."

"예……."

줄리앤은 어느샌가 스스로도 고개를 들고 키스를 졸랐다.

그의 양손이 지금보다 아래로, 하반신으로 가는 것을 진심으로 애타게 바라며 입맞춤했다.

"그렇다면 이대로 너를 내게 줘."

더글러스는 그 자리에서 입고 있던 셔츠를 벗고서 줄리앤의 어깨에 걸쳤다.

드러난 등을 덮고 나서 뒤로 눕혔다.

"바라시는 대로……. 저는 더글러스님의 것입니다."

살갗이 직접 돌바닥에 닿지 않도록 배려해 준 것만으로 줄리앤은 기뻐졌다.

양손을 뻗어서 넓고 늠름한 어깨에 휘감았다.

"네가 이 땅에 있는 한은, 이겠지."

"네?"

"뭐, 지금 그런 말을 물어봐도 너를 곤란하게 만들 뿐인가. 그렇다면 몸으로 옳고 그름을 묻는 편이 확실하겠고 말이야."

더글러스의 입에서 나오는 애절한 울림이 귀를 스쳤지

만, 동시에 드레스 안을 더듬어 오자 의식이 흩어졌다.

"앗, 으."

그의 손이 속옷 안을 아주 간단하게 파고들었다.

옅은 숲을 더듬은 뒤에 손가락 끝이 부끄러운 부분을 스치듯이 만져 왔다.

줄리앤은 그것만으로도 몸이 마비되어서 자연스럽게 몸을 비틀었다.

'거기는……'

얼마 전 막 발견된 진주 구슬이 다시 그의 손에 떨어졌다.

손가락 바닥으로 더듬어 찾아 굴려지자, 의식이 그곳 한 점에 집중되어 버렸다.

그러나 곧 그것을 용납하지 않겠다는 듯이 입맞춤해 와 아무것도 생각할 수 없게 되었다.

'그곳은, 안 돼……'

손톱 크기 정도밖에 되지 않는 진주 구슬이 여성에게는 급소라는 사실을 이미 줄리앤도 알고 있었다.

어째서 이런 작은 구슬 안에 커다란 쾌감의 스위치가 있는지는 몰랐다.

그러나 확실히 있는 것이었다.

'어쩌지— 이제 안 돼……'

그렇다 해도 오늘은 어쩐지 그의 손가락의 미끄러짐이 좋았다.

맨 처음 할 때에는 스쳐서 아팠는데, 지금은 그 아픔이 없었다. 타액이 없어도 충분한 물기가 구슬을 감싸서 그의 손가락 역시 촉촉이 적셔갔다.

"벌써, 이렇게나 젖었어. 맨 처음 밤이 거짓말 같군."

그것은 더글러스 쪽도 느낀 모양이었다.

손가락에 달라붙은 꿀을 즐기면서 더욱더 줄리앤의 비밀스러운 부분을 탐험해 갔다.

"여자는 만지면 금방 젖게 마련이라고 생각했는데 그렇지도 않구나. 많든 적든 호감이 있고 없고는 이렇게나 달라."

이것은 더글러스의 검지일까?

스르륵 숨어들어서 안을 천천히 오가기 시작했다.

"응...... 으응."

그러자 그곳에서 더욱 꿀이 늘어나고 열기가 더해졌다. 안을 탐색하는 손가락이 두 개로 늘어났다.

새로운 자극에 허리를 뒤로 뺄 뻔했지만 그 감각은 금세 유열로 변했다. 줄리앤은 기쁨을 표현하려는 듯이 몸을 비틀었다.

"여자가 젖어서 기쁘다고 느끼기는 이번이 처음이야."

이렇게 음란하고 경박한 모습이 되었는데도 더글러스는 그 사실이 기쁜 모양이었다.

허벅지에 부딪히는 그의 상징이 바지 아래에서 한층 더 크고 단단해지는 것이 전해져 왔다.

"더글러스님……."

이러고 있는 상황에 전혀 공포감이 없었다고 하면 거짓말이었다.

줄리앤의 몸과 마음은 멈추지 않고 떨리기만 했다.

"너는 내가 여자로 만들었어. 나만의 것이야. 그렇게 생각하는 건 남자의 이기심인가?"

그렇지만 이제 와서는 그의 기쁨이 줄리앤에게는 기쁨이었다.

처음과 명백히 다른 점은, 같은 두려움이지만 그가 하는 애무를 기꺼이 받아들이고 마는 자신에 대한 두려움일지도 몰랐다.

"아니요……. 저는 더글러스님의 것입니다. 더글러스님께서 여자로 만들어주신, 더글러스님만의 여자입니다."

방금 전도 그의 손가락이 격렬하게 안을 움직일 때마다 줄리앤은 더글러스의 팔과 어깨에 매달렸다. 그때마다 자연스럽게 하반신에 힘이 들어가 꿀이 흘러넘치는 꽃봉오리 안에서 꽉꽉 조이는 감각을 스스로도 느꼈다. 그의 손가락 형태나 움직임을 뚜렷하게 느껴서, 줄리앤 안의 여성이 눈을 떠 기쁨에 겨워하는 것이었다.

"아윽."

그렇게 해서 안쪽 깊숙이 찔린 순간, 느닷없이 진주 구슬까지 만져지자 줄리앤은 온몸이 움츠러들었다. 안에서 찌릿찌릿한 경련이 느껴져 이성이 어딘가로 날아가 버렸다.

"거짓말은 아니겠지."

"예에……."

또 떨어져 버렸다. 그렇게 줄리앤은 생각했다.

말로 표현할 수 없는 절정감에 다다라서 더글러스의 손이 속옷을 벗기기 시작해도 저항할 수 없었다.

'아아……. 더글러스님께서…….'

그러기는커녕 더글러스가 바지 앞을 풀자 막 달했던 은밀한 부분이 짜릿하게 꿈틀거렸다.

형태를 이룬 그가 다시 줄리앤의 안으로 들어오려고 입구를 만지기만 해도 온몸이 후들후들 떨렸다.

"너도 나를 원하나?"

애태우지 말아요─그런 기분이 든 자신이, 역시 무서워서 줄리앤은 겁먹었다.

"─예. 저도…… 더글러스님을…… 원해요. 빨리…… 하나가…… 되고 싶어요."

도대체 어디까지 추락해 갈 것인가?

그래도 지금은 그를 원했다.

그가 언제까지 여기에 남아 있어줄지는 몰랐다.

자신을 필요로 해줄지도 몰랐다.

다만, 줄곧 함께 있을 수 없을 것이라는 사실만은 알고 있었기에, 줄리앤은 그를 원하는 자신에게 거짓말을 할 수 없었다.

"그런가. 그럼 하자. 나를 너에게. 내 전부를 줄리앤, 너에게만."

'더글러스님.'

얼버무리지 못한 채 그를 자신의 안으로 받아들였다.

6장
더글러스의 신부

더글러스가 말하길 '임시' 라고는 해도, 정식으로 공작의 뒤를 이은 더글러스에게 측근 시녀로서의 줄리앤이 할 수 있는 일은 한정되어 있었다.

특별한 체력이나 기술도 없거니와 교양도 없는 처지인 이상에는, 댐 기획 건설에 관여할 만한 도움을 줄 수 없었다. 아무리 그를 돕고 싶다고 바란다고 해도, 모리스나 사일러스 일동에게는 크게 미치지 못했다. 그 사실도 이미 지겨울 만큼 이해하고 있었다.

'더글러스님─'

그러나 그렇다면 자신이 할 수 있는 일을 하는 수밖에 없었다.

대단히 바쁜 그의 건강을 신경 쓰고, 기본이 되는 생활을 보조하며, 적어도 하루하루 유익하게 보낼 수 있도록 배려해 주는 수밖에 없었다.

'어젯밤은 늦게까지 회의를 하셨다고는 해도 침대에까지 자료를 가져오신 채 주무시다니. 도대체 몇 시쯤에 잠드신 걸까? 될 수 있으면 조금이라도 쉬게 해드리고 싶지만 새벽에는 깨우라고 말씀하셨고…….'

줄리앤은 할 수 있는 한 더글러스에게 헌신했다.

더글러스가 지시를 내리면 밤낮을 가리지 않고 방에도 출입했다.

주변의 젊은 메이드들은 단순하게 '부럽다' 라고 했지만, 카밀라 부인만은 '무리하면 안 돼' 라고 말해주었다.

아무리 웃는 얼굴로 지냈어도, 이곳에 오고 나서 어머니 역할을 대신해 주었던 카밀라 부인만은 알아차린 모양이었다.

줄리앤의 필사적인 모습이 이전과는 전혀 다르다는 사실을—

"안녕히 주무셨습니까, 더글러스님."

"벌써 아침인가."

"아직 밤이 막 밝은 참이라 깨어 있는 사람은 제빵사뿐입니다. 조금 더 쉬시면 어떨까요?"

"아니, 마침 잘 됐어. 다들 일어나고 나서는 나쁜 짓을 못 하니까 말이지."

'앗!'

줄리앤은 자신을 유심히 살펴주는 카밀라 부인에게 매우 감사하고 있었지만, 그 반면에 모든 것을 꿰뚫어보고 있는 것 같아서 무서웠다.

'더글러스님……. 그 이후로 사흘에 한 번은 원하셔……. 아기가 생기지 않도록 신경 써주시기는 하지만……. 이래도 괜찮을까?'

혹시 줄리앤이 더글러스의 침실 상대까지 하고 있다는 사실을 알게 되면, 카밀라 부인은 '이런 일은 시녀가 할 일이 아니야'라며 화를 낼까?

그렇지 않으면 젊고 독신인 더글러스님이라면 당연한 일. 그것도 큰 역할이라고 생각하며 수행하라고 말할까?

그 역할이야말로, 만약 하기 싫어 괴롭다면 대신할 사람은 얼마든지 있다. 스스로 바라는 사람들은 잔뜩 있으니까 —그렇게 말하며.

"왜 그래? 아침부터 작작하라고 생각하는 거야?"

그런 생각을 하며 침대에 걸터앉아 몸단장을 하고 있노라니 갑자기 등 뒤에서 더글러스가 끌어안아 왔다.

"아니요……. 그런 생각은……."

줄리앤은 자신이 잠시 생각에 잠기기만 해도 곧바로 눈치채고 마는 더글러스의 날카로운 감도 무서웠다.

어째서냐 하면 싫기는커녕 기뻤기 때문이다. 안 되는 일인 줄 알면서도 이렇게 끌어안기면 임무와는 전혀 관계없는 부분에서 기쁘다고 느끼고 말았다.

그런 속마음까지 알려져 버릴 것만 같아서 줄리앤은 최근 어디에서 무엇을 해도 안절부절못했던 것이었다.

"그렇다면 이 일도 남자의 건강관리의 일환이라고 생각해 줘. 원래대로라면 매일 밤낮으로 이러고 싶을 정도야."

"그런 큰 역할, 줄리앤이 몇 사람 있어도 부족해요."

"그런가? 세상 아내들은 다들 혼자서도 해내고 있다고 생각하는데 말이지, 이런 큰 역할을."

"능력이 부족해서 죄송합니다."

더글러스가 친밀하게 대하면 대할수록 직무 의식과 연심 사이에서 두근두근, 울렁울렁했다.

가끔은 시무룩해지는 때도 있어서 그야말로 일희일비였다.

"이건 능력의 문제가 아니야. 좀 더 나에 대해 노력하라고."

"……예."

이렇게 열심히 하는데, 그런데도 노력이 부족하다는 말을 듣고 말았다.

'세상 아내들이 전부 그렇다는 건 절대로 거짓말일 거야. 아이가 있는 사람도 있어. 그렇게 남편만 상대해 줄 수 없다고 말했어. 이런 횡포가 통하는 건 더글러스님뿐이야.'

아주 잠시 입술을 삐죽였다.

"뭐, 갑자기 꿍얼꿍얼 말해도 무리인가. 그래. 대신이라고 하긴 뭣하지만 앞으로는 아침저녁으로 키스해."

"키스… 를요?"

"아침 인사와 저녁 인사로 하는 키스야. 건강에 좋을 것 같잖아."

그런데도 이번 아침에도 더글러스는 줄리앤에게 새로운 일을 늘려왔다.

"무엇이 건강에 연결되는지, 전혀 모르겠어요."

"그럼 해보면 알아. 자, 오늘부터다."

"응……!"

아침 인사와 저녁 인사로 하는 키스 따위, 가족에게만 해보았던 줄리앤으로서는 고개를 갸웃거릴 뿐이었다.

그러나 더글러스는 무척이나 즐거운 모양이었다. 줄리앤이 가볍게 키스를 하자 '그럼' 하고 말하며 일어섰다. 확실히 기분이 좋아 보였다.

'혹시나 이건 어머님 대신인가?'

줄리앤은 더글러스가 그것으로 좋다면 괜찮다고 생각했지만, 아무리 그래도 매일 밤낮은 어찌 된 일일까 하고 궁금해졌다.

'역시 아내 대신은 아닌 거겠지.'

그가 이래저래 말하는 것보다도, 자신의 이성이 버틸지 어떨지가 걱정이었다.

지금 상태로도 주체하지 못하고 있는 연심. 그것이 어떻게 되어버릴지 그쪽이 신경 쓰여서.

그렇다고는 해도—

아무리 두 사람뿐인 때에는 이상한 말을 하거나 이상한 짓을 한다 해도, 일단 공무에 임하게 된 더글러스는 누구나 반할 만한 젊은 공작이었다.

"건설에 대해서는 전문적인 건설 기사나 시공사를 대륙에서 불러들일 필요가 있지만, 노동력 그 자체는 영지민이 힘을 합침으로써 제법 보충할 수 있어. 이 땅은 임업도 왕성해. 본의는 아니지만 토사도 산처럼 쌓여 있어. 자재만은 풍부하니까 필요 최저한의 경비만으로 예산을 꾸리는 일이 가능해. 하지만 그렇다고는 해도 막대한 경비가 들어. 적게 어림잡아도 백억 버트. 공사가 오래 걸려서 금리가 오르면 이백에서 삼백억 버트. 이것만은 예측할 수 없어. 퇴거를 강요당하는 마을이나 민가가 없는 만큼 그나마 낫지만, 그렇다고 해도 상당한 금액이야. 일반 은행에서 빌리면 큰일이 벌어질 거라고."

한 주에 절반 이상은 동서남북 중 어느 한곳의 마을에 가서 직접 마을 사람들과 이야기했다.

실제로 지금까지 재해가 일어나 왔던 현장을 안내받아, 당시의 상태나 피해 상황 등을 성에 남은 기록만이 아니라 자신의 눈과 귀로 보고 듣는 것이었다.

그러고 나서 현재 지질 상태를 확인하고 그 후의 조사를 위해 지시를 내리는 등, 어쨌거나 의욕적이고 행동적이었다.

"그렇다면 역시 국가 금융이어야 할까요?"

"──응. 금리를 생각하면, 버틀랜드 국왕과 담판을 짓는 것이 제일이야. 저금리 융자와 당분간의 세금 감면. 아니, 만약 면세로 강행할 수 있다면, 십 년 계획으로 백억 버트도 꿈은 아니야."

"그래도 십 년에 백억 버트인가요……."

게다가 감탄할 부분은 그뿐만이 아니었다. 진작부터 모리스 일동도 입에 담고 있었지만 더글러스는 금융이나 경제에도 강했다.

"설령 그 두 배가 든다고 해도 시도할 가치는 있겠지. 요 오십 년을 거슬러 올라가 보았을 때, 수해에 쓴 부흥 비용은 약 이백이십오억 버트, 십 년 평균 잡아 사십오억 버트라고. 그것도 심할 때에는 몇 백 명의 사망자가 나오고 있어. 사람 목숨과는 바꿀 수 없지."

대도시나 대륙에서의 생활이 길었던 만큼, 제대로 학문으로서 배워 왔으리라. 마을을 돌아보고 성으로 돌아오면 구상을 현실로 만들기 위한 구체적인 대안, 예산에 대한 계획을 항상 세워놓고 있었다.

이런 것이 없으면 일이 진척되지도 않을 것이기 때문에, 더글러스는 일단 측근들에게 이해하기 쉬운 자료를 만들어 그들과 회의를 거듭해 갔다.

"논밭만 해도 그래. 한번 토사에 휩쓸려 망가진 논밭이 원래대로 돌아가는 데 몇 년이 걸리지? 그사이 확실하게 생산량이 떨어지지. 벌 수 있는 돈을 벌 수 없게 된다는 말이야. 그 점까지 포함하면 아마도 십 년 평균 백억 버트 가까운 손해라고 생각해도 이상하지 않아."

"어라? 하지만 그렇다면 저희는 이미 변제할 만한 능력을 가지고 있다는 말씀입니까? 결과적으로는 그만큼의 금액이 계속 회전한다면 아무 데도 빚이 없게 될 테니까요."

더글러스의 그런 치밀한 사전 준비도 있어서, 지금까지라면 웬만한 일은 모리스에게 떠맡기기만 했던 사일러스 일동도, 어느새인가 스스로 생각하고 그 생각을 입에 담는 일이 늘어나게 되었다.

"뭐, 좋은 쪽으로 생각하면 그렇지. 아니, 굉장히 좋은 부분을 깨달았어, 사일러스. 이 사실이야말로 거액을 빌리기 위한 신용 실적이 될 거야."

"예."

더글러스의 치켜세우는 방식도 좋았는지, 이런 회의가 반복될수록 사일러스 일동도 빈 시간에 독학할 생각을 하게 되었다.

그 등을 바라보며 따를 것을 마음에 새긴 그들이지만, 미력하게나마 그를 지지하고 싶다는, 그의 얼굴을 보고 이야기하고 싶다는 바람을 이루려면 그만큼 학식이 필요하다는 사실을 이해했기 때문이었다.

"모리스. 미안하지만 누군가에게 말해서 최근 오 년간의 수지 결산을 간략화한 자료를 만들어줘. 수고스럽겠지만 융자 교섭 제출용도 필요해."

"알겠습니다. 그럼, 장부 담당에게 말해서 곧바로 착수하겠습니다."

모리스는 '더글러스님께서는 부하를 키우는 일에 능숙하시다'라며 알데버트 등의 지긋한 연령대의 사람들과 함께 감탄할 뿐이었다.

그리고 그런 모습을 바라보면서 줄리앤은 감동을 느꼈다.

더글러스가 이 땅을 찾아온 지 일 개월. 아직 얼마 전 겪었던 수해가 할퀸 자국이 남아 있는 와중, 모두가 적극적으로 부흥에 힘쓸 수 있는 이유는 더글러스 자신이 가장 적극적이었기 때문이었다.

더글러스가 지닌 영향력은 눈에 띄게 굉장했다. 무엇을 해도 힘이 넘쳤다.

'슬슬 괜찮을까.'

줄리앤은 그들의 이야기가 끊어질 타이밍을 재서 차를 내갈 준비를 했다.

그때, 예고도 없이 누군가 회의실 문을 노크했다.

"들어와."

더글러스의 대답과 함께 종자 한 사람이 안으로 들어왔다.

"실례합니다, 더글러스님. 지금 막 국왕 폐하와 카바나 영주님의 사자가 도착했습니다. 가까운 시일 내 방문하신다는 전갈입니다."

"국왕 폐하와 카바나 백작에게서?"

"예. 국왕 폐하 쪽에서는 대리인 분이, 카바나 영주님 쪽은 직접 오신답니다. 양쪽 다 공작님에 대한 애도와 더글러스님 상속의 축하, 그리고 얼마 전 입었던 수해에 대한 위문을 위해 방문하신다는 모양입니다."

"그런가. 그건 잘되었군. 빈손으로 오지는 않겠지. 특히 백작은 겉치레를 중요시하는 사람이라서 말이야. 다소 지참금을 기대할 수 있겠어."

아무래도 더글러스에게는 길보인 모양이었다.

우기가 지나갈 때를 가늠해 그랑디에 귀한 손님이 찾아오는 것이다.

"다만, 국왕 폐하 쪽은 더글러스님을 모시러 온 사자일 가능성이 있다고 생각합니다만."

"그건 아니겠지. 무례임을 알면서도 지금은 부흥을 우선하고 싶다. 공작이 세상을 떠나고 나도 여기에 막 왔을 뿐이다. 당분간은 영지를 비울 수 없다, 인사는 잠시 기다려 달라고 사자에게 서장을 전했어."

"그렇습니까."

"뭐, 그래서 현재 상태를 살펴보려고 사자를 보내오는 거겠지만……. 어쨌든 어느 정도 말이 통하는 사람이 왔으면 좋겠군. 가능하면 돈 이야기를 할 수 있는 사람이."

다만 더글러스가 그들을 환영하는 목적은 어디까지나

돈. 그랑디에를 위한 자금 마련에 있는 모양이었지만—

　그 이후로 사흘 후의 일이었다.

　"더글러스님. 카바나 백작님과 그 영애이신 재클린님, 그리고 호위하시는 분들이 도착하셨습니다."

　먼저 도착한 사자는 카바나 백작 일행이었다.

　"더글러스님!"

　카바나 백작과 영애 재클린을 호위해서 온 이들은 줄리앤이나 사일러스 일행도 기억하고 있는 더글러스의 전 부하들. 이 사실에는 더글러스도 크게 기뻐했다.

　"오오, 오랜만이군! 그런데 어째서 저 여자까지 이런 곳에 온 거야."

　"윽…… 그건, 그……. 더글러스님을 사모하셔서…… 겠죠."

　그러나 그런 것처럼 보였던 것은 한순간이었고, 더글러스는 부하 중 한 사람을 붙잡고 양어깨를 움켜쥐더니 환영하는 척을 하며 흘낏 눈짓을 했다. 그리곤 작은 목소리로 부하를 몰아세우는 것이었다.

　"더글러스, 만나고 싶었어!"

　그러나 그런 모습은 아랑곳하지 않는다는 듯이 재클린은, 백작과 부하들을 밀쳐내고 더글러스에게 안겨들었다.

　카바나에서 유행하던 요염하고 딱 달라붙는 드레스를 몸에 걸친 재클린은 물결치는 갈색 머리카락과 짝을 이루는

갈색 눈동자가 인상적인 어른스러운 여성이었다.

어쩌면 더글러스보다도 한두 살 연상일지도 몰랐다. 몸매도 무척 육감적이어서 가슴은 줄리앤의 세 배는 될 것 같았다.

'저 사람이 백작 영애님……. 진짜 공주님이구나. 정말로 화려하고 아름다운 여성분이셔.'

기둥 그늘에서 엿보고 있던 줄리앤은 완전히 기가 죽어버렸다.

꽃 같은 재클린이 곁에 서자 더글러스의 타고난 우아함이 도드라져 한층 더 빛이 나 보였던 것이었다.

"용건은 결혼 제안이겠지. 더글러스님께."

"어? 결혼?"

이 광경에는 다른 메이드들의 시선도 금세 못 박혔다.

질투와 호기심으로 가득 찬 눈이 재클린을 향했다.

"응. 각 영주님들이나 귀족 분들이 머지않아 행동을 일으킬 거라고 생각하고 있긴 했는데, 이 경우는 일찍이 알고 있었다는 인연을 이용해 온 거겠지. 더글러스님은 카바나 백작님 직속의 기사단에 있었으니, 요컨대 옛 부하인걸. 이야기 꺼내기도 쉽겠지."

이 상태라면 더글러스의 결혼 이야기는 눈 깜짝할 사이에 성 내에서부터 영지 전체까지 퍼져 나갈 기세였다.

축하하는 분위기라기보다는 스캔들 같은 인상이 있었지만, 지금의 그랑디에는 더글러스에 관한 화제라면 뭐든지 받아들였다.

북쪽 마을 외곽까지 이야기가 전해졌을 무렵에는 전혀 다른 내용이 되는 경우도 있는 모양이었지만, 그래도 더글러스의 화제가 나오기만 해도 영지민은 기운을 냈다.

"다만, 이젠 더글러스님 쪽이 작위는 더 위. 다소 불편하기는 해도 소유하신 영지도 넓어. 게다가 저렇게나 젊고 뛰어나신 독신 남성이시니, 부디 자기 딸을 받아달라고 청하는 부모가 있어도 이상하지 않겠지."

"그 말을 듣고 보니 그러네. 더글러스님이시라면 작위 같은 게 없더라도 남편으로 바라는 영애는 산처럼 많이 있을 텐데, 버틀랜드 공국에서 제일 젊은 공작님이 되셨는걸. 왕가에 나이가 찬 공주님이 계셨다면 그야말로 국왕님 역시 같은 생각을 하셨을 거야. 줄리앤도 그렇게 생각하지."

"윽, 그러네."

줄리앤은 어려운 문제는 잘 몰랐지만 분명 이 이야기도 사흘 정도 후에는 전혀 다른 이야기가 되어서 전해지고 있을까 하는 생각을 했다.

어쨌든 지금까지와는 다른 소란스러움이 성안에서 일어나기 시작했다.

그 정도로 재클린은 그랑디에라는 토지에서는 본 적이 없는 화려함을 지닌 여성이었다.

게다가 메이드들의 소문 이야기가 단순한 소문으로 머무르지 않게 된 것은 매우 빨라서—

"어떤가? 더글러스여. 아니, 지금 와서는 공작님이라고 불러 드려야겠지만, 그 점은 옛 관계를 봐서……."

카바나 백작이 더글러스에게 재클린과의 결혼 이야기를 꺼내든 것은 그날 저녁 식사 때였다.

"내 딸 재클린이 이전부터 그대에게 마음을 주었다는 사실은 알고 있겠지. 겸허한 그대는 신분 차이를 이유로 딸을 피해온 모양이지만 이제는 그런 문제도 없네. 이 기회에 진지하게 생각해 주지 않겠나?"

"마음은 감사합니다만, 저에게는 그럴 여유가 없는지라……."

오랜만에 맞이한 내빈인 만큼 성안에서 근무하는 요리사—쿡들은 실력을 발휘한 디너 코스로 손님을 환영했다.

실수로라도 공작님에게 창피를 보여서는 안 된다. 영지 내에서 질 좋은 식재료를 모아서, 때는 이때다 하고 크게 분발했다.

그러나 더글러스의 안색은 편치 않았다.

"빈손으로 받아달라고는 않겠네. 지참금은 치르지. 이 땅의 부흥에도 협력하겠네. 할 수 있는 한의 일은 하지. 팔불출이라는 건 이미 안다네. 부탁하네, 더글러스."

"어차피 이 자리에서 곧바로 답할 수 있는 문제는 아닙니다."

말로 꺼내지는 않았지만 모처럼의 디너가 맛이 없어진다고 주장하는 듯이, 살짝 쓴웃음을 떠올리며 백작이 꺼낸 결혼 이야기를 피했다.

"―그렇다면 잠시 이 땅에 머무를 테니 생각해 두게. 재클린 정도로 자네에게 이익이 될 아가씨는 없을 게야. 사내로서도, 영주로서도, 결코 손해는 나지 않을 아가씨니까 말이지."

게다가 백작이 스스로 장기 체재를 결정하자, 옅은 쓴웃음이 완전한 쓴웃음으로 바뀌었다.

분명 더글러스의 뇌리에는 현재 그랑디에 백작 일행을 대접할 여유 따위 일 버트도 없다. 조금이라도 경비를 줄이고 아낄 수 있다면 무엇이든지 아끼고 싶은 상황인데, 조금은 신경 쓰든가 체재비를 그쪽에서 내놓으라는 심경이리라.

그 증거로 저녁 식사 자리를 마치자 더글러스는 일을 방패 삼아 백작을 대접하는 자리에서 도망쳤다.

모리스를 불러들여 그럴듯한 일을 가장하여 서재에 틀어박혔다.

"하앗. 어느 세상에 딸을 이해득실을 위해 팔아넘기는 아버지가 있는 거야."

백작 부녀에게 준비해 준 손님방은 일부러 자기 방에서 가장 먼 곳으로 정했다.

이 상태라면 아무리 푸념해 보았자 엿듣는 일은 없다.

더글러스의 용의주도함은 이런 곳에서도 발휘되고 있었다.

"귀족의 세계는 그런 곳입니다. 실제로 버틀랜드 내에 계신 영애 중에서는 재클린님이 가장 그랑디에에 이익을 가져다주실 분이라고 생각합니다."

"그건 어떨까. 지갑 안은 의외로 열어봐야 아는 거라고. 카바나의 재정이 그랑디에와 마찬가지로 쪼들리지 않는다는 보장은 어디에도 없어. 특히 백작의 허영기와 화려한 유희는 유명해. 얼마 전에도 안부 인사차 향했던 솔 오리엔스에서 거하게 놀았지. 상대 국왕 폐하가 싸늘해졌을 정도였다고."

모리스는 일단 본인이 알고 있는 내용을 넌지시 비추었지만, 백작에 관해서만은 더글러스 쪽의 정보가 풍부했다.

"게다가 이쪽은 영문 모를 폭한에게 습격당한 데다 하마터면 독까지 마시고 죽을 뻔했어. 부하들이 눈치채지 않았더라면 지금쯤 저 세상에서 공작과 대면하고 있었을 거야. 그러고 보니 그건 뭐였지? 혹시 어딘가에서 백작을 미워하는 녀석이 착각해서 나에게 일을 꾸민 건가? 그렇지만 그렇게 생각하면 납득이 가는군. 백작은 누구에게 원한을 사도 이상하지 않아. 내가 카바나를 떠나고 나서 한 번도 위협받지 않고 있는 것은 분명 그 때문이겠지."

세상에는 그렇게 지독한 영주도 있는 것인가 하고 처음으로 알게 되었다는 것은 모리스가 정말로 주인 복이 있었다는 증거이리라.

그렇다고는 해도 착각해서 암살하려 들다니 석연치 않

았다.

모리스도 얼굴이 굳어질 뿐이었다. 남모르게 더글러스의 주변 경비를 강화해야겠다고 생각했다.

"뭐, 어쨌거나 저쪽은 내가 공작 같은 지위에 올랐으니 구혼해 온 거지, 그렇지 않았더라면 콧방귀도 안 뀌었을 거야. 머지않아 내가 이 땅을 떠나면, 애초에 공작 지위도 지금뿐인 임시라고 알게 된다면 당장에라도 시침 떼는 얼굴로 카바나로 돌아가겠지. 그런 부녀야. 가까이서 섬겼던 내가 하는 말이니까 틀림없어."

"그렇습니까……."

"그런 거야. 그보다 오래 머무른다니 민폐야. 이쪽에서 접대 따위는 할 수 없어. 어떻게든 빨리 귀국하도록 해야 할 텐데."

그렇게 실컷 푸념을 하고, 더글러스는 책상 위에 쌓여 있던 자료를 손에 들고 화제를 바꾸었다.

"그렇지. 조금 신경 쓰이는 자료가 있으니까 함께 봐주겠나."

"예."

"여기, 북쪽 산 남쪽 부분. 여기의 산기슭에 있는 마을만이 다른 곳에 비해서 압도적으로 피해가 적어. 한번 지질 조사를 철저히 해보고 싶은데 어떨까. 무언가 댐을 건설하는 것 이외에, 재해 대책의 힌트가 있을지도 몰라. 자연이 낳았을 무언가가─"

오늘 밤도 모리스와의 회의는 길어질 모양이었다.

*   *   *

더글러스의 신부 후보가 성에 왔다—

그런 소문이 눈 깜짝할 사이에 퍼진 것은 다음 날의 일이었다.

"있잖아, 너. 더글러스님의 수발 담당이지? 오늘 밤 나를 더글러스님의 방으로, 침실로 안내해 주겠어?"

줄리앤을 불러 세운 재클린은 생각지도 못한 이야기를 꺼냈다.

"침실로… 말인가요."

갑작스럽게 침실이라고 들어 줄리앤은 눈을 동그랗게 떴다.

"그래. 아버님께 맡겨두어서는 아무것도 모르시지 않겠어? 내가 얼마나 더글러스님을 사모하는지. 물론 경박하다는 사실은 알고 있어. 그렇지만 더글러스님께서 내 마음과 각오를 알아주셨으면 해. 알겠지, 이해해 줘."

"……윽."

재클린이 이전부터 더글러스에게 호의가 있었다는 사실은 줄리앤도 알고 있었다.

더글러스의 부하가 술집에 안내해 주었을 때 그녀에 대해서 이야기했기 때문이었다.

물론 거기에 더글러스가 그녀를 호의적으로 생각하지 않는다는 점까지 포함해서 말이었다.

당시에는 신분 차이도 있어서 그랬겠지만, 그래도 줄리앤은 어째서 더글러스가 재클린을 피하는지 잘 알 수 없었다.

"오늘 밤, 약속이야."

확실히 억지스러운 부분은 부정할 수 없지만, 그렇다고 한다면 술집에서 더글러스를 둘러싸고 있던 여성들도 다르지 않다는 기분이 들었다.

오히려 애당초 지위 높은 여성이 신분이 낮은 남성에게 구애를 하는 것은 매우 용기가 필요한 일이 아닐까?

그렇게 생각하자 사랑에 적극적인 재클린이 줄리앤에게는 단순히 '굉장하구나'라고 여겨졌다.

그렇다고 재클린을 더글러스의 침실로 안내하고 싶었냐면 또 그렇지는 않았다. 하지만 자신에게는 없는 것만을 가지고 있는 재클린에게 압도되어 버린 것은 확실했다.

'재클린님……'

결국 줄리앤은 그날 밤, 재클린이 해온 애원을 뿌리치지 못하고 안내 역할을 하고 말았다.

더글러스가 침실에 들어갔을 때 안의 문으로 이어진 서재에 재클린을 들여보냈다.

줄리앤이 할 수 있는 일은 여기까지였지만, 망설이면서도 실행하고 만 것이었다.

"그럼 실례하겠습니다. 편히 쉬십시오."

"기다려. 키스는 어떻게 된 거야."

"——윽."

그러나 드러누워 있던 더글러스에게 팔을 잡혀, 줄리앤은 오랜만에 핏기가 가셨다. 깜빡 잊어버리고 있었지만 이런 모습을 재클린이 알게 되면, 보게 되면 어쩌나 하고 생각해서 진심으로 팔을 뿌리치고 말았다.

"응읏."

그러나 실제로는 뿌리칠 수 있을 리도 없이, 줄리앤은 누워 있는 더글러스의 위에 상체를 끌어당겨져 평소와는 달리 격렬하게 입맞춤 당했다.

"오늘 밤은 여기서 자고 가."

더글러스는 그녀를 침대 안으로 끌어들이더니 간단하게 깔아 눕혀 버렸다.

"당치도 않습니다. 용서해 주세요."

"용서고 뭐고. 너는 내 것이잖아."

"그렇지만 그건— 으응!"

가운데 문 너머에는 재클린이 대기하고 있었다.

섣불리 소리를 지를 수는 없었다. 몸을 버둥거리기도 불가능했다.

"그렇지 않으면 오늘 밤만은 무언가 곤란한 일이라도 있는 건가?"

게다가 귓가에서 나직이 확인해 오자 줄리앤은 온몸이

떨렸다.

들켰나—?

"아니요, 그다지……."

얼버무리면서도 줄리앤은 더글러스가 오늘 밤의 계획을 알고 있다고 확신했다.

분명 두 사람의 대화를 보았든지 들었든지 했겠지만, 어쨌거나 더글러스의 얼굴이 '나는 다 알고 있어'라고 말하고 있었던 것이었다.

"그렇다면 너는 나를 치유하도록 해. 내가 너에게만 부여한 역할을 다해라."

"그렇지만, 오늘 밤은 봐주세요."

그래도 줄리앤은 재클린에 대해서 생각하자 저항할 수밖에 없었다.

"이건 명령이야."

"윽!"

그러나 이런 식으로 명령받는 것은 처음이라서, 곤혹스러워하는 사이 줄리앤은 더글러스의 손안에 떨어졌다.

'어쩌지. 어쩌면 좋지?'

비명을 지를 수도 없었다. 신음 소리 따위는 말할 것도 없었다.

그러나 그런 것을 의식하면 의식할수록 예민해져 버려서, 한층 더 깊은 곳으로 떨어져 갔다.

'용서하세요, 재클린님.'

다음 날 아침, 줄리앤은 더글러스의 곁에서 해방되고 난 후, 그대로 남몰래 자해해 버릴까 생각했다.

　자신이 재클린의 입장이었다면 어떤 기분이 들었을까?

　증오나 미움, 그 정도로는 끝낼 수 없을 듯한 느낌이 들었다.

　줄리앤조차 그런 기분이 드는데, 재클린처럼 지위도 자존심도 있는 여성이라면 더욱 그러리라고 생각했다.

　그렇다면 차라리 스스로⋯⋯. 진심으로 그렇게 생각하고 마는 것이었다.

　'나, 죽게 되어도 어쩔 수 없을지도 몰라.'

　그러나 창백해진 줄리앤을 기다리고 있던 사람은 평소와 그다지 다를 바 없는 재클린이었다.

　"신경 쓰지 않아도 괜찮아. 주인이 요구하면 거스를 수 없는 것이 고용인. 하물며 더글러스님은 독신 귀족. 저렇게 젊고 늠름하시니, 매일 너 같은 젊은 아가씨를 원하셔도 전혀 이상하지 않아. 애당초 카바나에 계실 때부터 여성이 끊이지 않았다는 사실은 알고 있고 말이야."

　재클린은 일부러 줄리앤의 방까지 찾아와 태연한 말투로, 그것도 웃는 얼굴로 딱 잘라 말했다.

　"그렇지만 이건 남성분이 훌륭한 후계자를 남기기 위해서는 필요한 일이야. 그렇지 않아도 항상 과중한 업무를 보고 계시는걸. 침실에서 지내는 한때 정도는 여자의 살결로 치유 받으셔야 다음 날의 활력으로도 이어질 거야. 뭐, 이건 아버지가 바람피우셨을 때 자주 하시는 변명이지만."

그것은 줄리앤에게는 도저히 이해할 수 없는 생각이자 정신이었다.

성인 여성이란 이런 존재일까?

아니, 귀족이기에 이런 태도일까?

"내 어머니는 그 변명을 듣고 아버지를 용서하셨어. 왕가의 여자도 다들 그래. 그러니까 나도 같은 마음이야. 물론, 아내가 된다면 나를 가장 사랑해 주셨으면 하지만. 그렇지만 사랑을 강요하기만 해서야 영주가 된 남자를 지탱할 수 없어. 그를 지지하는 모든 것을 받아들이고 인정할 수 있는 여자만이 영주의 아내 역할을 감당할 수 있는걸."

답은 그녀가 귀족이자, 이후 목표로 하고 있는 것이 '영주의 아내' 라는, 줄리앤에게는 인연이 없는 입장이기 때문인 듯했다.

그렇다고는 해도 이해할 수 없었다.

"―그래서, 나는 너 같은 아가씨가 그의 곁에 있어도 괜찮아. 할 수 있으면 함께 그를 지지해 갈 수 있도록 하고 싶어. 어때, 줄리앤?"

재클린은 시종일관 웃는 얼굴로 이야기를 마치더니, 아무 일도 없었다는 듯이 방을 나섰다.

'자, 자란 환경이 다르다는 건 이런 건가?'

줄리앤은 긴장이 풀리자 다리에서 힘이 빠져서 그 자리

에 털썩 주저앉아 잠시 동안 일어설 수조차 없었다.

'영주의 아내…… 그를 지지하는 모든 것을 받아들이고 이해한다. 그렇지만 그건……. 재클린님은 더글러스님을 위해서라면, 자신이 어떤 상황을 겪으셔도 개의치 않으셔. 더글러스님이 만족하고 행복하다면, 설령 나 같은 사람이 곁에 머무른다고 해도 받아들일 수 있다는 뜻? 요컨대, 참을 수 있다는 말이로구나.'

그렇다고는 해도 줄리앤은 아무리 생각해도 재클린의 말이 '지위 있는 남성에 대한 이해' 때문이라고만은 받아들일 수 없었다.

가문을 지키고 혈통을 지키기 위한 철저한 교육의 산물인지도 모르지만, 그녀가 도중에 흘린 '아내가 된다면 자신을 가장 사랑해 주었으면 좋겠다' 라는 말이 그녀의 진심, 여자로서의 본심이라고 느꼈던 것이다.

'나라면 무리야. 견딜 수 없어. 재클린님처럼은 절대 처신할 수 없어.'

줄리앤은 태어나서 처음으로 재클린 같은 여성을 접해보고, 지금까지는 생각해 본 적 없었던 '영주의 아내' 가 될 여성상을 상상하게 되었다.

더글러스는 머지않아 이 땅을 떠난다고, 공작가를 떠난다고 말하고 있지만, 만일 그것이 댐 건설에서부터 완성까지를 목표로 하고 있다고 한다면 최소한 십 년은 이 땅에 힘을 쏟게 되리라.

그사이, 아무하고도 결혼하지 않을까?

앞으로 어떤 만남이 있을지도 모르는데, 정말로 줄리앤에게 신변의 수발을 시키는 것으로 모든 것을 충족할 셈일까?

'나, 그분에게서 떠나야만 한다는 느낌이 들어.'

줄리앤은 더글러스가 더글러스인 한, 그것은 불가능하다는 느낌이 들었다.

카밀라 부인이 말했던 대로 더글러스를 사랑하는 여성은 지위를 불문하고 앞으로도 끊이지 않으리라.

메이드들이 말했던 것처럼 이후에는 버틀랜드 내의, 경우에 따라서는 대륙 내의 귀족 아가씨들이 그와의 혼인을 희망해 이 땅을 찾아올지도 모른다.

그렇게 되었을 때, 모든 이가 재클린처럼 생각지는 않을 터였다.

오히려 줄리앤 같은 역할의 여자를 눈엣가시로 여기는 사람이 있어도 이상하지 않았다.

'그분에게서는 떨어지는 편이 좋겠어.'

줄리앤은 앞으로 더글러스에게 어떤 좋은 인연이 있을지도 모르는데, 자신이 곁에 있으면 손해가 될 뿐이라는 느낌이 들었다.

더글러스를 가장 먼저 생각한다면 지금 당장 떨어지는 편이 현명한 것은 않을까 느끼기 시작한 것이었다.

"이리 와, 줄리앤."

'그런데도 나는……. 거부가 용납되지 않는다는 입장을 이용해서, 내 욕심을 채우고 있어.'

다만 오늘이라도 성을 나가야 마땅하다고 생각하는데, 줄리앤은 더글러스에게 요구받으면 마음이 무뎌졌다.

안기고, 입맞춤 받으며, 하나가 되면 영원히 이대로 있고 싶다고 바라게 되었다.

"앞으로는 스스로 속옷을 벗고 나서 침대로 들어와. 그 편이 조금이라도 오래 하나가 될 수 있어."

'이것도 임무의 하나라고 자신에게 되뇌며, 사실은 더글러스님께 싹튼 연심을, 그리고 여성으로서의 욕구를 채우고 있어.'

자신이라는 존재를 부정하면 부정할수록 줄리앤은 자신이 얼마나 더글러스를 사랑하는지, 원하는지를 느끼며 스스로를 책망했다.

"뭣하면 네글리제 차림으로 와도 좋아. 아니, 내가 네 방에 숨어들어 가는 것도 나쁘지 않은가? 어느 쪽이 좋아?"

'정말로 약은 여자야. 나, 이런 형태지만 주인님을 배신하고 있어. 약속했는데. 주인님 대신 더글러스님의 행복한 모습을 지켜보겠다고 약속했는데—'

아무리 사랑해도 자신은 그를 행복하게 할 수 없는데.

결코 그의 신부가 되는 일은 이루어질 수 없는데.

그런 마음만이 강해져서, 줄리앤은 점점 사랑의 애달픔과 죄악감만 거세지고 있었다.

카바나 백작과 영애가 도착하고 나서 일주일이 지났다.

"버틀랜드 국왕 폐하께서 보내신 사자, 이안 제라드 버틀랜드 왕자님께서 도착하셨습니다."

그 사람은 종자 여러 명과 호위 한 소대를 이끌고 그랑디에 성에 도착했다.

"왕자?!"

현관 플로어까지 사자를 맞으러 나왔던 더글러스는, 왕자 제라드를 보자마자 눈을 크게 떴다.

품위 있는 옷차림에 본 적 있는 얼굴.

잊을 수도 없는 개암나무색 머리카락과 같은 색을 띤 눈동자.

그랬다. 줄리앤에게도 뚜렷하게 기억이 남아 있는 그 사람, 제라드는 더글러스를 이곳에 안내하던 여행길 도중에 만났던 청년이었다.

폭풍이 지나간 뒤 탁류로 변한 강에 빠져 있던 것을 줄리앤 일행이 도와주었던 청년이었던 것이다.

"당신이…… 새로운 그랑디에 공작? 아니, 이런 우연도 다 있군요. 요전번엔 감사했습니다, 정말 덕분에 살았어요."

모두가 그를 어딘가의 귀공자일 거라고 예상했지만, 설

마 버틀랜드 공국의 왕자라고는 꿈에도 생각지 못했다.

지금까지 누구 한 사람 왕자를 본 적이 없었다고는 해도 어안이 벙벙해지고 말았다.

다만 이런 생각지도 못한 재회에 놀라움을 감추지 못하는 것은 제라드 역시 마찬가지였다.

"사실, 그때도 이곳을 방문하려고 하다가 그런 상황에……. 설마 그 뒤로 반나절만 더 말로 달리면 도착할 것이라고는 생각지 못해서, 일단 성에 돌아가 버리고 말았습니다. 이럴 줄 알았다면 그 자리에서 제대로 이야기했다면 좋았을 걸 그랬습니다. 그랬더라면, 좀 더 빨리 뵐 수 있었을 텐데."

개암나무색 눈동자를 빛내며 그는 더글러스에게 악수를 청해왔다.

"아무래도 저와 당신은, 보이지 않는 실로 이어져 있을지도 모르겠군요."

"죄송하지만 의미를 모르겠습니다."

그 손을 맞잡으면서도 더글러스는 고개를 갸웃거렸다.

그것도 그랬다. 그때 그의 뒤치다꺼리를 해주었던 사람은 줄리앤과 사일러스 일행이고, 더글러스는 기분이 나빠져서 땡청을 부리고 있었던 것이었다.

그 자리에서의 기억은 그 정도밖에 없었다.

"제 어머니는 로즈마리. 이렇게 말하면 아시겠습니까?"

"—!"

그러자 제라드가 '보이지 않는 실'의 수수께끼를 밝혔다.

"그래요. 당신의 아버님의 전 약혼자입니다. 무엇보다 그가 자신의 사랑을 관철해 주었기에 제 어머니도 사랑하는 남자와 결혼할 수 있었습니다. 저나 당신이 태어나서 이렇게 만날 수 있었습니다. 운명을 느끼지 않습니까? 왜냐하면 혹시 제 어머니와 당신의 아버님이 결혼하셨더라면, 우리는 이 세상에 존재하지 않았을 테니까요."

더글러스는 물론이거니와 그 자리에 있었던 사람들 전원이 마른침을 삼켰다.

어째서 제라드가 더글러스를 상대로 흥분한 기색이었는지 알게 되었기 때문이었다.

"존재……. 확실히 그렇군요."

두 사람이 태어난 이상 이런 만남이 있어도 이상하지 않았다.

하지만 그렇다고 해서 이렇게 정말로 얼굴을 마주해 보니, 이것은 운명이라기보다는 악연이라고 하는 쪽이 올바르다는 기분이 들었다.

특히 더글러스 쪽은 그렇게 느꼈던 모양이었다.

줄리앤은 거리를 두고 두 사람을 바라보면서, 지독한 불안함을 느꼈다.

"정말로, 당신이 더글러스, 새로운 그랑디에 공작이었다니."

일방적으로 이야기하는 제라드에게 더글러스는 좀처럼 대답하지 못했다.

마치 부탁이니까 제멋대로 말하지 마, 오 분이라도 좋으니까 머릿속을 정리할 시간을 줘, 그런 식으로 말하고 싶은 것처럼 보였다.

"어머, 제라드 왕자님!"

"우연이로군요, 이런 곳에서 뵙다니."

그러나 더글러스가 필사적으로 이야기를 정리하고 있는 중, 그곳에 카바나 백작과 재클린이 나타났다.

"카바나 백작. 백작 영애도 계시군요. 어찌 된 일입니까? 정말로 여기서 만나다니, 우연이군요."

"이래저래 사정이 있습니다만, 실은 딸이 전부터 공작님에게 열을 올리고 있어서요."

"더글러스님이 아버지의 기사단에 계셨을 때부터 사모하고 있었습니다."

게다가 멋대로 이야기를 진행시켰다.

보고 있기만 해도 조마조마한 전개였다.

"그 말은, 조만간 경사스러운 소식을 들을 수 있다는 겁니까? 세상을 떠난 공작도 정말 기뻐하시겠군요."

"아니, 그건……."

아닌 게 아니라 더글러스가 조바심을 내는 것이 줄리앤이나 주변 종자들에게도 전해졌다.

"그렇습니다. 그렇죠, 더글러스."

"그러니까, 그건 지금 할 얘기는 아니라고 말씀드렸잖습니까. 나는 이 땅의 일로 제라드 왕자와 상담할 것이 있습니다!"

마침내 더글러스의 목소리가 거칠어졌다.

"상담?"

"실은……."

더글러스는 겨우 제라드와의 회담을 할 수 있게 되었다.

제라드는 막 도착했음에도 더글러스가 하는 상담을 최우선으로 해주었다.

아무리 그래도 종자들에게는 충분한 휴식을 취하게 해달라고 청원했지만.

조금이나마 면식이 있다는 점도 있어, 더글러스의 이야기는 제법 매끄럽게 제라드 일행에게 전해졌다.

"과연……. 요컨대, 그 공공 금융과 변제 기간 중의 면세를 검토해 달라는 말이로군요."

"예."

"알겠습니다. 그랑디에가 이전부터 수해로 신음하고 있다는 사실은 국왕 폐하께서도 문제시하고 계시던 참입니다. 실제로 저도 조금이나마 피해를 체험했으니, 이야기를 가지고 돌아가면 할 수 있는 한의 노력은 아끼지 않겠습니다. 저도 한마디 거들 것을 약속합니다."

제라드는 일단 손에 든 찻잔을 접시에 돌려놓더니 자신

의 솔직한 생각을 더글러스에게 전해왔다.

나이는 더글러스보다 한두 살 젊어 보였지만 과연 일국의 왕자였다. 그의 대응은 의연했다. 숲 속에서 만났을 때와는 다른 사람인 것 같았다.

그러나 그런 점을 말하자면 더글러스도 마찬가지였다.

줄리앤은 겉모습도 다르거니와 성격도 달라 보이는 그들이, 어딘가 같은 분위기, 오라를 지니고 있다는 느낌이 들어서 지그시 그들의 모습을 계속해서 살펴보았다.

"정말입니까."

"다만, 백억 버트 전부를 공공 금융으로 대출하는 데다 면세까지 해주게 되면, 다른 영주들이 가만히 있을지 어떨지…… 그랑디에 정도는 아니라고 해도, 문제가 있는 것은 어디고 마찬가지니까요."

그러나 이야기가 모두 매끄럽게 흘러갔느냐 하면 그렇지도 않았다.

줄리앤은 두 사람이 닮았다고 느꼈지만, 이때 처음으로 뚜렷한 차이를 엿보았다.

"그래서 말인데, 적어도 몇 할 정도라도 분산할 곳은 없습니까? 이를테면 카바나 백작에게 부탁한다든가. 카바나 은행이라면 공공 금융과 마찬가지로 제법 규모가 큰 융자도 받을 수 있을 것이라고 생각합니다만."

그랬다. 더글러스는 그랑디에의 일만을 생각했지만, 제라드는 버틀랜드 공국 내에 있는 모든 영지의 일을 고려해야 했다.

항상 섬 전체에 대해서 생각한 다음에, 더글러스가 내놓는 요청에 대응하는 것이었다.

"―아니요, 가능하면 공공 금융 한 곳으로 부탁드리고 싶습니다. 만약 건설에 착수한다고 치고, 하나의 댐이 완성될 때까지 십 년은 걸립니다. 그사이 아무런 재해도 일어나지 않는다는 보장은 없습니다. 오히려 지금까지대로의 일이 반복될 거라고 생각해도 좋을 상황입니다. 그렇게 되면 금리 높은 일반 은행은 쓸 수 없습니다. 돈을 떼이기라도 한다면 본전도 못 건집니다."

그러나 그 점은 더글러스도 이미 인지하고 있는 바였던 모양이었다.

그런데도 굳이 더글러스는 그랑디에의 일만을 생각해서 이야기를 진행해 갔다. 그것이 그가 짊어진 영주로서의 역할이었기 때문이다.

"게다가 그랑디에에는 지금까지 크든 작든 문제를 발생시켜 온 산이 사방에 존재합니다. 이에 하나하나 대응해 가게 되면 최소한 삼십 년, 삼백억 버트를 필요로 하게 되겠지요. 모든 곳에 댐을 만들 필요는 없다고 해도 그 정도는 든다는 계산입니다."

더글러스는 지금 있는 자료를 펼치면서 열심히 제라드를 설득했다.

그 모습에서 누가 상상할 수 있을까.

그가 고작 한 달 전에 여기에 왔다는 사실을. 그것도 고작 한 장의 유언장에 의해 억지로 끌려온 것과 다름없는, 이 땅과 아무 관련 없었던 자였다는 사실을—

"하지만, 그래도 하나하나 대응해 가지 않으면 백 년 뒤에도 지금과 변함없을 겁니다. 그래서는 아무런 진전이 없습니다. 귀한 영지민에게 희생이 나오게 된다는 사실을 알면서도 취할 수 있는 대책을 취하지 않는 것은 살인이나 마찬가지입니다. 보고도 못 본 척할 수는 없습니다."

줄리앤은 문득 더글러스가 월트에 대해서 드러냈던 분노에 대해서 떠올렸다.

그것과 동시에 자신이 태어나게 되어 월트의 운명을, 굳이 말하자면 이 땅의 운명을 어긋나게 했다고 탄식하던 모습도 떠올렸다.

'더글러스님은 월트님께서 사라지셔서 십 년은 뒤처지게 된 이 땅의 토목을 되찾으려고 하고 계시는 건지도 몰라. 그사이 재해로 죽은 사람들 몫까지, 저렇게 열심히.'

다만 그런 생각을 하니 줄리앤은 어떻게 하면 더글러스를 그 주박에서 해방시킬 수 있을까 하는 생각도 들었다.

더글러스는 무엇 하나 잘못하지 않았다. 그런데도 그가 갑자기 짊어지게 된 이 무거운 책임은 무엇일까?

설령 그것이 '임시 공작'과 관계가 있다 해도 그가 짊어져야만 했던 것일까?

그가 공작 작위를 몇 년이나 이어가게 될지는 모르겠지

만, 그 사이의 시간은 아무도 되돌릴 수 없는데.

그동안 잃게 될 그의 자유는……. 그렇게 생각하자 줄리앤은 새삼스럽게 공작이 남긴 유언장의 의미를 이해했다.

더글러스는 모든 것을 포기할 권리가 있다는 그 진정한 의미를.

"공작."

그렇다 해도 이제 와서 무엇을 생각해 보았자 이 흐름은 바꿀 수 없었다.

줄리앤은 적어도 제라드에게 더글러스의 마음이 전해지기를 그 자리에서 기도했다.

지금은 그것밖에 할 수 없는 자신을 안타깝게 느끼면서도, 부디 제라드가 흔쾌히 승낙해 주었으면 좋겠다고.

"오오, 오오! 그런 말이었나, 더글러스. 어째서 그런 중요한 이야기를 내게 해주지 않은 건가. 섭섭하잖나."

그러나 여기서도 또 이야기 도중에 끼어든 사람은 카바나 백작이었다.

이어지는 방에서 이야기를 훔쳐듣고 있었던 것인지 과장된 몸짓으로 회의실에 뛰어들어 왔다.

"백작……."

"이래 봬도 카바나는 번영한 항구 마을. 수도 버틀랜드 다음가는 대도시야. 그 정도 의의가 있는 융자라면 얼마든지 내가 은행에 말해주지. 금리 걱정은 하지 않아도 되네. 아무리 그래도 무금리로는 안 되겠지만, 최저한의 금리만으로 융자를 받을 수 있게끔 손을 써두도록 하지. 그렇게 되면 자네의 계획대로 그 대사업을 실행할 수 있겠지.”

그러나 이번에 끼어든 것은 지금까지의 것과는 달랐다.

더글러스의 얼굴에 희망 때문인지 웃음이 떠올랐다.

“그건 정말입니까, 카바나 백작.”

“딸이 시집가게 된다면 이 그랑디에도 태어난 고향이나 마찬가지 아니겠나.”

순식간에 기대를 배신하는 점에서는 어느 의미로 백작의 일관성을 느꼈지만—

이야기가 심각한 만큼 민폐 그 자체였다.

“……윽.”

더글러스는 한순간이라도 기대했던 자신이 바보였다고, 명백히 표정에 드러냈다.

줄리앤도 사일러스도, 그리고 마침 그 자리에 있었던 모든 사람이 단숨에 어깨를 축 늘어뜨렸다.

제라드조차 쓴웃음을 띠는 기색이었다.

“카바나 백작님. 호의는 감사합니다만, 그 융자…… 더글러스님과 재클린님의 결혼이 조건이라면 사양하겠습니다.”

그러자 회의에 동석하고 있으면서도 지금까지 계속해서 침묵을 지켰던 모리스가 입을 열었다.

“뭐라고? 랜드 스튜어드 나부랭이가 나설 자리가 아니야.”

"랜드 스튜어드이기에 말씀드리는 의견입니다. 카바나가 어떤 정치 체제로 되어 있는지는 모릅니다만, 이 그랑디에에서는 영주님과 동등한 발언권을 가지고 있는 사람이 저 모리스 스톤, 영지민의 대표입니다."

어지간히 백작의 난입에 화가 난 것이리라.

평소 온화한 얼굴만을 보여주는 모리스가 이 정도로 차가운 표정으로 말하는 모습을 줄리앤은 처음 보았다.

"이번 댐 기획과 건설은 어디까지나 그랑디에의 공공사업. 일단 시작되면 업자를 선정하는 부분부터 공평한 눈으로 보아야만 합니다. 그것에 영주님과 인연이 있는 분이라고는 해도, 사적 감정이 섞이는 일은 바람직하지 않습니다."

쓰고 있던 안경테를 만지는 동작 하나하나에서 분노를 내뿜고 있었다.

"재클린님과의 관계에 대해서는 더글러스님 본인께 맡겨 드리고 싶습니다. 그러나 부디 이 문제와 융자 문제는 따로 떼어놓고 생각해 주시기를 바랍니다. 그 점은 무례임을 알면서도 국왕 폐하께 또한 전해 드리고 싶습니다."

마치 이 기회에 예방선을 치려는 듯이, 카바나 백작만이 아니라 제라드에게까지 이 문제에 관해서만은 물러설 수 없다는 태도로 딱 잘라 단언했다.

"이 그랑디에 공작가에는 일찍이 커다란 과오가 있었습니다. 그것은 개인의 결혼 문제에 당사자 이외의 사람이 참

견한 것. 그 때문에 잃지 않아도 될 것을 잃었던 것. 저는 이 영지와 공작가를 관리해 가는 과정에서 이것만은 두 번 다시 반복하지 않겠다고 마음속으로 결심했습니다. 제 목숨과 바꾸어서라도 사수할 생각입니다."

줄리앤은 이것이 모리스의 역할인 동시에 그가 키워온 랜드 스튜어드의 긍지라는 사실을 알았다.

"그러니까 부디 더글러스님께서도 이 두 가지 문제를 함께 생각하시는 일만큼은 없기를 부탁드립니다."

더글러스에게 이 땅에 있어주기를 바라는 대신에 온 힘을 다해 그를 지킨다.

필요 이외의 책임은 결코 짊어지게 하지 않는다. 선택권을 빼앗지 않는다.

그 각오의 표현이자, 목숨을 건 행동이라고 느끼자 줄리앤의 등까지 떨려왔다.

'모리스…….'

그 후의 회담은 '어쨌거나 한번 그대가 희망하는 대로 국왕 폐하께 전달해 보도록 하지'라고 제라드가 양보한 것으로 막을 내렸다.

그렇다고 해서 그것을 국왕 폐하가 이루어줄 것인지 아닌지는 몰랐다.

그래도 이 단계에서 타협안을 포기하지 않았던 것만으로, 더글러스의 교섭은 성공이라고 할 수 있었다.

더글러스는 모리스와 손에 손을 맞잡고 안도했다.

줄리앤은 그 모습에 마음이 놓이면서도 가슴이 쓰라렸다. 더글러스에게 중요한 때에 자신은 아무것도 해줄 수 없다는 사실을 뼈저리게 느꼈던 것이다.

'모리스는 자신이 더글러스님께 지운 커다란 책임을 이해하고, 그러면서 자신의 책임을 다하려고 해. 나는 더글러스님을 여기까지 모셔왔는데도 그 의미도 책임도 여태껏 몰랐다는 기분이 들어. 아니, 알고 있다고 착각했을 뿐, 사실은 아무것도 몰랐던 거야.'

회의실을 벗어나고 나서 다른 사람의 눈을 피하듯이 성 밖으로 나왔다.

조금 높은 산 위에 세워진 성에서는 성 아래 마을에서 그 너머까지 한눈에 바라볼 수 있었다.

우기가 막 끝난 그랑디에에는 곳곳에 꽃들이 흐드러지게 피고 나무에는 푸릇한 잎이 우거지기 시작했다.

그랑디에가 지닌 자연 본래의 아름다움을 만끽하게 해주는, 한 해를 통틀어 지금이 가장 좋은 계절이었다.

'역시, 성에서 나오는 편이 나을지도 몰라.'

그러나 줄리앤은 그런 광경을 바라보며 쓰라린 가슴을 계속해서 억눌렀다.

"이곳에는 멋진 랜드 스튜어드가 있구나. 그렇지만 그 사람의 유능함이나 상냥함, 그리고 배려가 오히려 독이 되지 않으면 좋겠는데."

"—윽?!"

갑작스럽게 들려온 목소리에 뒤를 돌아보았다.

줄리앤의 등 뒤에 서 있던 사람은 제라드였다. 그의 등 뒤에는 호위가 한 사람 붙어 있었지만, 이야기에 방해가 되지 않게끔 적당히 거리를 두고 있었다.

"내가 그라면, 더글러스라면, 오히려 떠올리고 싶지도 않은 결혼을 고려해 저울에 올려 버릴 거야. 자신 한 사람의 인생과 영지민 모두의 미래. 자신의 결혼 하나로 일이 잘 풀리게 된다면 이 정도로 간단한 것은 없다고 말이야."

무슨 말인가 생각해 보니 아까 전의 이야기였다.

제라드 나름대로 더글러스의 입장을 헤아려 본 것이리라. 모리스의 발언에 감명을 받았으면서도, 동시에 불안이 있다는 점을 전해왔다.

"게다가, 이런 말 하기는 미안하지만 나도 더글러스도 신분이 있는 남자야. 마음에 두지 않은 신부를 얻는다 해도 측실을 두면 그만이지. 정말로 사랑하는 사람은 따로 두면 돼. 확실하게 후계자를 얻기 위해서라고 말하면 버젓이 통하지. 왜냐면 몇 백 년 이어져 온 혈통을 끊는 것에 비하면, 측실을 두는 것 정도는 죄가 되지 않아. 한번 끊어진 혈통은 두 번 다시 되돌릴 수 없으니까."

제라드의 말은 재클린의 그것과 비슷했다.

역시 이런 부분은 혈통을 중히 여기는 것 이상으로, 그것을 계속 이어가기가 어렵다는 것을 알고 있는 경험과 이해일지도 몰랐다.

"그렇게, 이런 절조 없는 나와 같이 취급하면 화낼까. 줄리앤의 주인님은 그런 분이 아닙니다, 평생 한 사람의 여성을 사랑하고 소중히 여기시는 분이시라고 말이야."

그러나 실컷 그렇게 설명한 뒤에 제라드는 줄리앤을 놀려왔다.

"……윽, 제라드 왕자님."

"다시 오랜만이야, 줄리앤. 요전번에는 정말로 신세 졌구나. 너는 내 생명의 은인이야. 다시 만나서 정말로 기뻐. 공무가 우선이라고는 해도, 사실은 가장 먼저 너에게 말을 걸고 싶었을 정도야."

곤혹스러운 듯이 이름을 부르자 개암나무색 눈동자가 태양을 반사하며 반짝반짝 빛났다.

그것은 더글러스가 지닌 눈동자의 빛과는 또 다른 매력이었다.

높은 신분이면서도 그의 쾌활하고 해맑게 웃는 얼굴은 붙임성이 있어 줄리앤도 호감이 가는 바였다.

"실은, 내가 이 그랑디에로 온 이유는 공작과의 면회도 있었지만 너를 찾아온 것이기도 해. 제대로 감사 인사를 하고 싶어서. 설마 이 성에서 재회하게 될 줄은 생각지도 못했지만 말이야."

"감사합니다. 영광이에요. 저도, 제라드 왕자님께서 무사하신 모습, 건강하신 모습을 뵙게 되어 정말로 기쁩니다."

그러나 아무리 친근하게 대해주어도 그는 이 나라의 왕자. 영주들의 위에 있는 차기 국왕이었다.

줄리앤은 실례를 저지르지 않도록 신경 썼다.

"정말로?"

"거짓을 고하지는 않습니다."

"그렇다면, 이대로 줄곧 가까이서 보고 싶다고는 생각지 않아?"

"네?"

"있잖아, 줄리앤. 이대로 나와 함께 버틀랜드로, 내 측실로서 와주지 않겠어?"

"······."

그가 상상도 하지 못했던 말을 꺼내오자, 아닌 게 아니라 말문이 막혔다.

대화가 이어지지 않았다.

"측실이라니 너같이 순진무구한 소녀에게는 참혹한 이야기일지도 몰라. 그렇지만 나는 너를 곁에 두고 싶어. 그 이후로 줄곧 너를 잊을 수 없었어. 너에 대한 것만 떠올라서······."

대체 그는 무슨 말을 꺼내는 것일까?

줄리앤은 눈을 깜빡이는 것조차 잊고 얼떨떨해지고 말았다.

"혹시 네가 나와 함께 버틀랜드로 와준다면, 더글러스가 내놓은 융자나 면세 신청은 모두 내가 책임지고 준비하겠

어. 너는 내, 아니, 차기 국왕인 버틀랜드 왕자의 목숨을 구해준 은인이야. 거기에 내가 사랑하는 사람의 고향을 개선하기 위해서라고 말하면 아무도 불평할 수 없을 거야. 왜냐하면 지금 왕가에서 다음 세대를 짊어질 남자는 나뿐이거든. 왕가의 혈통과 백억 버트를 비교하려 드는 괘씸한 자는 없을 거야."

제라드는 딱히 줄리앤에게 바짝 다가오지 않고 같은 거리를 유지했다.

마치 세상 이야기라도 하듯이, 줄리앤에게는 운명을 바꾸어 버릴지도 모르는 일을 시원스럽게 입에 담았다.

"물론 너 개인에게도 일억 버트의 결혼납부금을 내겠어. 이건 네가 어떻게 쓰든지 자유야. 가족에게 남기든지, 유행하는 드레스를 사든지, 이 땅의 부흥에 사용하든지. 무엇에 쓰든 불평은 하지 않아."

그러나 아무렇지도 않게 줄리앤을 성으로 초대하는 그의 눈은 결코 장식이 아니었다.

처음 만났을 때부터 줄리앤은 그 마음속을 그에게 관찰당하고 있었던 것이리라.

"내가 네 약점을 파고드는 말을 하고 있다는 사실은 잘 알고 있어. 내가 생각해도 정말 비열한 행동이라고 자각하고 있어. 이래서야 카바나 백작과 마찬가지야. 그렇지만 어째서일까. 지금 네 사랑을 얻기 위해 내가 할 수 있는 일은 이 정도뿐이라는 느낌이 들어. 어떤 사랑의 밀어보다도, 선물보다도, 이런 일밖에— 내 이야기가 틀렸어?"

잠시 동안이었어도 줄리앤이 항상 어디를, 누구를 보고 있는가.

또한 어떤 마음으로 대하고 있는가.

아마도 그는 더글러스의 가치관과 생각에서도, 줄리앤이 고민할 법한 일을 탐구해 왔을지도 몰랐다.

"아니요, 틀리지 않습니다."

줄리앤은 이 상황에서 거짓말을 해도 그에게는 통하지 않으리라고 직감했다.

"그렇지만 저에게 그 정도의 가치가 있다고는 생각할 수 없습니다. 게다가 저는 순진하지도 않을 뿐더러 이미 더럽혀진 몸. 모든 점에서 제라드님께는 어울리지 않습니다."

그렇기에 그가 얼마나 유리한 조건을 내밀고 있는지는 이해할 수 있었지만, 자신에게는 무리라고 생각했다.

수치를 드러내는 것 같았지만 자신이 순결하지는 않다는 사실을 밝히고서 고개를 숙였다.

"줄리앤. 너는 무엇을 기준으로 사랑의 가치를 정하지? 내가 금전적인 이야기를 꺼내서?"

그러나 그는 그것을 전혀 마음에 두지 않았다.

혹시 어쩌면, 줄리앤의 상대가 더글러스라는 것을 알면서도 권유한 것일지도 몰랐다. 그런 식으로까지 여겨졌다.

"그렇지만 말이야. 이런 말은 미안하지만, 나는 너를 정식 아내로 맞아들인다고 한 게 아니야. 왕가 특유의 첫날밤

의식, 순결의 증거 따위는 필요 없어. 설령 지금까지 너에게 누군가를 사랑했던 과거가 있다고 해도 이상한 일이라고는 생각지 않아. 왜냐하면 나에게 있어서 소중한 것은 전부 앞으로의 일. 네가 내일도, 내일모레도 내 곁에 있어줄까? 그런 문제니까."

줄리앤은 제라드의 말에 그서 놀랐고, 그리고 신기하게도 치유 받았다.

마음 어딘가에서 더럽혀진 자신을 곁에 두고 싶다고, 진심으로 필요로 한다고 말해주는 남성은 이 뒤로 나타나지 않을 거라고, 자신은 남편을 얻을 수 없는 몸이라고 믿어왔던 만큼 지금의 자신이라도 좋다, 상관없다고 말해준 언행에 놀라움과 감동을 느꼈던 것이었다.

그는 더글러스와는 달랐다. 줄리앤과의 사이에 특별한 경위나 주종관계는 없었다.

우연한 만남이나 재회가 있었다곤 해도, 그는 순수하게 한 사람의 남자로서 줄리앤을 바라주었던 것이었다.

그저 그다음에 일국의 왕자라는 직책이 뒤따라 왔을 뿐이었다.

"줄리앤. 부디 지금부터는 나를 사랑하고, 내 곁에 있어주지 않겠어? 나도 내게 특별한 사명이 없었다면 이런 식의 표현은 하지 않았을 거야. 당장에라도 너를 납치해서 품에 안았겠지. 그렇지만 그건 용납되지 않아. 그 점을 이해해 줘."

그래도 일국의 왕자가 서민 아가씨에게 향하는 마음, 사랑의 형태로서는 이 이상의 대우는 없으리라.

그의 입장에서 보면 더할 나위 없는 고백이고, 줄리앤도 그 사실을 알았다.

'내가 제라드님의 측실로 들어간다면 당분간 그랑디에의 자금 마련은 걱정 없어. 더글러스님께서는 뜻대로 댐 건설을 하실 수 있어. 게다가 아마도 월트님의 의지를 잇기 위해 스스로 짊어지셨을 영주로서의 역할을 완수한 뒤, 하루라도 빨리 자유의 몸이 되실 수 있어.'

혹시 줄리앤이 그의 마음에 응한다면, 그것은 동시에 더글러스에게도 도움이 되는 일이었다.

더글러스의 곁을 떠나는 편이 좋다고 느끼고 있었던 줄리앤에게는 더할 나위 없는 조건으로 헤어질 수 있는 방법이었다.

'공작님께서 바라신 더글러스님의 행복. 누구에게, 무엇에 얽매이지 않고 스스로만을 위해 살아가는 자유로운 생활을 얻으실 수 있어.'

그러나 지금의 줄리앤은 타산으로 가득했다.

제라드에 대해서는 매우 호감이 가고 좋은 사람이라고 생각하지만, 더글러스를 향한 마음과는 전혀 달랐다. 그를 사랑하지는 않았다.

그러나 그것조차 알고 있으면서도 제라드는 줄리앤을 원했다.

앞으로 좋아해 주면 된다고, 달콤하고도 잔혹한 유혹을 걸어왔다.

"—알겠습니다. 성으로, 제라드님 곁으로 가겠습니다. 그러니 부디 그랑디에를 구해주십시오. 이 땅에 사는 영지민에게, 부디 지금보다 안심할 수 있는 생활을 주기 위한 융자를 해주십시오."

줄리앤은 그의 권유를 받아들인 이상, 더글러스에 대해서는 앞으로 평생 잊어야만 한다고 각오를 다졌다.

어디까지 제라드에게 헌신할 수 있을지 지금은 전혀 모르겠지만, 앞으로는 그를 사랑하고, 목숨을 걸고 애쓰고, 그리고 지킨다. 그 정도의 각오로도 부족할 정도로 좋은 조건을 제시해 주었기에, 줄리앤은 처음으로 더글러스가 갑자기 짊어지게 된 책임의 무게를 상상할 수 있었다. 결코 더글러스가 짊어진 것에는 도저히 못 미칠 테지만, 그 일부를 자기 나름대로 이해한 듯한, 그런 기분이 들었던 것이었다.

"그리고, 허락된다면 단 하나만 어리광을 들어주세요."

줄리앤의 의도를, 목적을 알고 있을 터인데, 그래도 제라드는 기뻐했다.

처음으로 줄리앤의 손을 잡아 움켜쥐며,

"무슨 일이야? 사랑하는 사람의 어리광을 들어주는 일은 남자에게는 지극한 행복이야."

줄리앤만을 향해서 진심으로 미소 지었다.

"그럼 이 이야기를, 이전에 국왕 폐하 앞으로 보내 드렸던, 공작님께서 쓰신 유언장에서 나온 내용으로 해주실 수 있겠습니까?"

"유언장에서?"

"네."

줄리앤은 마음을 다잡아야만 한다고 실감했다.

그리고 앞으로 매일 조금씩이라도 그를 좋아하겠다고, 그만을 위해서 살아가는 자신을 만들어 가야만 한다고 뼈저리게 느꼈다.

그랑디에를 방문한 목적 대부분을 달성했기 때문인지, 제라드는 며칠 후에는 줄리앤을 데리고 수도 버틀랜드로 귀성하기로 결정했다.

본래대로라면 다음 날에라도 떠나고 싶은 기분이었던 모양이지만, 더글러스와 함께 얼마 전 피해를 입은 지역을 돌아본다는 공무를 우선했기에 그런 개인 사정은 뒤로 미루어졌다.

그와 동시에 부하 중 두 사람을 심부름꾼으로 보내, 제라드는 줄리앤에게 주는 결혼납부금을 현금으로 준비시켰다.

그 덕분에 성안 사람들에게는 눈에 뜨이지 않도록 배려한 일억 버트나 되는 큰돈이 이미 케이스에 담겨 줄리앤의 방에 놓여 있었다.

"뭐라고? 제라드의 측실로서, 버틀랜드로 가게 되었다고?"

그렇게 모든 준비가 갖추어지자 줄리앤은 더글러스에게 성을 나간다는 사실을 보고했다.

　연일 제라드와 지내며 공무에 전념하고 있던 더글러스에게는 아닌 밤중에 홍두깨인 상황이었다.

　"예. 마치 꿈만 같아요. 공작님께서 저와의 약속을 국왕님께 부탁해 주셨던 모양입니다."

　"약속?"

　"네. 언젠가 제게 왕자님을, 생애의 반려가 될 분을 소개시켜 주신다고 말씀하셨습니다."

　"그게 제라드라고 말하는 건가? 무슨 잠꼬대 같은 소리를 하는 거야."

　처음에는 사안이 사안인 만큼, 더글러스도 '무슨 농담이냐' 고 반신반의하며 제대로 상대하는 기색이 없었다.

　"정말로, 저도 무심코 뺨을 꼬집었습니다. 아, 물론 처음부터 저 같은 신분의 사람에게 제라드님을 맺어달라고는 부탁하시진 않으셨어요. 다만 저와의 약속이 마음에 걸린다고 국왕님께 전하셨다는 사실을 제라드님께서 알게 되셔서, 그렇다면 본인께서 맞아들이시겠다고 이야기가 진행된 모양입니다."

　그러나 마음을 굳힌 줄리앤의 들뜬 연기가 뛰어났던 것인지, 점차 더글러스의 표정이 험해져 갔다.

　"뭐가, 이야기가 진행됐다는 거야? 웃기는 것도 정도껏 해. 너는 측실로 받아들인다고 말한 의미를 알고 있는 거야? 정식 아내가 아닌, 정부 중 한 사람이 되라고 말하는 거라고."

"예. 저 같은 신분의 사람에게는 그것도 기적 같은 혼담입니다만."

"너는…… 평생 내 여자라고 말하지 않았나."

그렇게 확인해 왔을 때에는 조금 불안한 표정조차 엿보였다.

"말했습니다. 그렇지만, 그건 측근 시녀로서입니다. 사직하게 되면 저는 평범한 여자, 평범한 줄리앤이니까요."

"뭐라고? 그럼 평범한 여자로 돌아간 네가 선택한 상대가 제라드라고? 그 왕자라고 말하는 건가."

"안 되나요? 더글러스님 역시 머지않아 이 성을 나가시고, 이 그랑디에를 떠나시지 않습니까. 더글러스님께 그럴 자유가 있다면, 저에게도 역시 있어도 이상하지 않을 거예요. 하느님도 그 정도의 평등과 자유는 서민에게도 내려주고 계실 거예요."

이런 말을 입에 담으면 크게 노할 것이다. 그 정도는 알고 있었지만 줄리앤은 일부러 지금까지의 더글러스의 발언에서 말꼬리를 잡는 듯한 말을 골랐다.

그가 하루라도 빨리 이 땅에서 해방되기를 그리고 자유를 되찾기를 기도하면서, 필사적으로 웃는 얼굴을 만들며 아무렇지도 않은 태도를 고수했다.

"웃기지 마!"

"읏!!"

아니나 다를까, 더글러스가 친 노성에는 예사롭지 않은 감정이 실려 있었다.

줄리앤은 일순 맞을지도 모른다는 생각에, 두 눈을 감고서 어깨를 움츠렸다.

그 정도로 그를 모욕했다는 자각이 있었던 것이었다.

그러나 더글러스는 손에 들고 있던 서류를 발치에 내던짐으로써 분노를 드러냈다.

"내가 여기 온 이유는 네 사명을 위해서였어. 그렇지만 내가 여기에 머무른 이유는 너를 위해서야, 줄리앤. 너를 사랑해 버리고 말았으니까, 그 감정을 깨달았으니까, 나는 네가 소중하게 여기는 고향을 어떻게든 하고 싶다고 생각해서 지금도 어떻게든 하려고 하고 있는 거라고!"

'—윽.'

격노가 아니라 슬픔과 분개에 찬 사랑 고백을 받자 줄리앤은 다리에서 힘이 빠질 것 같았다.

"하지만, 이런 개인적인 이유로 공작을 계속할 수 있겠어? 평생 공무를 짊어질 수 있겠어? 그래서 내가 할 수 있는 일을 다 마치면 물러나려고 결심했어. 나머지는 이 땅을 위해 살아갈 수 있는 사람에게 맡기고, 이 손안에는 너만을 남겨두면 된다고 생각해서……."

이것이 더글러스의 본심이었다고 누가 상상할 수 있었을까?

적어도 줄리앤 자신은 전혀 상상하지 못했다.

그의 입으로 뚜렷하게 말을 꺼낸 지금도 믿을 수 없었다.

"그런데 너에게 사랑받고 있다고 생각한 것은 내 자만이었나. 나에게 안긴 건 호의에서가 아니라 정말로 단순한 의무에서였나? 그렇다고 한다면 너무 얄궂어서 웃어버릴 거야. 처음부터 끝까지 나는 네게 휘둘리기만 했어. 그것도 어디까지나 유언장에, 죽은 공작에게 충실한 네게 말이야."

'더글러스님⋯⋯.'

짝사랑이 아니었다.

짧은 시간이라고는 해도, 진심으로 서로 사랑해서 서로를 원했다.

줄리앤은 대꾸할 말이 없어서 살결을 겹쳤던 시간을 떠올렸다.

지하에서, 침실에서, 밤낮을 가리지 않고 키스를 나누었던 일이 떠올라서 눈가가 뜨거워졌다.

"그렇지만, 내게 자유가 있듯이 네게도 자유가 있는 건 확실해. 이건 누구나 날 때부터 지닌 평등이야. 네가 한 말이 맞아."

그러나 줄리앤이 열심히 눈물을 참고 있는 모습을 어떻게 받아들였는지, 더글러스는 서재에 있는 책상을 향하더니 서랍 안에서 단검을 꺼내 들었다.

"―이건 더 이상 내가 맡아둘 필요는 없겠군. 돌려주지."

줄리앤의 손에 돌려준 물건은, 카바나에서 더글러스가 거두어간 호신용 단검이었다.

"이 단검은 그쪽으로 도착할 때까지 맡아두지. 여행하는 동안은 내가 너를 지켜줄게. 그럼 이건 필요 없겠지."

이 단검은 오늘이 될 때까지 더글러스가 줄리앤을 지켜왔다는 증거였다.

줄리앤 자신이 그렇다고 깨닫지 못했을 뿐, 더글러스는 그 순간부터 온 힘을 다해 지켜주고 있었던 것이었다.

줄리앤과, 그리고 줄리앤이 소중하게 여기는 모든 것을.

"언제 떠나는지는 모르지만 배웅은 하지 않겠어. 공교롭게도 내겐 거짓말로라도 너에게 '행복해라' 라는 말 따위 할 도량은 없어. 할 수 있는 말이 있다면, 상대방이 질리지 않도록 힘껏 노력하라고. 언제까지나 운이 좋을 거라고는 생각하지 마. 이 정도다."

줄리앤은 그 후 등을 보인 채 자신을 쳐다보려고도 하지 않는 더글러스의 말에 참지 못하고 눈물을 흘렸다.

거짓말로도 네 행복은 바라지 않는다. 제라드와의 행복 따위는 바라지 않는다.

그렇게 단언하자 줄리앤은 자신이 얼마나 사랑받고 있었는지, 그 깊이를 느껴서 눈물을 참을 수가 없었다.

"예. 감사합니다. 정말 신세…… 졌습니다."

줄리앤은 다시 몸을 깊게 숙이며 진심으로 감사의 말을 입에 담았다.

더글러스의 뒷모습에 이별을 고하고 자기 방으로 돌아와서 성을 나갈 준비에 착수했다.

에필로그
언젠가 왕자님이

성을 나서기 위해 준비를 시작한 줄리앤이 마지막으로 행한 일은 손에 든 결혼납부금의 이동이었다.

'일억 버트. 나는 물론이거니와 모리스가 평생 일해도 얻을 수 없는 큰돈. 그렇지만 의외로 가볍구나. 상자에 담으니 나라도 안아 들 수 있는 크기라니.'

줄리앤은 그것을 사람들 눈에 뜨이지 않도록 지하에 있는 한 방으로 옮겼다.

그때 이후로 지상으로 옮기는 것을 깜빡 잊어버려서 그대로 보관해 두었던 혼례 의상 드레스 아래에 돈을 숨기기 위해서였다.

'살짝 상자에서 지폐 끝을 꺼내두면 괜찮겠지. 여기에

놓아두고 이렇게 해두면, 이 돈은 공작님께서 더글러스님께 남기신 재산이라고 생각할 거야. 더글러스님이시라면 반드시 전부 그랑디에를 위해서 요긴하게 쓰실걸.'

지금은 잊고 있어도 머지않아 이 의상을 누군가가 가지러 올 것이다. 더글러스가 이 의상은 돈으로 바꾼다고 딱 잘라 말했으니, 그렇게 되면 함께 발견될 것이다.

이것으로 공작이 더글러스 앞으로 남겼던 유언장 내용 그대로가 되니까, 조금이라도 속았다는 느낌이 사라진다면 더 좋을 터인데—

그런 생각까지 하면서 모든 작업을 마치고, 줄리앤은 지상으로 향했다.

그리고 그날 오후, 줄리앤은 동료들에게 배웅 받으며 성을 떠나게 되었다.

"짧은 시간이었지만 신세 겼습니다. 앞으로 줄리앤은 먼 하늘 아래에서, 여러분께서 행복하시기를 기도드리겠습니다."

더글러스는 급한 일이 들어왔다는 이유를 들어 줄리앤의 배웅은커녕 제라드의 배웅조차 하지 않았다. 모든 것을 모리스에게 맡기고 모습을 보이지 않았다.

어디로 숨어버린 것인지, 사일러스 일행이 오히려 걱정하고 있었다.

"줄리앤. 정말로 가버리는 거니?"

"물론이에요, 모리스. 이렇게 멋진 혼담을 거절할 미혼 여성이 있을 거라고 생각해요?"

줄리앤은 자신이 사라지면 더글러스가 모습을 드러낼 거라는 사실을 알고 있었기에, 사일러스 일행의 걱정을 풀기 위해서라도 한시라도 빨리 이 땅을 떠나려고 했다.

"여기에 있어. 적어도 나는 그렇게 생각하는데."

그러나 그런 줄리앤을 붙잡은 사람은 모리스였다.

제라드나 주변에는 들리지 않게끔 줄리앤에게 말을 걸어왔다.

"그 모양이니까, 시간이 흘러도 언제까지나 독신인 거예요."

"줄리앤."

"거짓말이에요, 미안해요. 그렇지만 저도 행복해지고 싶어요. 단지 그뿐이에요."

줄리앤의 마음은 이미 정해져 있었다.

"여기에, 아니, 더글러스님 곁에서야말로 네 행복이 있는 게 아니니? 알고 있어. 네가 꽤 오래전부터 그분을—"

"제가 좋아하는 분은 제라드님이세요. 저를 행복하게 만들어줄 사람이세요."

"줄리앤."

"미안해요. 그렇지만 이게 본심이에요. 저, 제멋대로인걸요."

더글러스의 앞에서조차 무너지지 않고 끝까지 지켜낸 결의였다. 그것이 모리스 앞이라고 해서 무너질 리가 없었다.

"지금까지 신세 졌습니다. 정말로 감사드립니다."

줄리앤은 마지막까지 웃는 얼굴로 모리스와 알데버트 일동에게 이별을 고했다.

카밀라 부인이나 젊은 메이드들에게도 그 모습은 철저하게 지킬 수 있었다.

'안녕, 여러분. 안녕, 내 고향 그랑디에."

제라드가 먼저 타 있는 마차에 올라타, 줄리앤은 호위나 종자들에게 둘러싸여 그랑디에 성을 뒤로했다.

준비된 고급 드레스를 몸에 걸치고 길고 올곧은 은색 머리카락은 비싼 머리장식으로 꾸몄다.

마치 공주님 같은 모습으로, 곳곳에 화려한 장식으로 꾸며진 마차에 흔들리며 왕가로 향했다.

설령 그것이 측실의 신분으로서라고 해도, 줄리앤을 업신여기는 자는 없었다.

과년한 아가씨라면 누구나 동경할 만한 모습이었다.

줄리앤은 자신을 맞이하러 온 왕자님과 함께 이 땅을 떠나는 것이니까—

"괜찮아, 줄리앤?"

"뭐가 말씀이세요?"

그러나 성 아래 마을을 빠져나와 숲으로 접어들자, 제라드는 옆에 앉은 줄리앤의 어깨를 끌어안더니 다시 한 번 물어왔다.

"앞으로 내 것이 되는 거야. 이 눈동자도, 이 입술도, 이 머리카락도……. 알고 있어?"

줄리앤이 '예'라고 대답하자 제라드는 안도했다는 듯이 미소 지었다.

"더글러스가 잘도 허락했구나."

"고용인의 사임을 결정하는 사람은 랜드 스튜어드입니다만."

"—그런 말이 아니라."

그러나 그도 역시 모습을 드러내지 않았던 더글러스가 신경 쓰였던 모양이었다.

줄리앤의 길고 긴 머리카락을 쓰다듬으면서 걱정을 입에 담았다.

"더글러스님께서는 제라드님께서 싫증내시지 않도록 노력하라고. 언제까지나 운이 좋을 거라고 생각하지 말라고, 앞서 말씀해 주셨습니다."

"그래. 그건 그다운 사랑의 고백이야."

"제라드님?"

줄리앤은 제라드라면 더글러스가 했던 말에 웃으리라고 생각했는데, 그렇지 않는다는 점에 놀랐다.

"나라면 그런 기분으로 말했을 거라고……. 맞았어?"

혹시나 줄리앤보다 제라드 쪽이 어지간히 더글러스의 마음을 이해하고 있는 것은 아닐까 생각했다.

그 정도로 이야기가 딱 들어맞았다.

"그렇지만 그래도 넌 내 것이야. 이제, 나만의 것이야."

하지만 그렇다고 해서 이제 와서 줄리앤에게 망설이는 일은 용납되지 않았다.

제라드가 끌어안은 어깨를 바싹 당겨서 입맞춤을 하려고 해도, 그것을 얌전히 받아들여야만 했다.

'나는, 제라드님의 것······.'

줄리앤을 자신의 것이라고 과시하던 더글러스는 더 이상 없었다. 그에 대해서 생각하는 일도 더 이상 허락되지 않았다.

"기다려! 거기 가는 마차, 멈춰!"

그러나 그런 줄리앤 일행의 등 위에서 여러 개의 말발굽 소리와 함께, 정차를 요구하는 외침 소리가 들려왔다.

익숙한 말울음 소리도 섞여 있었다.

'빅터?'

재빨리 뒤돌아보았을 때에는 제라드 일행이 쫓아온 더글러스 일행에게 빙 둘러싸여, 그 자리에 멈추어 섰다.

'더글러스님. 사일러스랑 다른 사람들까지?!'

앞길을 가로막은 것은 빅터에 올라탄 채 선두에 선 더글러스와, 사일러스를 포함한 1중대. 동요하는 제라드의 호위대를 둘러싸고 완전히 봉쇄하고 있었다.

무슨 일인가 하고 제라드가 창으로 밖을 확인했다.

"무슨 일이야— 윽!"

마차의 문이 열리며 밖에서 큰돈이 던져 넣어져 발치에 굴렀다.

안에서 지폐 다발을 묶었던 띠가 끊어져서 마차 안에 흩날리기까지 했다.

이 광경에는 제라드도 눈을 크게 떴다.

"이건 돌려주지. 약소하지만 이자도 붙여두었어. 나는 자기 여자를 다른 남자에게 팔아넘길 정도로 돈이 궁하지 않아."

시비조로 말을 뱉어온 사람은 더글러스였다.

'이거, 설마 내가 놓아두고 온 결혼납부금……. 거짓말, 어째서 이렇게 빨리 발견되어 버린 거지?'

설마 오늘 당장 누군가가 지하에 갈 것이라고는 생각도 해보지 않았기에, 줄리앤도 얼굴이 굳어졌다.

"자, 내려, 줄리앤. 돌아가자."

줄리앤에게도 크게 화가 나 있는 더글러스는 마치 산적 같았다. 말 위에서, 바로 앞자리에 앉아 있던 줄리앤의 팔을 붙들더니 힘을 주어 일으키려고 했다.

"으윽, 어째서……."

그러나 잘 생각해 보면 지하에 놓인 돈이 결혼납부금이라는 사실을 아는 사람은 줄리앤뿐이었다.

모르는 일인 척 시치미 떼며 태연하게 굴면, 이 돈은 공작이 남긴 유산이 될 터였다.

"어째서고 뭐고 없잖아. 바보냐 너는, 어설픈 연극을 벌이고는. 어차피 이 돈뿐만이 아니라 융자나 면세도 슬쩍 들이밀었겠지. 자기 한 사람이 희생하면 그걸로 다 잘될 거라는 얕은 생각으로 이런 짓을 한 거잖아."

"모, 모릅니다. 무슨 일인지 모르겠는데…… 이런 돈 저는 모릅니다."

이제 와서 더글러스 곁으로 돌아갈 수 있을 리 없었다.

그 정도는 알고 있는 만큼, 줄리앤은 한사코 계속해서 고개를 저었다.

"그렇다면 설명해 주지! 네가 이전에 본 혼례 의상 아래에 숨겨두었던 이 돈은 버틀랜드 은행에서 발행된 거였어. 그것도 이번 달에 막 찍은 신권이야. 어떻게 봐도 공작가의 숨겨진 재산일 리가 없잖아. 그 정도는 보고 깨달으라고, 이 문어!"

"그런…… 거짓말!"

그러나 줄리앤의 작전 따위는 기껏해야 문어 같은 행동이었던 모양이다.

바보라고 매도당하는 것도 충격이었지만 문어라니 무슨 뜻일까?

"그렇지만 문어는 고급품이에요. 그건 무슨 의미인가요?"

해산물에 대한 가치관이 하늘과 땅만큼 다른 지역에서 쓰는 욕설이었던 만큼, 줄리앤은 쓸데없이 혼란스러웠다. 그 모습을 보자 더글러스는 묘하게 기운이 빠졌다.

"아니, 이제 됐어. 문어는 내버려 둬. 내가 잘못했어. 잠시 생각해 보면 알 만한 일을……. 이걸 발견할 때까지 네

진의를 깨닫지 못했어. 네 공작 절대주의 사고에 지나치게 사로잡혀 있던 것은 아무래도 내 쪽이었던 것 같다."

말로 하지는 않았지만 '이 녀석은 이런 녀석이었어'라고 말하고 싶어 하는 기색이었다.

줄리앤은 점점 몸 둘 바를 몰랐다.

"모리스에게 '저두 행복해지고 싶어요'라고 말했던 모양이던데. 그 때문에 제라드에게 가는 거라고. 그렇지만 모리스에게는 '제가 더글러스님을 행복하게 해드리고 싶어요'라고 들린 모양이야. 나도 그렇게 생각해."

'······윽.'

그런데도 더글러스는 줄리앤에게 손을 내밀어 왔다.

"자, 와라. 너는 내 여자야. 나만의 신부야. 벌써, 꽤 오래전부터. 알고 있잖아."

이미 우리는 몸도 마음도 맺어져 있다. 평범한 남자와 여자로서 서로 사랑하고 있다.

그렇게 말하며 줄리앤을 자신의 팔 안으로 끌어당겨 왔다.

그러나,

"기다려, 더글러스. 그런 행동을 하고 그냥 끝날 거라 생각하나."

그것은 제라드에게 저지당했다. 당연한 일이었다. 아무리 그가 좋다 해도 줄리앤 역시 스스로 더글러스의 손을 뿌리칠 수밖에 없었다.

"그냥이고 뭐고, 줄리앤은 애초에 내 거야. 이런 푼돈으로 팔아넘긴 기억은 없어. 내 것을 되돌려 받는 것 뿐이다."

"누구를 향해 그런 식으로 말하고 있는 건가. 하물며 그녀는 내 측실이 되기로 승낙했어. 이 돈만 해도 그녀가 결혼납부금으로 받아들인 것이다. 이미 내 것……!!"

그러나 더글러스는 자신의 장갑을 벗더니 그것을 제라드의 발치에 내던졌다.

"더글러스님!"

아무래도 뺨을 치는 정도의 무례는 피했지만, 그렇다 해도 상대는 일국의 왕자였다. 이 모습에 숨을 삼킨 사람은 줄리앤만이 아니었다.

제라드의 종자나 호위대를 가로막고 있던 사일러스 일행도 기막혀 했다.

"미안하지만 장황하게 이치를 따지는 건 성미에 안 맞아. 여자 한 사람에 남자가 두 사람. 결판 지을 거라면, 검을 겨루면 끝날 일이다. 다만, 머지않아 일국의 왕이 될 남자가 측실 따위에게 걸 목숨이 있다면 말이지."

더글러스는 마차에서 말을 물리더니 그 자리에서 지면으로 내려와 허리에 찬 물건에 손을 대었다.

그리고 망설임 없이 칼을 뽑더니 제라드의 대답을 기다렸다.

"재미있군. 측실에게 걸 목숨은 없어도 자존심에 걸 목숨이라면 있어. 나를 우습게 보지 말라고, 더글러스. 왕족에게 검을 겨누고서 그냥 끝나리라고는 생각하지 마라!"

"왕자님!"

제라드는 마차에서 뛰어내리더니 가까이에 있던 호위 한 사람에게서 검을 빼앗았다.

"아무도 관여하지 마. 이건 명령이다. 내 명예가 걸린 문제야."

칼집에서 뽑은 검을 마주 겨누고 결투의 승낙을 표했다.

"그렇지만, 왕자님!"

검을 겨누고 서로 노려보는 두 사람에게 양쪽의 종자들이 눈짓을 했다.

이 시점에서 더글러스가 중죄를 범하고 있다는 사실은 줄리앤이라고 해도 알았다.

아무리 기사도에 따른 결투라고는 해도 왕족에게 칼을 겨눈다면 그것은 반역이었다. 더글러스에게 그랑디에 공작이라는 지위가 있는 지금, 국왕의 역린을 건드리면 작위 박탈, 영지 몰수, 경우에 따라서는 사형조차 당할 수도 있는 일이었다.

'안 돼! 막아야 해. 무슨 일이 있어도, 막아야 해ㅡ!'

줄리앤은 재빨리 몸에 지니고 있던 단검을 손에 들고 마차에서 내려섰다.

"그만두세요! 제가 잘못했어요. 제가 유치해서, 안이한 생각으로 저지른 행동이 모두 잘못이에요! 부디…… 부디 검을 거둬주세요."

그리고 서로 검을 마주한 두 사람 사이에 뛰어들어 양 무릎을 꿇더니, 검집을 버린 단검 끝을 자신의 목으로 향했다.

"줄리앤!"

"그만둬, 바보!"

줄리앤은 달리 그들을 막을 만한 수단이 떠오르지 않았다.

설령 막을 수 있다고 해도 더글러스가 제라드에게 검을 들이댄 사실은 변할 수 없었다. 이 정도의 인원이 보고 있었으니 그것만은 어찌할 도리가 없었다.

"제라드님께서도, 더글러스님께서도, 이 나라에는 꼭 계셔야만 할 분입니다. 실수로라도 서로 상처 입히는 일 따위는 있어선 안 될 분들입니다. 부디 검을 검집에 넣어주세요. 제 목숨 하나로 분노가 가시리라고는 생각지 않습니다만, 부디……. 부디 검을 넣어주세요. 부탁입니다!"

그런 만큼 줄리앤의 애원은 더글러스나 제라드에게 향한 것만은 아니었다. 이 자리에 있던 모든 사람에게, 특히 제라드의 종자들에게, 자신을 위해 죄를 범한 더글러스의 목숨을 구걸하는 행동이자 벌의 감경을 비는 행위였다.

"부탁드립니다."

줄리앤은 그를 위해 자신의 목숨을 대신할 만한 대가가 떠오르지 않아, 단검을 쥔 손에 힘을 실었다.

"그만둬."

반사적으로 더글러스와 제라드가 검을 버렸다.

뿐만 아니라 사일러스와 다른 사람들까지도 일제히 줄리앤의 행위를 막기 위해 달렸다.

"으으으읏."

그렇게 해서 더글러스가 오른손을, 제라드가 왼손을, 등 뒤에서는 사일러스와 다른 사람들이 줄리앤의 몸을 구속했다. 그사이에 누군가에게 입까지 틀어막혀, 줄리앤은 완전히 제압당하게 되었다.

어쨌거나 자결도 결투도 멈추었다.

"하앗."

저도 모르게 모든 사람이 한숨을 쉬었다.

그러나 다음 순간 모두 같은 생각을 했다.

'도대체 지금부터는 어쩌면 좋나?!' 하고.

"아아, 어이없어! 정말로 남자들이란, 바보 아녜요?"

그러자 어디에선가, 하늘에서 떨어지는 불호령인가 하는 생각이 드는 말소리가 울려 퍼졌다.

"재클린님?"

들은 기억이 있는 목소리였다.

그러나 이런 상황에 그녀까지 난입하게 되면 쓸데없이 이야기가 복잡해진다.

사일러스는 어찌 된 일인지 두리번거리기 시작했다.

뭐, 그녀가 그렇게 말하고 싶어지는 것도 이해할 만한 상황이었지만, 두 주인이 나란히 폭주해 버린 종자들은 입이 찢어져도 그렇게 말할 수는 없었다.

다툼의 원인이 원인인 만큼, 실은 누구나 '될 수 있으면 아무 일도 없었던 것으로 치고 싶다', '이런 건 단순한 스캔들이잖아' 하고 내심 생각하고 있는지도 몰랐다.

"정말, 믿을 수 없어. 어디가 좋은 거야, 그런 계집애. 더글러스가 푹 빠졌다고 생각했더니, 다음은 제라드 왕자라니. 게다가 남자 두 사람을 저울질한 끝에, 측실이라고는 해도 왕가에 오르다니 어찌 된 일이죠? 이러다가 왕자의 아이라도 품으면, 저런 신분 낮은 여자가 나보다 윗자리에 오르게 되는 건가요? 웃기지 말라고요!"

그렇다고는 해도 재클린의 욕설은 그들의 상상을 아득히 웃도는 폭언으로 이어졌다.

"그렇게 화내지 말아라. 너는 그랑디에 영주의 아내가 될 거잖니. 아니, 오빠보다도 지위 높은 공작 부인으로."

"그건 그렇지만. 그래도! 그 여자가 왕가로 갔다고요!"

아무래도 백작도 동행하고 있는 모양이었다.

부녀가 나란히 삼림욕이라도 하는 중인지는 모르겠지만, 어느 정도 거리가 떨어져 있는 탓인지 이쪽 상황을 눈치채지 못하고 있었다.

두 사람의 대화만이 점점 이쪽으로 가까워졌다.

"상관없잖아. 어차피 측실은 측실이야. 아무리 총애를 받아보았자, 정비가 들어오면 거기까지야. 애초에 그런 일로 소란 부릴 정도라면, 더글러스가 다른 여자에게 손을 뻗지 않게끔 제대로 붙잡아두렴. 일찍이 그 녀석을 처리하지 못했던 지금, 이 그랑디에와 공작위를 손에 넣으려면 네가 시집가는 수밖에 없으니 말이다."

그러나 그렇다고는 해도 흘려 넘길 수 없는 말을 백작이 입에 담았다.

모두들 놀라움 때문인지 서로 눈짓을 했다.

더글러스와 제라드도 줄리앤을 사이에 두고 서로 마주보았다.

"네. 그러네요. 그러니까 더글러스가 공작의 손자라는 사실을 알았던, 그 눈이 그 증거였다는 걸 깨달았던 단계에서 전부 제게 맡겨두었으면 좋았잖아요. 좀처럼 그가 넘어오지 않는다고, 아버님께서 귀찮다며 더글러스를 암살하려고 꾸미시니까 쓸데없는 돈만 들어서는."

"그런 말 마라. 일이 잘 풀렸으면 지금쯤 후계자가 사라진 그랑디에는 카바나에 통합되어 있었을 거야. 그렇게 되도록 국왕에게도 사전 교섭을 해왔어. 더글러스만 사라지면 이 땅도 공작의 지위도 나의 것—머지않아 너나 오빠의 것이었다고."

대체 누가 어떤 목적으로 일을 꾸몄는지 도무지 알 수 없었던 더글러스를 노린 암살미수 사건들. 설마 카바나 백작의 짓이었을 줄은 생각도 못했던 만큼 이 충격은 컸다.

더글러스는 지금 당장에라도 백작을 향해 검을 번쩍 치켜들 뻔했지만 제라드에게 가로막혔다.

조금 더 그들의 이야기가 듣고 싶었던 것이리라. 이런 데서는 제라드 쪽이 냉정했다.

"—변명만 하시고. 그렇지만 다음에는 그런 변명은 통하지 않아요. 제대로 일할 자객을 고르라고요. 제가 결혼하면, 아니요, 하룻밤을 함께 보내서 기정사실로 만들면 돼요. 제가 더글러스의 아이를 품었다고 말할 수 있는 조건만 갖추어지면 그에게 볼일은 없는걸요. 곧바로 죽어도 상관없어요."

그러나 아무리 제라드가 더글러스를 막아보았자 줄리앤까지는 동시에 막아낼 수 없었다. 사일러스 일행이 기가 막혀서 구속을 느슨하게 푼 순간, 줄리앤은 그 자리에서 목소리가 나는 방향으로 맹렬하게 달려갔다.

"내 딸은 무서운 아가씨로군. 더글러스를 사랑한 게 아니었나?"

"너무 사랑한 나머지 미움이 가득해요. 더글러스에게 지금까지 실컷 무시당해 왔다구요. 그것도, 기사단원 시절이라면 또 용서할 수 있어요. 그가 말하는 '너는 나 같은 남자가 더럽혀서는 안 되는 사람이니까' 라는 말도 더할 나위 없는 거절 문구로 들렸는걸요. 그렇지만 결국 그 남자는 나 그 자체에 흥미가 없었던 거예요. 그러니까 이렇게 정식으로 혼담이 오갈 수 있게 되었어도 거들떠보지도 않는 거라고요. 그것도 모자라서 그런 계집애에게 열 올리고 있는 모습을 매일 밤 매일 밤 보여주고. 바보 취급하는 것도 작작 좀 해줬으면 싶어요!"

줄리앤은 멋대로 말하고 있는 재클린과 백작의 앞까지 뛰어와서 분한 마음으로 외쳤다.

"그건 이쪽이 할 말이에요, 웃기지 말아요!"

"줄리앤?"

"더글러스님을 속인 것만이라면 몰라도, 제거하려 들다니, 정말로 죄 많은 사람들이군요. 그것도 암살…… 용서 못해요!"

줄리앤의 등 뒤에서는 허둥지둥 더글러스와 제라드 일행이 뒤따라왔다.

"그다지 너에게 용서받을 생각, 요만큼도 없는데. 고용인이 뭘 잘난 척하는 거야."

"꺅!"

그들이 가까이 왔을 때에는, 줄리앤이 재클린에게 뺨을 얻어맞고 있었다.

"게다가, 어째서 이런 곳에 있어? 벌써 출발했을 텐데. 아, 그런가. 도중에 왕자님의 마음이 바뀌었구나. 이런 빈약한 가슴의 여자에게는 볼일 없다고 마차에서 쫓아냈겠지. 불쌍하게도."

"아파!"

"뭐가 아파, 귀여운 척이나 하고. 너 같은 평민, 이렇게 해주지."

가슴을 움켜쥐어지고 은색 머리카락을 쥐어뜯기자 줄리

앤에게서 비명이 터져 나왔다.

재클린의 본성이 똑똑히 드러나는 광경이었다.

"비, 빈약한 가슴이라, 평민이라 미안하군요. 당신 같은 악녀야말로 이렇게 해주겠어요."

그러나 줄리앤도 지지는 않았다. 보잘것없었지만 손을 내밀고 다리를 내밀어서 역습했다.

마녀 같은 재클린에 비해서 박력은 떨어졌지만, 그래도 포기하지는 않았다.

"꺅! 감히 나에게! 더 이상 용서하지 않아. 너 따위 산적에게 넘겨 버리겠어!"

그러나 그 모습은 더욱더 재클린의 분노를 배가시켰다. 그녀가 줄리앤의 멱살을 잡아 던져 버렸다.

"열심히 노리개 취급당한 뒤, 노예시장에라도 팔려가도록 해— 힉!"

쓰러진 상황에서 힘껏 짓밟힌 줄리앤이 몸을 굳혔을 때, 더글러스가 감싸주었다.

"거기까지야, 재클린."

"더글러스!"

한순간 재클린의 얼굴이 파래졌다.

"가로채기에 암살, 게다가 산적에 노예 시장? 어디까지 악당인 거지, 당신들은?"

"제라드 왕자님. 이미 떠나신 게……."

카바나 백작은 단숨에 주위를 포위당하자 힘없이 주저앉

았다.

"그런 설명을 할 필요는 없어. 위병! 이자들을 붙잡아서 국왕 폐하께 압송하라. 어떤 고문을 해도 좋아. 제대로 진상을 불게 해서 폐하께 확고한 처분을 내리시도록 하는 거다. 최소한 작위와 영지 몰수는 면할 수 없겠군."

발뺌도 할 수 없는 상황에서 체포되어, 그대로 부녀가 함께 연행되었다.

"예!"

제라드의 호위들이 낸 목소리가 신바람 나 있는 이유는, 이 임무로 치정 싸움에서 해방되었기 때문이 틀림없었다.

그들은 남겨질 수밖에 없었던 사일러스 일행에게 무언으로 '뒷일을 부탁한다!' 며 손을 흔들고는 백작 부녀를 연행해 갔다.

줄리앤과 더글러스 일동이 성으로 되돌아가자, 모리스는 제라드와 종자들까지 함께 돌아왔다는 사실에 동요를 감추지 못했다.

설마 결투 소동에서 백작 부녀 체포까지 전개될 줄은 상상도 할 수 없었으리라. 더글러스 일행을 배웅했을 때에는 줄리앤만을 데리고 돌아올 것이라고 믿고 있었던 만큼, 시무룩한 표정을 한 제라드를 앞에 두고 처음에는 예의상의 미소도 떠오르지 않았다.

그러기는커녕 모리스는 그 나름대로 그랑디에 영지 내에

서 일어난 모든 일에 대한 책임을 랜드 스튜어드로서 짊어 질 각오를 다졌던 것인지, 제라드가 '걱정 마. 역할을 다하 면 곧바로 돌아갈 테니, 응접실을 빌려줘' 라고 말하며 웃지 않았더라면 줄리앤이 일으켰던 자결소동을 이번에는 모리 스가 일으킬 뻔했다.

사일러스 일행은 요 몇 시간 동안 확실히 수명이 십 년은 줄었을 거라 짐작했다.

"—미안해, 줄리앤. 다 내가 잘못했어. 처음부터…… 네 가 그를 좋아한다는 사실은 알고 있었어. 아무리 내가 마음 을 주어봤자 네 마음이 변함없으리라는 사실은 맨 처음 만 났을 때 느끼고 있었던 점이니까."

그러나 정색하고 줄리앤과 더글러스를 앞에 두고서 자리 에 앉은 제라드는 사죄부터 하며 진상을 밝히기 시작했다.

어째서 자신이 사자로서 이 땅을 방문했는지, 또한 어째 서 줄리앤에게 그런 권유를 했는지를—

"다만, 설마 네가 사랑하고 있는 그 사람이 월트의 아들 이라고는 생각지 않았어. 네가 새로운 그랑디에 공작이 사 랑하는 사람이라고는 생각지 못해서, 무심코…… 심술궂은 짓을 해버렸어. 국왕 폐하나 어머님께서 맡기신 전언을 무 시하고 가장 중요한 사명을 소홀히 했어. 왜냐하면 이런 지 독한 만남은 너무하잖아. 어째서 내가 좋아하게 된 아이를 여동생으로 맞이해야만 하는 거야. 그것도 너를 그 사람의 신부로 만들기 위해서, 더글러스 월트 그랑디에 공작에게 시집보내기 위해서라니.”

그러나 그 말은 설명을 들어도 잘 알아들을 수 없는 이야기였다.

“……?”

나란히 고개를 갸웃거리며 얼굴을 마주 본 사람은 줄리앤과 더글러스뿐만이 아니었다.

그 자리에서 세 사람을 지켜보고 있던 모리스와 사일러스 일행도 마찬가지였다.

간신히 ‘신부’라는 단어의 의미는 이해할 수 있었지만 ‘여동생’의 의미는 알 수 없었다.

이 이야기의 흐름에서 나오리라고는 생각할 수 없는 단어였기 때문이다.

“이것은 세상을 뜬 공작이 국왕 폐하 앞으로 보내온 유언장이야. 이 영지의 일과는 별도로 더글러스에 대한 일이 쓰여 있어.”

그러자 제라드는 상의 안주머니에서 공작이 남긴 유언장을 꺼내 들었다.

그날 두 통 작성되었던 유언장 중, 나머지 한 통 쪽이었다.

더글러스는 그 유언장을 제라드에게서 받아 들고서 줄리앤과 함께 훑어보았다.

“공작은 같은 과오를 두 번 다시 범하고 싶지 않아 했어. 그래서 만에 하나라도 공작가를 이은 더글러스가 월트처럼 신분이 낮은 여성을 사랑하게 된다면, 그때는 '아무런 신경 쓰지 말고 너는 사랑하는 사람과 맺어지도록 해라. 상대를 공작가로 맞아들이도록 해라' 라고 자신을 대신해 허락해 달라며 부탁해 왔어."

그 내용은 제라드가 설명해 준 그대로의 것이었다.

어디까지나 이것은 가정으로서 쓰인 글이지만, 공작은 더글러스가 이 땅에 머무르기로 선택했을 때 생길지도 모르는 일을 걱정해 국왕 폐하에게 탄원했던 것이었다.

"다만, 월트에 대해서는 사실 국왕 폐하께서도 줄곧 마음 아파하고 계셨어. 그 이유는, 실은 내 어머니께서는 당시 월트가 아닌 다른 남자를 사랑하고 계셨기 때문이야. 월트가 공작가를 떠나기 전부터 약혼을 파기해 달라고 계속 부탁하고 계셨어."

그러던 중 공작에게서의 탄원이 있었기에, 국왕 폐하도 한 가지 행동에 나섰다.

자신의 생각을 손자인 제라드에게 맡겨, 더글러스에게 진상을 전하는 일이었다.

"그렇지만 국왕 폐하께서는 한사코 어머니의 그 바람을 들어주시지 않았어. 그러던 와중에 월트 쪽이 사랑하는 여성과 만나서, 결과적으로는 모두 그에게 불리한 형태로 약혼이 파기되었지. 그 책임도 공작가 측만이 짊어지게 되었어. 국왕 폐하께서는 몇 번이나 이쪽의 사정을 밝히려고 하셨던 모양이지만, 결국 그것을 이루지 못한 채 공작이 타계

해 버렸지. 공작이 죄책감으로 고집을 부리자, 국왕 폐하 역시 심통나신 거야."

더글러스와 만났던 제라드가 '운명을 느낀다'도 말한 이유는 이런 사실도 있었기 때문이리라. 아니, 제라드 쪽이야말로 모든 사정을 알고 있는 만큼 '악연을 느낀다'고 말하고 싶었을지도 몰랐다.

"—그렇다고는 해도, 원래는 서로 신뢰하던 주종 관계이자 친구였어. 공작도 마지막 가는 길에는 신뢰할 수 있는 상대로서 국왕 폐하께 더글러스의 일을 부탁했어. 아마도 너에 대해 부탁함으로써 유대를 되찾고 싶었던 마음도 있었겠지. 그래서 그 마음에 보답하기 위해, 국왕 폐하와 내어머니가 서로 상의해서 결정했어. 혹시 공작의 유언대로 더글러스가 사랑한 아가씨가 지극히 평범한 아가씨일 경우 왕가의 딸로 삼아 시집보내자고. 신분 차이에 괴로워하는 일만은 두 번 다시 없도록, 한결같은 사랑 때문에 공작가를 떠나게 되는 일이 없도록, 진심으로 축복한다는 증거로서 일단 어머니의 양녀로 받아, 요컨대 내 여동생으로서 그의 곁으로 시집보내자고."

그렇게 해서 대강의 설명이 끝나자 제라드가 말했던 '내 여동생'이라는 의미가 밝혀졌다.

그것이 줄리앤을 가리키는 것이라고 쓴웃음 섞어서.

"진짜, 정말로 이런 불행은 없겠지. 나는 목숨을 구원받은 대신 인생에서 가장 싫은 역할을 명받았어. 하지만 그렇다고 해도, 이런 쓴맛을 보면서까지 내가 광대 역을 해야만 하는 건가 생각하면, 적어도 너희의 관계를 시험하고 싶어지지 않겠어?"

줄리앤은 월트의 자식과 로즈마리의 자식이 운명적인 만남과 관계를 가지게 되었다는 사실을 이해했다.

그러나 그것이 어째서 자신에게까지 덮쳐와서 '여동생' 으로 이어지는지 납득할 수 없었다.

이런 상황이라면 '측실' 이라는 말을 들었던 때 쪽이 차라리 쉽게 이해가 갔다.

"저는…… 시험받은 건가요?"

그 때문에 제라드에게 물어보았지만 자신이 무엇을 시험받은 것인지 잘 알 수 없었다.

아마도 '더글러스에 대한 사랑' 을 시험받은 것이리라 짐작했지만, 그 결과가 어째서 여동생의 이야기로 이어지는지 역시 수수께끼였다.

"아니, 시험한 사람은 더글러스 쪽이야. 네 마음은 알고 있었는걸."

그러자 제라드는 시원스럽게 줄리앤의 물음을 부정하더니, 시선을 더글러스에게로 돌렸다.

"다만, 그가 정말로 아버지 월트처럼 모든 것을 버리고 사랑을 선택할 남자인지 아닌지, 너를 사랑하는지 아닌지는 실제로는 모르잖아. 그런데도 내가 물러설 필요는 없겠지."

줄리앤에게 열심히 구애하면서도, 그 한편으로는 더글

러스의 반응만을 신경 쓰고 있었던 이유는 아무래도 이 때문이었던 모양이었다.

제라드가 줄리앤 이상으로 더글러스를 이해하고 있는 것처럼 느껴졌던 이유는 그 자신이 같은 시선으로 줄리앤을 바라보고 있었기 때문에 지나지 않았다.

"그래서, 결국 이 꼴인가."

그런 거라면 처음부터 내게 물으라고! 더글러스는 목숨을 걸고 제라드에게 싸움을 건 체면상, 줄리앤처럼 수긍할 수는 없는 점이 많은 모양이었다.

그의 성격으로 볼 때 자신이 시험받았다는 단계에서 상당히 화가 나 있으리라.

"아아. 피장파장이야."

하지만 결론만을 말하자면 줄리앤을 얻은 사람은 더글러스였고, 제라드는 안타까울 정도로 손해 보는 역할이었다.

동정하는 것은 실례라고 생각해서 굳이 그러지는 않았지만, 제라드의 심정이 이해되는 만큼 더글러스도 이 이상 파고들지는 않았다.

"우리는, 끝까지 할아버지와 부모들에게 휘둘릴 운명인 모양이군."

"좋아하게 된 여성에게도 말이지."

어쨌든 줄리앤은 나중에 정식으로 더글러스와 함께 수도 버틀랜드로 가기로 되었다.

그곳에서 국왕 폐하와 로즈마리를 만나서 양자 입적의

수속을 마친 후, 더글러스 월트 그랑디에 공작의 곁으로 시집가게 되었다.

생각지도 못한 양자 입적의 이야기는 왕자의 측실로 들어가게 되었던 것 이상으로 자극적이었는지, 제라드가 수도로 돌아간 뒤 성안은 더없이 소란스러워졌다.

"그건 그렇고— 내가 로즈마리님의 양녀……? 바로 출가하게 된다고는 해도 한순간이라도 국왕 폐하의 손녀가 되는 거야? 제라드님의 여동생이?"

그러는 와중 어느새인가 소동의 소용돌이 속에, 그것도 한가운데에 놓이게 된 줄리앤은 계속해서 머리를 싸매었다.

"그렇다면 호적상이라고는 해도 더글러스님과 제라드님도 매제와 형님 사이가 된다는 말? 몇 번을 생각해 봐도 잘 모르겠어. 어째서 신분이 높은 분들은 자기 좋을 대로 사람을 여기에 놓았다 저기에 놓았다 하는 걸까?"

재클린의 사고방식에도 따라갈 수 없다고, 이해할 수 없다고 생각했었지만, 이 양자 입적에 대해서도 그 생각은 마찬가지였다.

확실히 이 입적으로 형식적인 신분 차이는 사라지게 되겠지만, 그렇다고 해서 원래 혈통까지 바뀌지는 않는다.

자신을 비하하는 것 같아서 그렇긴 하지만, 이렇게 줄리앤이 더글러스와 결혼해서 공작 부인이 되어버리면 이후 공작가에 서민의 피가 짙어지게 될 뿐이었다.

아니면 아메시스트의 눈동자만 계승할 수 있다면 괜찮다는 걸까?

"어디까지 제멋대로인 거야 이쪽에게는 정말 민폐라고."

다만, 그런 문제를 걱정하는 사람은 줄리앤뿐이었고, 모리스를 필두로 한 성안 사람들은 누구 하나 신경 쓰지 않았다.

"정말이지, 정식으로 왕가의 딸을 신부로 받게 되면, 공작가의 대를 끊기는커녕 그랑디에에서도 평생 떠날 수 없잖아. 완전히 울타리로 둘러싸였다고. 여차하면 너를 납치해서 대륙으로 가면 그만이라고 생각했는데 이게 뭐냐고, 이 용의주도함. 보물이니 재산이니, 결국 이런 뒷배가 있다는 의미였나? 죽을 때까지 무슨 생각을 한 거야, 그 할아범은!"

왜냐면 누구나 한 번은 공작가의 단절을 각오했던 것이었다. 더글러스 자신이 '끝내겠다'라고까지 입에 담았었기에, 공작가가 어떤 형태로라도 이어지게 된다면 그들에게 불만이 있을 리 없었다.

하물며 더글러스가 이 땅에 남아 공작가를 존속시켜 준다면, 그것도 줄리앤과 함께 노력해 준다면 그야말로 만만세였다.

아무리 귀족의 피가 흐르고 있다 해도 재클린을 보면 무서워서 사양하리라.

줄리앤이 얼마나 사랑스러운데다 더글러스에게 어울리는 아가씨인지는 말하지 않아도 아는 사실이었다.

자신의 죽음을 깨달은 공작이 무엇을 어디까지 생각한 건지는 본인만이 알겠지만, 모리스 일동의 입장에서 보면 감사한 유언이자 그 효과라는 의미였다.

"그건, 더글러스님의 행복, 그저 그뿐이에요. 그 마음에 전혀 다른 뜻은 없습니다. 이것만은 믿어주세요. 정말로 공작님께서는 괴로워하셨어요. 그래서 임종 때는 더글러스님에 대해서만 생각하고 계셨을 거예요."

하지만 그래도 줄리앤만은 그때 공작이 쓸데없는 생각까지 하고 있었다고는 여기지 않았다.

분명 제라드 곁으로 가겠다고 결심했을 때의 자신처럼, 앞뒤 생각하지 않고 더글러스만을 걱정해서 주변에 '부탁한다'는 말을 남긴 것에 불과하다는 느낌이 들었다.

"뭐, 거짓말은 하지 않았지만. 이렇게 보물도 재산도 남겨주었고."

그러자 더글러스는 줄리앤의 의견 쪽을 존중해 준 건지, 은색 머리카락을 쓰다듬으며 웃어주었다.

"줄리앤이라는 보물. 그랑디에 영지의 미래를 좌우하는 권리. 이것은 남자에게 있어서는 더할 나위 없는 쾌감이자 하나의 재산이야. 양쪽 다 공작가를 이어야만 손에 넣을 수 있었어. 아무리 돈이 있더라도 살 수 있는 게 아니야."

그리고 줄리앤을 이끌고 방에서 발코니로 나오더니, 다시 그랑디에 영지를 둘러보면서 마음속을 밝혀왔다.

"뭐, 이렇게 될 거였다면 좀 더 빨리 너에게 전했겠지만.

나는 네가 생각하는 만큼 이 공작직이 힘들다고는 느끼지 않아. 꽤 울렁거려. 이런 대사업을 기획, 실행할 수 있는 기회는 누구에게나 주어지는 것이 아니니까. 책임과 보람의 무게는 항상 비례해. 아마도 이런 감각은 모리스 쪽이 공감할 수 있겠지만 말이야."

'더글러스님……'

영지를 바라보는 더글러스의 눈에 거짓은 없었다.

그는 확실히 '줄리앤을 위해서 이 땅에 머물렀다' 고는 말했지만, 그것과는 별개로 남자로서 삶의 보람이나 일하는 보람 또한 이 땅에서 얻었다는 말이었다.

"그렇다고는 해도, 그 대단한 공작도 너에게 한 약속은 매우 훌륭하게 어겼구나. 아무리 네가 공주가 되었다 해도 왕자의 곁에는 시집갈 수 없어. 여동생이 되어버렸다고. 게다가 나는 왕자가 아니야."

줄리앤은 단숨에 가슴의 답답함이 가신 기분이 들었다.

기쁜 마음에 스스로 양팔을 뻗고는 더글러스의 팔에 매달렸다.

그리고 그 팔에 뺨을 대고 그를 올려보았다.

"그런 심술궂은 말씀 하지 마세요. 여자에게 왕자님은 사랑하는 사람―신분을 칭하는 말이 아니에요. 그런 의미에서 공작님은 제대로 약속을 지켜주셨습니다. 제게 이렇게 반려가 될 분을 만나게 해주셨는걸요."

마음속에서 기쁨과 감사가 샘솟았다.

지금, 이 순간을 맞이하는 기적에 자연스럽게 웃음이 흘러나왔다.

"게다가, 더글러스님의 어머님 역시 저와 마찬가지셨을 거예요. 좋아하게 되신 분이 우연히 공작님의 후계자였어요. 그래서 괴로워하셨지요. 사랑해서 괴로우셨던 거예요. 그렇지만 혹시 헤어져서 다른 분께 시집가게 되었다면 분명 훨씬 더 괴로우셨을 거예요. 틀림없이 이 괴로움은, 곁에 있을 수 있는 동안의 그것과는 다를 거예요."

줄리앤은 이 행복을 분명 더글러스의 어머니 안젤리카 역시 느꼈을 때가 있었을 터라고 생각했다.

"그래서 더글러스님의 어머님은 괴로우셔도 행복하셨을 거예요. 사랑하는 월트님과 더글러스가 곁에 있어서. 정말로, 정말로 행복하셨을 거라고— 이제 와서는 그렇게 생각해요."

어떤 고뇌와 슬픔이 있었다고 해도 그것들 전부가 날아가 버릴 정도로 행복한 시간이, 반드시 있었으리라고 믿을 수 있었다.

"그런가—"

그런 줄리앤을 끌어안더니 더글러스는 '고마워' 라고 속삭이면서 관자놀이에 키스를 해왔다.

그리고 다시 한 번 눈앞에 펼쳐진 그랑디에를 바라보더니,

"그건 그렇고 댐 건설 자금의 목표치가 채워진 건 좋지만, 몰수된 백작가를 대신해 카바나까지 이쪽에서 뒤치다

꺼리하는 건 너무하다고 생각하는데…….”

문득 떠오른 듯이 투덜거리며 한숨을 흘렸다.

“더글러스님께서 지니신 영주로서의 수완을 높이 평가 받은 거예요. 제라드 왕자님은 모리스를 마음에 들어 하신 모양이고요.”

“아니, 단순하게 신혼을 방해하고 싶은 거야. 암, 그렇고 말고.”

투덜투덜 불평을 하면서도, 그의 얼굴에는 극상의 미소 가 떠올랐다.

“아아. 부디 앞으로 내 대신 손자 더글러스를 지지하고, 지키 고, 그리고 후회 없이 행복한 인생을 보낼 수 있게끔 지켜봐 주지 않겠느냐.”

“알겠습니다. 제가 할 수 있는 일이라면 뭐든지 하겠어요. 반 드시 더글러스님의 힘이 되어드리고, 또한 행복하게 해드릴 수 있게끔 최선의 노력을 다하겠습니다.”

두 사람은 상쾌하게 부는 바람을 쐬면서, 그랑디에의 미 래를 바라보기 시작했다.

『언젠가 왕자님이~그랑디에 공작의 유언~』끝

작가 후기

　안녕하세요! 이번에 이 책을 읽어주셔서 정말로 감사합니다. 이 책은 마리로즈문고에서 내는 두 번째 작품입니다(일본 기준). 나마 선생님의 멋진 캐릭터와 세계관에 빠져들면서, 그리고 즐기면서 글을 썼습니다만 어떠셨는지요?

　아주 조금이라도 '두근♡' 거리셨다면 다행입니다만, 곳곳에 담겨 있는 '풋!' 하고 웃긴 부분 쪽이 이겨 버렸다면 죄송합니다. 그보다 애당초 등장부터 알몸인 히어로라니 어쩌라고? 그런 느낌입니다만⋯⋯. 잘못해서 빅터에게 차이지 않아서 다행입니다. 그러면 이야기는 거기서 끝나 버렸겠죠(웃음).

　그럼, 그건 그렇다 치고 이 책은 영국풍 오리지널 국가 버틀랜드 공국을 무대로 한 이야기입니다(배경이 일본풍이었다면 그랑디에는 내륙현. 더글러스는 번주인 젊은 군주이고 모리스는 가신. 제라드는 장군가의 후계자…… 같은).

프로필에도 썼습니다만 진심으로 지도가 필요하구나…… 하고 생각해서 만들기 시작했습니다.

맨 처음은 플롯의 빈 옆 부분에 O을 그려서, 한가운데가 그랑디에. 그곳에서 저쪽이 카바나고 이쪽이 수도(거리감은 모두 빠른 말로 달려서 며칠인지 계산. 당분간 차는 안 나올 것 같아요). 그런 식으로, 바다를 건너서 이 주변에는 대륙이 있고…… 라는 정도로 메모를 했습니다만, 애당초 '이 대륙' 자체가 첫 번째 이야기를 썼던 무대를 그대로 사용한 것이라서, 여기서는 세 번째 이야기를 쓰기 전에 제대로 된 지도를 만들어두는 편이 자신을 위한 일이겠죠. 그래요, 누구를 위해서가 아니라 미래의 자신을 위해서라고 생각하며, 어쨌거나 그럴듯한 노트에 그리기 시작했습니다(그래도 아직 메모에 지나지 않는 정도입니다만……).

현시점에서 아직 다른 분께 보여 드릴 상태는 아닙니다만, 조금이라도 나아지면 홈페이지에 올려보려고 합니다. 함께 캐릭터 설정이나 후일담 같은 것도 손대면 좋겠습니다만(희망). 그쪽 예정은 미정이라서, 할 수 있으면 하는 걸로(땀). 그러니 흥미가 있으시다면 부디 사이트에도 놀러 오세요♪

그럼 마지막으로 나마 선생님. 이번에 함께해 주셔서 감사합니다. 그리고 본문이 늘어난 나머지 마감을 어겨서 정말로 죄송합니다. 담당자님께도 마주할 낯이……(눈물). 질리지 않고 또 함께해 주시면 행복하겠습니다.

그리고 여러분께— 또 마리로즈에서, 다음 작품으로 뵙게 되면 기쁘겠습니다. 이것저것 쓰고 있으니 보게 되신다면 잘 부탁드립니다.

휴가 유키♡

역자 후기

역자 후기까지 페이지 넘겨주신 독자 여러분께 인사드립니다.

이 책의 번역을 맡은 정우주라고 합니다.

영국풍 가상 국가 버틀랜드의 공작 후계자와 측근 시녀 사이에서 벌어지는 사랑 이야기는 어떠셨는지요?

저는 첫 등장부터 알몸으로 덮쳐오는 위험천만한 남주인공 더글러스의 모습에 깜짝 놀랐습니다. 알몸도 그렇지만 다짜고짜 덮치려 드는 모습이 말이죠……. 이때부터 남편 운운 해대는 것을 보면 아마도 더글러스는 줄리앤에게 첫눈에 반했던 모양입니다.

이번 책을 번역하면서 은근히 신경 쓰였던 부분은 종자

의 직책명이었습니다.

본문을 읽어보셨다면 아시겠지만 이야기 중에 공작가를 섬기는 여러 종자의 직책이 영어와 혼용되어서 나옵니다. 영어 명칭이 같이 기재되는 경우도 있고, 영어 명칭만 나오는 경우도 있고, 영어 명칭 없이 뜻만 나오는 경우도 있고……. 예를 들어 여주인공인 줄리앤의 직책은 발레(측근 시녀)입니다만 이게 '발레(측근 시녀)'라고 나올 때도 있고, '발레'라고만 나올 때도 있고, 그냥 '측근 시녀'라고 나올 때도 있거든요. 이렇게 줄리앤처럼 다양하게 표기하는 경우가 있는가 하면, 랜드 스튜어드나 버틀러처럼 내내 영어식만 나오는 직책도 있습니다. 어쨌거나 작가가 이 직책에 영어를 쓴 이유는 영국풍을 살리기 위해서인가 싶은 마음이 들어, 원문에 준해서 영어 명칭은 그대로 살리는 쪽으로 가닥을 잡았습니다. 다른 명칭은 크게 저항감이 없었는데 '쿡'만은 '요리사'로 바꾸고 싶다는 충동이 마구 일었습니다만…… 그냥 '쿡'으로 남겨두었습니다.

그리고 앞서 언급했던 줄리앤의 직책 '발레' 말인데, 발레는 남자 주인을 곁에서 수발드는 종자를 뜻합니다. 스펠링은 'Valet'라고 표기합니다만 '발레'는 프랑스어 발음이잖아요. 역시 영어 발음으로 넣는 편이 좋지 않나 싶은 마음이 스물스물……. 없는 자료도 이리저리 찾아보고 영어 발음기호도 뚫어져라 쳐다보았습니다만, '발레'가 보편적으로 쓰이는 것 같아서 '발레'라고 확정했습니다. 똑같은 발레라도 줄리앤은 여자니까 '측근 시녀', 제라드의 발레는 본문에서 성별이 드러나지 않았지만 어쩐지 남자일 것만 같아서 '측근 시종'이라고 살짝 미묘한 차이를 두어보았습니다.

끝으로 행복하게 맺어진 더글러스와 줄리앤이 행복하게 잘 살기를 바라며 이만 글을 줄입니다.

독자 여러분과도 다른 이야기에서도 인연이 닿아 또 뵙게 되면 기쁘겠습니다.

정우주

TL 로맨스 원고 공모

한국 TL을 선도해 나가는
AIN-FIN 메르헨-엘르 노블에서
뜨겁고 은밀한 사랑 이야기를 찾습니다.

장르 : TL 로맨스(현대, 판타지, 시대물 무관)
분량 : 200자 원고지 기준 700매 내외

보내주실 곳 : ainandfin@naver.com

채택되신 작품은 계약 후 교정 작업을 거쳐 정식 출간됩니다!

많은 참여 부탁드립니다.